KB031308

유진과 유진

이금이 청소년문학

유진과 유진

ⓒ 이금이 2004, 2020

초판 1쇄 펴낸날 2004년 7월 10일
초판 31쇄 펴낸날 2020년 4월 20일
개정판 1쇄 펴낸날 2020년 11월 5일
개정판 9쇄 펴낸날 2024년 8월 10일

지은이 이금이
펴낸이 이어진
편 집 최도연
디자인 잇

펴낸곳 밤티
등 록 2020년 5월 18일 제2020-000081호
주 소 04590 서울시 중구 다산로 156 부흥빌딩 2층 136호
전 화 02-2235-7893
팩 스 02-6902-0638
이메일 bamtee@bamtee.co.kr
홈페이지 www.bamtee.co.kr

ISBN 979-11-971205-4-1
979-11-971205-3-4 44810(세트)

• 이 책은 출판사 푸른책들에서 2004년에 출간한 『유진과 유진』의 개정판입니다.
• 이 책 내용의 일부 또는 전부를 재사용하려면 반드시 저작권자와 밤티 양측의 서면 동의를 받아야 합니다.
• 잘못 만들어진 책은 구입한 곳에서 바꾸어 드립니다. 책값은 뒤표지에 표시돼 있습니다.

유진과 유진

이금이 장편소설

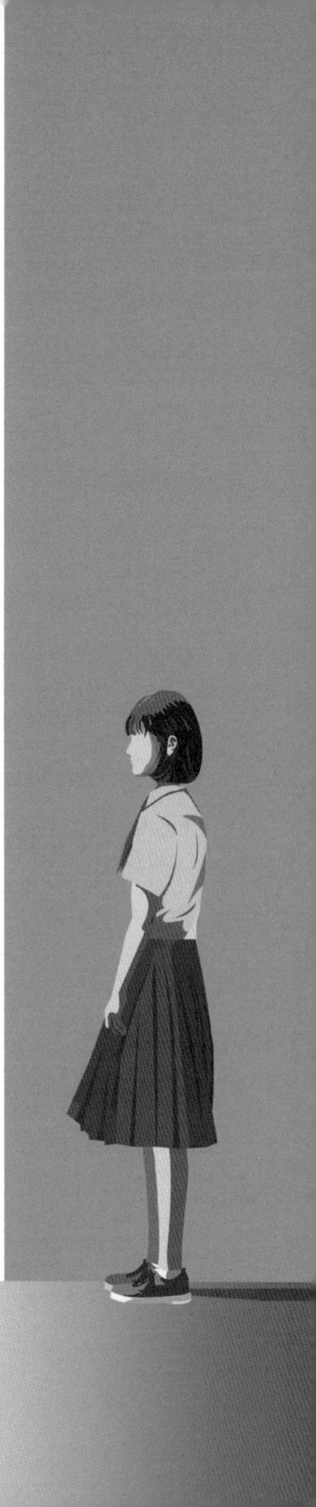

밤티

차례

나를 모르는 척한다

새 학년 첫날의 복도에선 방학 내내 갇혀 있던 먼지 냄새가 난다. 하지만 그 냄새는 아이들의 재깔거림에 맥을 추지 못하고 사라져 버린다. 수천 마리 참새 떼가 동시에 지저귀는 것 같은 소리는 먼지뿐 아니라 학교 지붕도 날려 버릴 기세다.

운동장에서 개학식을 하고 들어온 아이들에게선 갓 솟아오른 햇덩이처럼 환하고 순진했던 1학년의 모습을 찾을 수 없었다. 아이들은 교복 소맷부리처럼 약간은 닳았으며 치마 엉덩이 부분처럼 조금씩은 빤질빤질해진 모습으로 2학년이 되었다. 학교의 어떤 괴담과 전설에도 놀라지 않고 선생님들의 경고와 기합에도 굴하지 않는 중고참이 된 것이다.

아이들 속엔 나, 이유진과 윤소라도 섞여 있다. 소라와 나는 6학년과 중학교 1학년, 그리고 2학년에 올라와서도 같은 반이 됐다. 베프인 우리는 둘만 있을 때면 서로를 '유찡', '윤솔'이라고 부른다.

1년 새 부쩍 자란 아이들의 몸은 이제 교복과 잘 맞는다. 아니, 나 같은 아이는 벌써 교복이 작은 듯싶다. 키가 자라는 속도를 미처 따라오지 못한 피부 여기저기에 튼 자국이 생겼다. 내가 치마허리를 접어 입지 않는 건 순전히 오금에 난, 거미줄처럼 생긴 튼 자국 때문이다.

아빠는 "우리 딸이 미루나무처럼 쑥쑥 자라는구나!" 하며 눈부시다는 표정을 지었다. 하지만 엄마는 "키만 크면 뭐해? 하는 짓은 아직 철들려면 멀었는걸." 하며 혀를 차곤 한다. 어쩌면 아들인 형진이가 제 또래보다 작아서 내가 큰 게 더 못마땅한지도 모른다. 형진이 녀석은 걸핏하면 나를 "꺽다리"라고 놀린다. 그때마다 나는 "이 찡깡아, 한입에 삼키기 전에 꺼져."라고 응수하곤 한다.

"유찡, 우리 담탱이 숙제 엄청 낸대."

소라가 고등학교에서 입학식을 하고 있을 자기 언니와 어느새 문자를 주고받아 담임에 대한 정보를 알아냈다. 보라 언니는 올해 우리 학교를 졸업했다.

우리 집이 지금 사는 동네로 이사 온 건 6학년을 앞둔 겨울 방학 때였다. 나는 열두 살이 될 때까지 줄곧 살았던 동네를 떠나는 게 너무 싫었다. 새 아파트를 분양받아 놓고도 돈이 없어 남에게 2년 동안 전세를 주어야 했던 엄마와 아빠는, 초등학교를 졸업한 뒤에 이사 가자는 내 부탁을 철저히 무시했다. 오히려 중학교에 전학 없이 들어가려면 그때가 이사 적기라고 했다.

나는 새 학교에 정을 붙이지 못했다. 전 학교에다 두고 온 5년의 추억이 더 그렇게 만들었다. 그때 친구가 되어 준 아이가 소라다. 같은 중학교에 배정된 우리는 운 좋게도 계속해서 같은 반이 되었다. 나는 남매 중 맏이고 소라는 삼 남매 중 막내다.

올해 대학생이 된 오빠와 고등학생이 된 언니가 있는 소라는 인생의 전지적 시점 위치에 있는 것처럼 굴었다. 소설가가 꿈이라 책을 많이 읽어서인지 나보다 아는 게 많기는 했다. 특히 남자들의 신체적 생리에 관해서는 우리 반 노는 애들보다도 더 잘 알고 있다고 확신한다.

1학년 기술·가정 시간에 사춘기 청소년의 변화에 대해서 배운 적이 있다. 우리는 몽정이니 어쩌니 하는 남자들의 이차 성징에 대한 설명에 침을 삼키며 귀를 기울였지만 소라는 내내 하품을 참는 듯한 얼굴을 하고 있었다. 마치 삼 남매를 키운 자기 엄마 같은 표정이었다. 그래서인지 나보다 키가 작은 소라가 언니같이 여겨질 때가 종종 있다. 소라는 겨울 방학을 지나는 사이 가슴과 엉덩이가 알맞게 부풀어 올라 키만 클 뿐 빈약하기 그지없는 나에 비해 훨씬 성숙해 보였다. 소라가 보라 언니와 계속 문자를 주고받았다. 아무런 교감도 나눌 수 없는 열세 살짜리 남동생을 둔 나는 옷이나 가방, 신발 따위를 가지고 싸우는 소라네 자매가 많이 부러웠다.

담임 선생님이 들어왔다. 나만큼이나 개성 없는 이름을 가진 선생님은 인상 또한 평범했다. 담임의 지시대로 우리는 복도로 나가 키 순서대로 줄을 섰다. 출석 번호를 정하기 위해서다. 반마다 아이들이 모두 몰려나온 복도는 떠드는 소리로 왁시글거렸다. 이제 복도에선 먼지 냄새 대신 열다섯 살 소녀들의 향긋하고 풋풋한 로션 냄새가 풍긴다.

나는 소라와 함께 앉기 위해서 무릎을 많이 구부려야 했다. 하지만 번호순은 담임이 아이들 이름을 외우는 기간에만 유효할 뿐 그 뒤의 자리 배정은 순전히 선생님의 권한이다. 담임이 권한을 남용해 아이들을 성적순대로 앉히는 일만 없기를 바랄 뿐이다.

소라는 31번, 나는 32번이 되었다. 2학년 6반 32번. 줄여서 '2632'가 1년 동안 나를 대표할 번호다. 우리는 다시 교실로 들어가 번호 순서대로 자리에 앉았다. 물론 다른 아이들도 소라와 나처럼 키보다는 우정에 초점을 맞추었기 때문에 자리는 처음과 많이 달라지지 않았다.

선생님은 번호와 이름을 확인하며 서류에 적기 시작했다. 그렇게 우리 출석부가 작성되는 것이다. 아이들은 자기 차례가 됐을 때만 정신 차리고 이름을 댔을 뿐 곧바로 떠들기 바빴다. 잡담에 열중하다 자기 번호가 몇 번씩 불리도록 모르는 애도 있었다. 뒷번호인 나와 소라는 마음 놓고 수다를 떨었다. 방학 동안에도 뻔질나게 서로의 집을 오가고, 떨어져 있을 때면 메신저 창을 열어 놓고 실시간으로 우정을 나누었는데도 여전히 할 말이 많았다.

"32번!"

소라가 자기 이름을 댄 뒤 내 차례가 되었다. 처음으로 담임과 눈을 마주치는 순간이니 최대한 공손하고 순진한 표정으로 이름을 말했다. 하지만 선생님은 내 표정 대신 서류를 들여다보았다.

"이유진이 앞에 있었는데……."

특별한 일은 아니다. 학교라는 사회로 나온 이래 나는 여러 명의 유진이와 만났다. 엄마 아빠는 글로벌 시대이니만큼 내게 외국에서도 어색하지 않을 이름을 지어 주고자 고심했다고 한다. 엄마 아빠의 그런 뜻에는 아무런 유감이 없다. 문제는 우리 부모님만 그런 생각을 한 게 아니어서 유진이가 넘쳐나고 있다는 거다.

나는 이름을 지어 준 부모님의 의도를 충족시키기 위해 국제적으로 발을 넓힐 생각이 없다. 나의 동혁 오빠가 있는 이 땅을 떠나선 살 수 없으므로. 그런 면에서 보면 순수 국내용으로 끝날 게 분명한 내 이름은 실패작이다. 지금 그 결과가 눈앞에 나타나고 있다.

"이유진!"

선생님이 고개를 갸웃거리며 이름을 불렀다. 나와 동시에 대답을 한 맨 앞줄의 아이가 나를 돌아다보았다. 아무리

유진이란 이름이 흔해도 성까지 같은 애랑 한 반인 적은 없었다. 그런데 아이의 크고 동그란 눈과 마주치는 순간 아주 낯익은 기분이 들었다. 분명히 본 적이 있다. 어디서였더라. 아, 어디서였지? 머릿속에 전구가 켜졌다. 그래, 이유진이 또 있었어! 같은 유치원에 다녔던 아이다. 크고 동그란 눈에 몸집이 작아서 인형 같던 아이. 그 아이는 작은유진, 나는 큰유진으로 불렸다. 또 한 명의 이유진은 그 작은유진이가 분명했다. 하지만 그 애는 무심한 얼굴로 고개를 돌렸다.

나는 뜻밖의 해후에 놀라 그 애 뒤통수에서 눈을 떼지 못했다. 내 눈은 왜 작은유진이처럼 크지 않은 거냐고 엄마에게 물었던 기억이 가까운 일처럼 또렷이 떠올랐다.

"성까지 같네. 그럼 어떻게 구분하나? 이유진 A, B로 할까? 번호를 붙일까?"

선생님 말에 아이들이 킥킥거렸다. 나는 단박에 기억해냈는데 작은유진이는 나를 알아보지 못한 것 같다. 그래, 몰라볼 거야. 내가 좀 예뻐졌어야지. 내가 요즘 주위로부터 가장 많이 듣는 말이 "많이 예뻐졌다." 아닌가. 나는 약간 자존심 상하려는 마음을 그렇게 추슬렀다.

"작은유진, 큰유진요."

내가 한 말이다. 이래도 기억 안 날래, 하는 심사가 든 말이었다. 작은유진이가 다시 날 돌아다보았다. 내가 웃어 보였지만 작은유진이는 무표정한 얼굴로 고개를 돌려 버렸다.

"그래, 그게 좋겠다. 작은유진이라고 하는 거 너도 괜찮지?"

선생님이 작은유진이에게 물었다. 그 애가 표정으로 동의했는지 두 유진이를 구분하는 방법은 그것으로 정해졌다.

"윤솔, 작은유진이 나랑 같은 유치원 다녔던 애다."

나는 소라에게 얼른 말했다. 이만하면 우리 사이에선 큰 화젯거리다.

"정말? 일곱 다리 건너면 다 안다더니 정말이네. 이사 왔는데 어떻게 유치원 동창을 만나냐?"

"그러게 말이야. 그때도 나는 큰유진이, 재는 작은유진이였어."

"둘이 친했어?"

소라의 눈에 경계의 빛이 서린다. 우정을 지키고자 하는 의지가 담긴 눈빛이다. 내게는 친구의 우정을 새삼 확인하는 순간이다.

"별로. 공주 과였거든. 구슬 박힌 원피스에 레이스 달린 양말 신고 다니는 애 있잖아. 재가 그런 애였어."

그런데 우리 초록 반 남자애들은 모두 작은유진이와 결혼하고 싶어 했다. 내가 좋아했던 상민이가 소풍 갈 때 작은유진이랑 손잡고 가겠다고 울고불고했던 일이 생각났다. 어릴 적 일인데도 상처에 소금이 뿌려진 듯 쓰리다. 그게 내 짝사랑 행진의 시작이었기 때문이다.

"한마디로 왕재수잖아. 초등학교는 같이 안 다녔어?"

소라가 물었다.

"작은유진이가 그 일……."

일이 아니라 사건이라고 해야 할지 모르겠다. 신문과 뉴스에 나오고 우리는 경찰서에도 가야 했으니까. 나는 입을 다물었다.

"그 일? 무슨 일인데?"

소라가 야광 봉처럼 눈을 반짝였다. 소라와 나는 비밀이 없는 사이다. 우리는 서로에 관해 알고 있는 정도를 따라 우정의 농도도 비례한다고 믿고 있다. 하지만 우정의 이름으로도 굳이 그 일을 기억 속에서 끄집어내고 싶은 마음은 없었다. 나한테 그 일은 무릎에 있는 흉터 같은 것이다. 다치긴 했는데 언제 어떻게 다쳤는지 잊어버린.

"별일 아냐. 아무튼 작은유진이네가 유치원 다닐 때 이사 가서 지금 처음 보는 거야."

사건의 소용돌이 속에서 가장 먼저 빠져나간 아이가 작은 유진이였다. 그런 아이가 한눈에 알아볼 수 있을 만큼 유치원 때와 비슷한 모습으로 같은 교실에 있다는 게 너무 신기했다. 무어라 말하려던 소라가 자세를 바르게 했다. 그사이 40번까지 확인 작업을 끝낸 담임이 지시봉으로 교탁을 두드렸기 때문이다.

"2학년은 삼 남매 중 둘째 같은 학년이에요. 첫째는 첫아이라고 가족에게 관심과 기대를 받고, 막내는 어리다고 귀여움받지요. 하지만 둘째는 위아래로 치이며, 부모의 사랑과 관심도 스스로 얻어 내야만 해요."

"어떻게 그렇게 잘 아세요?"

누군가가 담임의 말 중간에 끼어들었다. 선생님이 웃으며 말했다.

"내가 둘째거든."

아이들도 웃음을 터뜨렸다. 하지만 둘째들은 첫째의 고통에 대해서는 잘 모를 것이다. 엄마가 사랑이라는 핑계로 일상에 확대경을 들이댄 채 일일이 간섭하는 걸 견뎌야 한다는 사실을.

"우리 언니도 맨날 저런 말 하면서 투덜대는데."

소라가 웃으며 말했다. 둘째들은 정말 모를 거다. 자신들의 자유가 얼마나 행복한 것인가를.

"1학년은 신입생이라 귀여움받고 3학년은 입시생이라 대우받는 데 비해 2학년은 관심도 대우도 덜 받지요. 그렇지만 2학년은 앞으로 여러분의 인생에서 아주 중요한 시기예요. 2학년을 어떻게 보내느냐에 따라 5년 뒤 여러분의 모습이 정해질 테니까 말이에요."

5년 뒤라면 대학 입학 때를 말하는 것이다. 어른들 이야기를 들으면 우리는 대학교에 가기 위해 태어난 존재 같다. 그 때문에 대학에, 그것도 부모님이 바라는 곳에 가지 못하면 제값을 다하지 못한 사람이 되고 만다. 이번 담임은 혹시나 다를까 기대했는데 역시나 다른 어른들과 같았다.

임시 반장을 뽑은 뒤 선생님은 우리에게 청소 구역을 지정해 주었다. 종례를 마치자마자 나는 작은유진이에게로 갔다. 먼저 기억해 낸 사람이 먼저 아는 체하는 게 도리다. 그 애도 유치원 이름을 말하면 날 알아볼 것이다.

"작은유진!"

그 애를 작은유진이라고 처음 부른 사람은 큰유진이, 나다. 아이들이 와르르 웃었다. 작은유진이가 뜨악한 표정으로 날 쳐다봤다.

"야, 나 모르겠어?"

아이들은 두 유진이의 첫 대화를 흥미롭게 지켜보기 시작했다. 작은유진이는 여전히 '얘가 누군데 이래?'라는 표정이었다.

"너 새싹 유치원 다니지 않았어?"

작은유진이 표정엔 조금도 변화가 없다. 이쯤 되면 큰유진이인 내가 나 자신의 기억력에 고개를 갸웃거리게 된다.

"걔 아닌가 봐."

소라가 내 옷깃을 잡아당겼다. 오기가 발동한 내 목소리는 공격적으로 변했다.

"야, 너 연지동 살지 않았어?"

작은유진이는 아예 외국어를 듣는 듯한 표정이었다. 그래, 또 생각난다. 생일 파티에 초대받아 그 애네 집에 간 적도 있다.

"니 생일 파티 때 나도 갔었잖아. 내가 그때 미미 요술 봉 선물했던 거 생각 안 나?"

그 무렵 인기 절정이었던 만화 영화 주인공이 들고 다니던 요술 봉은 여자애들이라면 누구나 갖고 싶어 하는 장난감이었다. 엄마를 졸라서 샀는데 고모가 또 사 줬다. 마침 작은유진이의 생일이었고, 엄마가 요술 봉 하나를 새로 산 것처럼 포장해 주었다. 그때 상황이 확실하게 기억나는 건 작은유진이 엄마가 나를 방으로 데리고 가 그 일에 대해 물었기 때문이다. 그런데도 작은유진이는 날 전혀 모르겠다는 얼굴이다.

나는 이제 대놓고 자존심이 상했다. 물론 나 역시 그동안 이 애를 떠올렸던 건 아니다. 하지만 작은유진이를 본 순간부터 줄기를 잡아당기면 주렁주렁 딸려 나오는 고구마처럼 그때 기억들이 떠올랐다. 그런데 그런 상대로부터 철저하게 무시당하고 있다.

"니가 사람을 착각한 모양이야. 내가 다닌 유치원은 키즈 잉글리시 아카데미거든. 청소하러 가게 좀 비켜 줄래?"

작은유진이는 나의 질문 공세와 둘러싼 아이들의 호기심 어린 시선에 아무런 동요 없이 말하곤 그 자리를 떠났다.

"키즈 잉글리시 아카데미? 쟤 미국에서 살다 왔냐?"

나는 소라의 말을 들으며 멍하니 그 애의 뒷모습을 바라보았다.

“이유진, 니가 잘못 봤나 봐.”

1학년 때 같은 반이었던 선주가 말했다.

“아니야. 얼굴도 이름도 같단 말이야.”

“유치원 때라면서……. 그럼 7, 8년 전인데 그때 얼굴이 하나도 안 변했겠냐?”

누군가의 말에 아이들은 맞장구를 치며 흩어졌다. 나는 시험에서 잘 알고 있던 문제를 틀린 것처럼 찝찝했다.

나와 소라의 청소 구역은 복도 유리창이었다. 그쪽으로 가며 소라가 말했다.

“유찡, 혹시 이런 스토리 아닐까? 재네 원래는 쌍둥인데 어려서 헤어진 뒤 하나는 부잣집에 입양 갔다, 니가 아는 공주과 유진이는 바로 부잣집에 간 유진인 거지. 어때, 내 생각이?”

소라가 인터넷에 올리는 소설 내용하고 비슷하다. 지금까지는 그런 설정을 비현실적이라고 여겼는데 귀가 솔깃했다. 소라 이야기가 맞지 않고서야 어떻게 저렇게 닮을 수가 있고, 또 날 몰라볼 수 있단 말인가. 하지만 내 기억으론 작은 유진이네 집이 부자였던 것 같지는 않다. 우리가 살았던 동네 자체가 그렇게 잘사는 동네가 아니었기 때문이다. 아무튼 난 그 애가 유치원 때의 작은유진이가 아니라는 사실을 인정할 수가 없다.

자꾸만 나를 안다고 한다

학원 차가 아파트 단지 앞에서 멈췄다. 나는 차에서 내렸다. 가로등 불빛을 받은 내 그림자가 길게 늘어났다. 하루 일과가 끝나 가는 이 시간쯤엔 발걸음과 등에 매달린 가방은 물론이고 마음, 눈꺼풀까지 무겁지 않은 게 없어 그림자마저 내가 끌고 가야 하는 짐처럼 여겨진다.

긴 그림자를 보자 문득 내게 작은유진이라는 이름을 붙여 준 아이가 떠올랐다. 우리 반에 또 한 명의 이유진이 있다. 그동안 또 다른 유진과 한 반이 된 적이 몇 번 있었지만 성까지 같은 경우는 처음이다. 그 애는 넉살 좋게 우리가 어떻게 불릴지 정했다. 나는 작은유진, 자기는 큰유진. 이름만 같을 뿐 나와 모든 게 다른 아이가 틀림없다. 그런데 그 애가 나를 안다고 했다. 처음 듣는 유치원과 동네 이름을 대고, 생일 파티까지 들먹이며 자기가 아는 그 아이가 아니냐고 다그쳤다. 그 애는 내가 그 아이라고 철석같이 믿는 것 같았다. 이상한 애다. 긴 내 그림자가 마치 그 애인 양 말을 걸어왔다.

"야, 니가 그 작은유진이가 아니라고?"

그 애는 내가 마치 시치미를 떼고 있기라도 한 것처럼 어이없다는 얼굴이었다. 그렇게 자신만만한 걸 보면 혹시 내가 기억하지 못하는 무엇이 있는 건 아닐까? 엄마한테 그 애가 말한 동네와 유치원 이름을 물어봐야겠다. 그런데 이름이 뭐였는지 잘 생각나지 않는다.

엘리베이터가 12층에 멈춰 서 있다. 앞집에 사는 노부부는 밤 외출을 거의 하지 않으니까 우리 식구가 사용했을 가능성이 크다. 아빠가 돌아온 모양이다. 나는 회사 사장인 아빠가 일하는 시간보다 더 많은 시간 동안 공부를 한다. 엘리베이터가 내려와 문이 열렸다. 이 시간이면 거의 혼자 타는 나는 활짝 열린 문이 나를 집어삼키려는 거대한 괴물의 입이라고 늘 생각한다. 괴물의 날카로운 이빨에 짓이겨지고 있는데도 날 도와주는 사람은 아무도 없다. 어렸을 때는 정말 무서웠는데 지금은 그런 상상을 즐긴다. 내가 공포로부터 벗어날 수 있는 길은 괴물이 하려는 짓보다 더 심한 상황을 상상하는 것뿐이다. 괴물은 나를 아무 일 없이 12층 우리 집 앞에 토해 내 주었다.

번호 키를 눌러 문을 열고 들어서는데 샤워를 마친 아빠가 거실로 나오고 있었다.

"다녀왔습니다."

주방에서 녹즙기 돌아가는 소리가 났다.

"이제 오냐?"

아빠가 소파에 앉자 엄마가 방금 짠 녹즙을 가지고 왔다. 그 옆의 우유는 내 것이다. 나는 우유를 받아 마시며 엄마에게 하고 싶었던 질문도 함께 삼켜 버렸다. 엄마는 퇴근한 아빠를 시중드느라 내게 신경 쓸 여력이 없을 것이다. 돌아오는 시간에 맞춰 내미는 한 컵의 우유로 만족해야 한다.

엄마가 내게 신경 쓸 수 있는 시간은 아주 적다. 이제 아홉 살과 여덟 살인 유선과 유미가 있고, 수시로 드나들며 시중들어야 하는 할머니가 옆 동에 살고 있다. 결혼해서 남편과 유학 갔다가 혼자만 되돌아온 막내 고모가 함께 살지만 고모가 있다고 해서 엄마가 신경 쓸 일이 줄어든 건 아닌 것 같다. 오히려 수발할 사람이 하나 더 늘었다고 해야 할까. 엄마가 내게 관심을 보일 때는 성적표나 상장을 타 올 때뿐이다. 나는 그게 당연하다고 생각하기 때문에 조금도 불만스럽지 않다.

방으로 들어와 낙타의 혹처럼 등에 매달려 있던 가방을 내려놓았다. 학교나 학원에선 벗어 놓았는데도 온종일 짊어지고 있었던 기분이다. 옷을 갈아입으려다 책장의 앨범에 눈이 멎었다. 유치원 때 앨범을 꺼낸 나는 침대에 걸터앉았다. 내가 다닌 키즈 잉글리시 아카데미는 영어 유치원이다. 발표회 모습, 캠프 장면, 핼러윈 축제, 졸업 사진이 죽 정리돼 있다. 나는 사진 속 아이들을 하나하나 자세히 들여다보았다. 그때 우리는 모두 영어 이름으로 불렸고 내 이름은 다이애나였다. 당연히 그 애, 큰유진은 없다. 그 애가 말한 유치원이 아닌데도 혹시나 하며 사진을 들여다보고 있는 내가 어이없었다. 가치 없는 일에 더는 신경 쓰지 말아야겠다. 내일이면 그 애는 '내가 잘못 알았어. 미안해.'라고 할 게 분명하니까.

다음 날 교문 앞에서 큰유진을 보았다. 그 애 옆의 아이는 어제도 같이 있었던 것 같다. 나는 저렇게 누군가와 항상 붙어 다니는 애들을 별로 좋아하지 않는다. 그런 애들일수록 자기 생각이 별로 없고 연예인의 사생활이나 텔레비전 프로그램 따위를 줄줄 꿰고 있는 걸 자랑으로 안다. 그럴 시간이 있으면 영어 단어나 수학 공식 하나라도 더 외울 일이지.

"작은유진! 이제 나 생각났지?"

뒤늦게 본 모양인지 내 옆으로 쫓아온 그 애가 확신에 찬 얼굴로 말했다. 나는 어제 본 앨범을 증거로 내세우려다 그만두었다. 내가 말 같지도 않은 이야기에 휘둘렸다는 사실을 드러내고 싶지 않았다. 하지만 그 애는 참으로 익숙하게 날 '작은유진'이라고 부른다. 오래전부터 들어 온 것 같은 느낌이다. 교문에서 학교 건물까지 이어지는 백 미터 정도의 길은 비스듬히 경사가 져 있다. 경사면에는 스탠드가 있고 그 아래로 운동장이 펼쳐져 있다. 나는 걸음을 늦추지 않았다.

"야, 너 귀먹었냐? 왜 대답을 안 해?"

그 애 옆에 있는 아이가 시비조로 끼어들었다. 혹시 노는 애들인가? 하지만 차림새나 느낌으론 그래 보이지 않는다.

나는 엘리베이터 괴물을 상상하는 것처럼 학교 뒤로 끌려가 맞고 돈을 뺏기는 장면을 상상한다.

"대답은 어제 이미 했잖아. 난 아. 니. 라. 고!"

난 뒷말을 또박또박 힘주어 말했다.

"정말 기억 안 나? 너 혹시 무슨 사고 같은 거 당해서 기억 상실증에 걸린 거 아니냐?"

그 애는 이제 날 아예 동정하는 눈초리로 바라본다.

"아니면 다른 시나리오도 있어. 너 혹시 쌍둥이 아니니? 유진이가 본 너는 니가 아니라 니 쌍둥이 언니든지, 동생이든지 그런 거 아니냐고."

윤소라라는 이름표를 달고 있는 아이는 유치한 소설을 쓰고 있다. 나는 우뚝 멈춰 섰다.

"너희들, 그렇게 할 일이 없니? 아니라는 사람 붙잡고 왜 이러는 거야, 도대체!"

저절로 목소리가 날카로워졌다.

"아니면 그만이지 왜 화는 내고 난리냐?"

그 애와 소란지 다슬긴지는 입을 삐죽이며 나를 앞질러 가 버렸다. 그러곤 무어라 자기네끼리 수군거렸다. 나는 기가 차서 둘의 뒷모습을 노려보았다. 자기네가 귀찮게 한 건 조금도 생각하지 않고 나보고 되레 큰소리다. 저렇게 예의 없는 애들은 딱 질색이다.

서둘러 점심을 먹고 교실을 나섰다. 음식 냄새 가득하고 시끄러운 교실에서 벗어나고 싶어 나는 늘 점심 먹고 남는 시간을 도서실에서 보내곤 한다. 그런데 계단 옆에 있는 화장실 앞에서 또 그 애와 맞닥뜨렸다.

"작은유진!"

그 애는 '작은'을 붙이긴 했지만 자기 이름을 잘도 불러 댄다.

"너, 나랑 얘기 좀 할래?"

한 쪽이 없으면 제구실을 못 하는 나무젓가락처럼 붙어 다니던 애는 보이지 않았다.

"무슨 얘기?"

끈질긴 애다, 정말. 공부도 이렇게 열성적으로 한다면 강력한 라이벌이 될 것이다. 하지만 이렇게 쓸데없는 일에 신경 쓰는 애치고 공부 잘하는 애는 없다.

"빨랑. 니가 정말인지 아닌지 확인해 보려고 그래. 소라 오기 전에 빨리 가자."

그 애는 소라가 금방 쫓아오기라도 할까 봐 걱정인 얼굴로 앞장서 걸어갔다. 어떻게 확인해 본다는 거지? 혹시 그 애가 안다는 아이한테 무슨 흉터나 점 같은 게 있는 걸까? 그렇다면 곧 내가 그 아이가 아니라는 게 밝혀질 테고 그럼 날 귀찮게 할 일도 더는 없을 테니 이번 한 번만 더 참아 주자. 나는 그 애를 따라갔다. 밖으로 나가는 걸 보니 확인할 게 은밀한 부위에 있는 건 아닌 모양이다.

아직 추워서인지 학교 뒤편 등나무 아래 벤치는 비어 있었다. 그 애가 먼저 벤치에 앉았다. 맞은편 자리에 앉자 써늘한 기운이 온몸을 타고 올라왔다.

"어떻게 확인해 보겠다는 건지 어서 해 봐. 참고로 내 몸엔 어떤 흉터나 점도 없으니까 어딜 보자, 그런 말은 하지 마."

기세 좋게 앞장서 나를 끌고 나온 그 애는 잠시 망설이는 얼굴이 되었다.

"추워 죽겠어. 빨리 말해."

내가 재촉하자 그 애는 무언가를 결심한 듯한 표정으로 입을 열었다.

"작은유진, 너 정말 날 모르겠니? 그때도 나는 큰유진이고 너는 작은유진이었어."

그 애가 나를 바라보았다. 짜증이 치밀었다.

"그 이야긴 벌써 했잖아. 대답도 이미 했고. 확인하겠다는 거나 어서 해 봐."

그 애는 아무도 없는 주위를 한번 둘러보더니 내게로 몸을 기울이며 작은 소리로 말했다.

"그럼 그 일, 그 사건도 기억이 안 나? 우리 경찰서까지 갔었잖아."

이 애가 정말! 도대체 나를 어떻게 취급하는 거지? 경찰서라니. 유치원 때 무슨 짓을 했길래 경찰서까지 갔었다는 거야. 나는 황당해서 그 애를 빤히 보았다.

"그 사건 때문에 경찰서에도 가고 기자들도 찾아오고 그랬잖아. 그런데 중간에 니네가 이사 가 버렸잖아. 그런 거 정말 하나도 기억 안 나?"

점점 더 모를 소리만 했다.

"그 사건이란 게 도대체 뭔데?"

그 애는 대답 없이 한동안 나를 바라보았다. 거짓말로라도 기억난다고 해야 할 것만큼 진지한 눈초리였다. 잠시 후 아이가 입을 열었다.

"정말 모르나 보네. 그럼 조금 전 이야기는 못 들은 거로 해. 나는 니가 혹시 그 일 때문에, 그 일이 알려질까 봐 나를 모르는 척하는 게 아닐까 생각했거든. 아무튼 미안하다."

일어선 그 애는 주머니에 손을 넣고, 그제야 추위를 깨달은 듯 어깨를 웅크린 채 돌아섰다. 이제 끝난 모양이다. 나도 자리에서 일어섰다. 그런데 갑자기 그 애가 돌아섰다.

"그런데 참 이상해. 얼굴이 닮은 건 그럴 수도 있다고 쳐. 이름까지 같은 건 아무래도 신기하지 않냐?"

나도 마찬가지였다. 내가 그 애 기억 속에 있는 아이하고 얼굴과 이름이 같다는 게 신기했다.

"아무튼 이상해, 이상한 일……."

그 애의 중얼거림이 가슴에 남긴 했지만 내가 아니란 걸 확인했으니 이젠 귀찮게 굴지 않을 것이다.

우리들의 봄

동혁 오빠 팬 카페에 들어가 회원들과 채팅을 하는데 메신저 알림음이 울렸다. 모르는 닉네임이었다. 스팸인 것 같아 '닫기'를 클릭하려는데,

- 이유진 오래간만이다

라는 메시지였다.

- 누구세여?

- 나, 건우. 기억 안 나냐?

가슴이 쿵 내려앉더니 북소리가 울려 대기 시작했다.

- 건우? 5학년 7반 김건우?

- 그래, 맞아

건우는 전 동네에 살 때 같은 유치원과 초등학교엘 다닌 아이다. 초등학교에선 2학년과 5학년 때 같은 반이었고 같은 학원에 다니기도 했다. 전학 오기 싫었던 가장 큰 이유는 건우 때문이었다. 그렇다. 나는 건우를 좋아했다. 내 짝사랑 역사는 길었지만 이 애, 저 애 잠깐씩 좋아했던 그동안은 멋모르던 때의 감정이고 5학년 때 마음이 진짜 사랑 같았다. 나는 밸런타인데이 때 학원에서 건우에게 초콜릿을 주었다. 건우에게 초콜릿을 준 여자아이는 나 말고도 많았다. 건우가 화이트데이 때 우리 반 여자아이들 모두에게 사탕을 나눠 주었을 때 나는 다이어리에 나만 받은 것처럼 썼다.

- 내 아이디는 어떻게 알았어?

만난 게 아니라서 다행이다. 직접 마주쳤다면 빨개진 얼굴과 떨리는 목소리까지 다 들킬 뻔했다.

- 은경이한테서 알았어. 반갑다. 뭐 하고 있었어?

5학년 때 같은 반이었던 은경이와는 요즘도 가끔 채팅을 한다. 나는 중학교도 건우와 같은 데를 다니는 은경이가 부러웠다.

뭐 한다고 하지? 아, 뭐 한다고 하지? 가수 팬 카페에서 노닥거리는 중이라고 할 수는 없다.

- 숙제하고 있었어. 은경이랑은 자주 만나?

-반은 다르지만 특활 반이 같아서 가끔 만나. 그러다 우연히 니 얘기가 나왔어. 너 폰 번호가 뭐냐? 심심하면 문자 날릴게

어떻게 하지? 나는 아직 휴대폰이 없다. 하지만 없다고 하기 싫다. 휴대폰 없는 게 창피해서라기보다 건우와 다시 연결될 수 있는 좋은 기회를 놓치고 싶지 않았다. 나는 잠시

망설이다 소라의 폰 번호를 알려 주었다. 그런 다음 어떻게든 하루빨리 휴대폰을 사리라 결심했다. 그때 번호가 바뀌었다며 다시 가르쳐 주면 된다.

- 010-294-3399. 우리 학교는 핸폰 못 쓰게 하니까 문자만 보내

- 알았어. 그럼 숙제해라~ 바이~

나는 얼른 소라한테 메시지를 보냈으나 수신 거부 중이었다. 게임을 하는 모양이다. 거실로 나가 소라 휴대폰으로 전화를 걸었다. 요금이 더 비싸지만 소라네 집 전화는 가게 전화랑 연결돼 있어 누가 받을지 몰랐다.

"이, 있지, 소라야. 너한테 모르는 번호로 문자가 오면 나한테 즉시 알려 줘. 알겠지?"

나는 흥분해서 말까지 더듬어 가며 건우 이야기를 했다. 집에 나 혼자뿐이어서 마음 놓고 떠들었다.

"건우? 그 건우 말이야?"

나는 이미 진실 게임에서 소라한테 건우 이야기를 했다.

"그래, 그 건우 말이야. 갑자기 왜 메시지를 보냈을까? 그냥 한번 해 본 거면 휴대폰 번호 알려 달라고는 안 했을 텐

데. 그치?"

소라도 그렇다고 했다. 향긋한 봄바람이 불어오는 것 같았다. 전화를 끊고 방으로 들어가는데 벽에 붙은 동혁 오빠 브로마이드가 눈에 들어왔다.

"미안해, 오빠."

나는 동혁 오빠 브로마이드를 떼 내 서랍 맨 아래 칸에 넣었다.

번호 키 누르는 소리가 났다. 시장에 갔던 엄마다. 나는 거실로 쫓아 나갔다.

"엄마, 나 휴대폰 사 줘. 우리 반 애들 중에서 휴대폰 없는 애는 나밖에 없단 말이야."

나는 엄마를 보자마자 허풍을 섞어 말했다. 지금까지는 엄마의 이런저런 설득에 넘어가 주었지만 이젠 꼭 있어야만 하는 이유가 생겼다. 건우가 문자를 보낸다고 한다.

"얘가, 잠잠하다 했더니 또 시작이야. 애들이 휴대폰이 뭐가 필요해? 그리고 휴대폰이 얼마나 비싼데. 그것만 비싸면 말도 안 해. 요금은?"

그동안 다 외울 정도로 듣고 또 들었던 이야기들이다.

"학생 요금제로 하면 그렇게 안 비싸단 말이야. 엄마, 휴대폰 사 줘. 오는 전화만 받고 문자만 쓸게, 응?"

"이번 중간고사에서 전교 50등 안에 들면 사 주지."

이건 그냥 안 사 준다고 하는 것보다 더 악랄하고 치사하다. 나는 학년 전체 400여 명 중에서 285등으로 1학년을 마무리했다. 50등 안에 드는 건 230여 명의 아이들이 시험 답안을 밀려 쓰거나 이름을 안 쓰거나, 천재지변이 일어나서 시험을 못 치는 일이 생겨야 가능한 일이다. 아니면 내 모든 생활을 시험 인생으로 전환시키거나. 반에서 5등 안에 드는 아이들을 보면 다 그렇다. 그래도 불가능하다.

"엄마는 그럼 중학생 때 전교 50등 안에 들었어?"

나는 엄마에게 기습 공격을 했다. 하지만 엄마는 당황하지 않았다.

"그래, 들었다."

"증거 있어? 있음 대 봐."

"증거 당연히 있지. 아들이 엄마 머리 닮는다는 거 알지? 형진이 봐. 공부 잘하잖아. 그게 다 엄마 닮아서 그런 거야."

형진이가 공부 좀 하는 건 맞다. 하지만 초등학생 때는 누구나 다 그만큼은 한다. 진짜 실력은 중학교에 가 봐야 안다.

"칫, 공부가 인생의 전부야? 치사하게 성적으로 사람 평가하고.”

“꼭 공부 못하는 애들이 저런 소리 하더라. 학생 때는 공부가 인생의 전부지 그럼 뭐가 또 있어? 나중에 직장 다니면 일이 전부고 결혼하면 가정이, 자식이 전부인 거고.”

나는 엄마의 전부가 가정이며 자식인 게 너무 싫다.

“아무튼 50등 안에 들면 최신형 휴대폰 사 줄게.”

엄마는 휴대폰을 닿을 수 없는 곳에 올려놓곤 약 올리듯 말했다. 나는 신경질이 나서 방문을 쾅 닫고 들어와 버렸다. 그사이 소라한테서 메시지가 여러 개 와 있었다. 가장 최근 것이 가게에 내려간다는 내용이었다. 소라네는 슈퍼마켓을 하는데 그 2층이 살림집이다. 그 때문에 바쁠 때면 소라네 남매가 내려가서 도와야 한다. 가만히 보면 소라나 소라 오빠가 가장 많이 돕는 것 같았다.

소라네 엄마 아빠는 자녀 교육에 관한 한 방임형이어서 하겠다는 놈은 밀어주고, 아닌 놈은 나중에 가게에서 배달이나 시킨다고 입버릇처럼 말했다. 하지만 장남인 소라네 오빠에겐 온갖 과외 선생을 붙여 주어 이름난 대학교에 합격시켰다. 두 딸 중 슈퍼마켓에서 배달하기 싫은 보라 언니는 죽기 살기로 공부를 하는 형이고, 소라는 공부보다는 차라리 배달을 택하겠다는 쪽이다.

"소설가가 되려면 개나 소나 다 되는 대학생보다 슈퍼마켓에서 배달하는 게 더 멋지지 않겠냐? 오토바이 타고 배달 다니며 세상 경험을 하는 거지."

소라는 꿈을 이루고자 동호인 카페에 들어가서 소설을 올리기도 하고, 벌써 몇 번이나 바뀌었지만 소설가가 됐을 때를 대비해서 필명까지 지어 놓았다. 그런 자세에 비해 실력은 아직 그저 그런 것 같다. 인기를 가늠할 수 있는 조회 수도 낮은 편이다. 나는 자신이 대기만성형이라고 굳게 믿고 있는 소라가 얼른 유명해지기를 바랐다. 요새는 인터넷에서 먼저 뜨는 경우도 있으니까 말이다. 그럼 내세울 게 없는 나도 유명 소설가 아무개의 친구라는 명함이라도 내밀 수 있게 될 테니까.

"우리가 돈이 많으면 가게라도 차려 주고 재산이라도 물려주지. 아무것도 없으니까 너희가 자수성가해야 돼. 그럴라면 공부 잘해서 좋은 대학 들어가야 하고."

엄마는 물려줄 재산이 없는 것을 미안해하기는커녕 우리에게 공부 잘하라는 짐까지 지워 주었다. 그런 엄마가 방문을 덜컥 열었다.

"노크하고 들어오랬지!"

나는 소리를 꽥 질렀다.

"아, 미안, 미안. 어? 그런데 동혁 오빠는 어디 갔니? 이젠 또 누구야?"

동혁 오빠 브로마이드가 사라진 사실을 재빨리 알아차린 엄마는 무언가를 캐내려는 눈빛으로 침대에 걸터앉았다.

'있지, 건우가!'

혀끝까지 나온 말을 꿀꺽 삼켰다. 엄마에게 이야기하는 건 스피커가 동네방네로 향한 마이크에 대고 떠드는 일이나 마찬가지다.

초등학생 때까지만 해도 나는 내게 일어나는 일들을 엄마에게 미주알고주알 말했다. 엄마는 건우에게 줄 초콜릿도 함께 골라 주었다. 그러고 난 뒤 자신이, 딸이 짝사랑하는 남자애에게 줄 초콜릿도 골라 주는 멋진 엄마라는 것을 알리기 위해 여기저기 말했다. 브래지어를 처음 했을 때까지만 해도 그런 엄마가 싫지 않았다. 나 역시 가슴을 죄어 오는 브래지어 착용이 어른의 세계에 첫발을 내디디는 의식이라도 되는 양 흥분하고 설레었으니까. 브래지어 한 걸 다른 사람들이 알아주길 은근히 바라기도 했으니까.

하지만 작년 가을에 한 첫 생리는 그렇지 않았다. 나는 내 첫 생리가 좀 더 신비롭고 은밀하기를 바랐다. 그런데 엄마는 아빠에게는 물론이고 네 명의 이모와 하나뿐인 고모와 또 몇 명인지 모를 친구들에게 내 소식을 알리기에 바빴다. 그러곤 축하 파티를 열어 아빠에게 꽃과 케이크를 사 오게 했고, 엄마는 예쁜 종이에 포장한 생리대를 담은 바구니를 선물이라고 내놓았다.

그 이벤트가 엄마 아빠에게는 자기들 사랑의 결과물이 탈 없이 자라는 것을 확인하는 시간이었고, 형진이에게는 케이크 먹는 신나는 시간이 되었을 테지만 정작 주인공인 나한테는 악몽 같은 해프닝이었을 뿐이다. 내가 잠깐 방심한 사이 케이크에만 만족하지 못한 형진이가 선물 포장을 뜯었다. 그 뒤로 형진이는 걸핏하면 '기저귀'를 들먹거리며 속을 뒤집어 놓았다. 나의 첫 생리는 가족 때문에 두 번 다시 떠올리고 싶지 않은 기억이 되고 말았다.

방으로 들어와 우는 내게 엄마는 다섯째 딸로 자라면서 아무에게도 관심받지 못했던 자기 경험을 들려주며 나는 행복한 거라고 했다. 하지만 나는 조금도 행복하지 않았고 자신의 결핍이나 상처를 내게서 보상받으려는 엄마가 원망스럽기만 했다. 그다음부터 나는 엄마에게 비밀 많은 딸이 되었다. 하지만 엄마는 제대로 알지 못하고 이번에는 내가 사춘기가 되었다고 여기저기 이야기했다. 사춘기 특성에 대해서 나름대로 공부한 엄마는 모두 이해한다는 듯한 얼굴로 나를 대하고 있지만 실은 날 조금도 이해하지 못한다. 전교 50등 안에 들면 휴대폰을 사 준다고 하는 것만 봐도 그렇다. 딸이 이토록 절실하게 원하는 것을 어떻게 성적으로 흥정할 수 있단 말인가. 그때 메신저 창이 떴다. 소라였다.

- 왔다, 왔어! '갑자기 전학 가서 서운했다. ─_─' 야, 뭐라고 답장 써?

"나 숙제해야 되니까 엄마 그만 나가."

나는 서둘러 엄마를 밀어내고 문을 닫았다. 엄마는 요즘 셋째 이모랑 부쩍 친하게 지낸다. 그 이모한테 나랑 동갑내기 딸이 있기 때문이다. 엄마는 이모에게 전화를 걸어 사춘기에 관한 정보를 주고받을 것이다.

- 뭐라고 할까? 윤솔, 니가 멋진 말로 보내 봐

아무래도 나보다는 소설가 지망생이 나을 것이다.

- 보냈어? 뭐라고 보냈어???

- 나는 널 가슴에 담고 와서 헤어졌다는 느낌도 들지 않았어 ㅋㅋ

- 뭐? 정말? 아니지? 정말이면 죽는다

- ㅋㅋㅋ 인생이란 회자정리 아니더냐, 라고 썼어. 어때 근사하지?

- 그, 근데 회자정리가 뭐냐? ⁻.⁻;;

중간고사가 끝난 며칠 뒤 담임이 조회 시간에 싱글벙글 웃으며 말했다.

“여러분, 기쁜 소식이 있어요. 우리 반에서 전교 1등이 나왔어요.”

누구야, 누구? 아이들이 술렁거렸다.

“저건 1등한테나 기쁜 소식이지 어째서 우리한테도 기쁜 소식이냐?”

소라가 조그맣게 말했다. 전적으로 맞는 말이다. 이런 이야기는 절대로 집에 가서 하면 안 된다. 엄마는 냉큼 “누군 1등 하는데 너는 뭐야? 밥을 덜 먹여? 옷을 덜 입혀?” 하며 목청을 높일 것이다.

선생님이 이유진이란 이름을 말하는 순간 나는 숨이 멎는 줄 알았다. 아, 내 바람대로 아이들이 모두 시험 답안을 밀려 썼구나. 그래도 전교 1등이 될 줄은 몰랐다. 드디어 최신형 휴대폰이 생기는 거다. 이 정도면 휴대폰으로 끝내기 억울하다. 컴퓨터도 바꿔 달라고 할까? 띵한 머릿속으로 이런 생각들이 어지러이 날아다녔다.

"어떤 유진이요?"

누군가가 묻는 순간, 나는 우리 반에 또 다른 이유진이 있다는 현실을 깨달았다.

"아, 작은유진이야. 작은 이유진, 축하한다. 그동안 공부 열심히 한 모양이네. 전교 2등하고 평균이 2점이나 차이가 나. 우리 모두 박수 쳐 줍시다."

"그럼 큰유진은 몇 등 했어요?"

신이시여, 키득거리며 묻는 저 아이에게 혀가 뽑히는 형벌을 내리소서.

"그건 프라이버시니까 알려 주면 안 되겠지요? 큰유진이, 앞으로 분발하기 바란다. 그런 의미에서 우리 두 이유진에게 힘껏 박수를 보냅시다."

선생님의 제안에 아이들이 "우—" 함성을 지르며 박수를 쳤다. 똑같은 박수가 누구에겐 축하의 의미이고 또 누구에겐 분발하라는 의미라니. 나는 성까지 같은 두 유진이를 한 반에 배치한 학교 측의 무성의를 당장 고발하고 싶었다. 이름만 아니었다면 중간고사는 213등으로 1학년 때보다 오른 덕분에 칭찬으로 끝날 일이었다.

그런데 작은유진이의 1등 여파는 학교에서 끝난 게 아니었다. 아이들 성적 올리기로 이름난 종합 학원 버스가 요란한 플래카드를 몸통에 두르고 거리를 누비기 시작했다.

축! 이유진 1학기 중간고사 전교 1등 (광희여중 2)

엄마는 내 이름을 아는 주위 사람들로부터 잘난 딸을 두어서 얼마나 좋으냐는 인사를 받다 울화병에 걸릴 지경이 되었다. 며칠을 머리 싸매고 있던 엄마는 나와 이름이 같은 애가 전교 1등을 했다는 사실을 치료 약으로 삼아 기운을 차렸다. 그러곤 나를 당장 작은유진이가 다니는 학원에 등록시켰다. 전교 1등을 하면 3개월 동안 학원비를 면제해 준다고 했다. 엄마는 내게 똑같은 이름을 가지고 왜 누구는 공짜로 다니고 누구는 비싼 돈 내고 다니느냐고 집에 오는 내내 타박했다.

엄마는 작은유진이가 1등 한 게 이름 덕인 줄 아는 모양이다. 나는 엄마의 관심을 다른 데로 돌리기 위해 작은유진이가 유치원 때의 작은유진이와 흡사하게 생겼다는 말을 하려다가 그만두었다. 그 애가 아님을 확인했으면서도 그 이야기를 꺼내는 게 치사한 짓 같았기 때문이다. 엄마는 이유진이라는 이름에서 유치원 때의 작은유진이를 떠올리지 못했다. 나는 1등 한 이유진이 우리 반이라는 것도 숨겼다. 엄마의 비교 심리를 굳이 자극할 필요는 없었다. 대신,

"개가 괜히 1등 하는 줄 알아? 미국으로 어학연수를 방학마다 간대. 영어가 완전히 본토 발음이드만."

하고 내가 공부 못하는 게 순전히 내 책임만은 아님을 일깨워 주었다. 작은유진이는 선생님이 외국에서 살다 왔냐고 물을 정도로 영어 발음이 좋았다. 어학연수는 6학년 겨울 방학 때 한 번 다녀왔다고 했지만 좀 더 강력한 효과를 위해 '방학마다'로 바꾼 것이다.

"아무튼 우리 형편에는 학원비도 만만치 않으니까 열심히 공부해!"

엄마는 나를 학원에 집어넣은 것으로 일단 마음을 놓은 눈치였다. 하지만 이유진 전교 1등 때문에 겪어야 할 내 시련은 그것으로 끝난 게 아니었다.

- 추카한다, 이유진!!!

건우로부터 메시지가 왔다.

- ???????
- 전교 1등 한 거 말야. 우리 학원 게시판에서 봤어. 이유진이 그렇게 공부 잘하는지 몰랐네. 애들한테 내 동창이라고 막 자랑했다

내가 다니는 학원은 곳곳에 분원이 있다. 건우도 그 학원에 다니는지 몰랐다. 나는 전교 1등으로도 모자라 하필 그 학원에 다니는 작은유진이에게 저주를 퍼부었다. 그리고……, 날 자랑스러워하는 건우에게 그 유진이는 내가 아니라는 사실을 차마 말할 수 없었다.

- ^^;;

그 뒤로 건우는 훨씬 더 자주 문자와 메신저 메시지를 보내 왔다.

거리엔 목련이, 벚꽃이 축제를 벌이는 양 피어나고 있었지만 나의 봄은 또 다른 이유진 때문에, 땅바닥에 떨어져 짓밟힌 꽃잎처럼 초라하고 슬프게 흘러가고 있었다.

내 삶은 단 한 번의 실수로도 추락하는 외줄 타기 같다

비행기가 이륙하기 시작했다. 수학여행을 마치고 돌아가는 길이다. 여기저기서 비명이 들려왔다. 귀가 좀 아프긴 했지만 못 참을 만큼은 아니다. 이만한 일에 큰일 난 것처럼 호들갑 떠는 아이들이 싫다. 나는 그들로부터 멀어지기 위해 눈을 감는다.

2박 3일 동안 숨 가쁘게 돌아다니며 구경한 제주도 풍광들이 관광 엽서의 한 장면처럼 의미 없이 멀어지고 있다. 나는 앞으로 제주도 하면 천지연 폭포나 주상 절리, 성산 일출봉이 아닌 내가 겪은 일들을 떠올리게 될 것이다.

수학여행을 떠나기 전 담임 선생님은 우리에게 방 배정을 맡겼다. 이틀씩이나 자는 만큼 마음 맞는 친구들과 같은 방을 쓸 수 있는 자유를 허락해 준 것이다. 나는 남들과 어울리는 일이 익숙하지 않다. 어릴 때부터 그랬던 것 같다. 어쩌다 아이들과 어울려도 곧 혼자가 되고 말았다. 아이들은 잘난 체한다며 뒤에서 내 흉을 보곤 했다. 나는 차라리 혼자인 게 편했다.

여행을 떠나기 전 교실은 방 배정 때문에 야단법석이었지만 나는 함께 지내고 싶은 아이도, 또 나와 함께 자고 싶어 하는 아이도 없었다. 어차피 혼자일 텐데 누구랑 자든 상관없다는 생각에 자리가 남는 방에 이름을 써넣었다. 같은 방을 쓸 아이들이 술, 담배를 할 거라곤 상상도 하지 못했다. 그 애들이, 내가 자기네와 함께 자기로 한 데는 무슨 저의가 있을 거라고 오해하고 있다는 사실은 더더욱 알지 못했다.

첫날 밤, 선생님은 새벽부터 빡빡한 일정을 소화하느라 지친 우리에게 늦지 않게 자라고 당부했다. 나는 잘 생각이 전혀 없어 보이는 다른 아이들의 분위기를 깨지 않기 위해 방 한쪽 구석에 이부자리를 폈다.

"작은유진, 너 벌써 잘 거야?"

1학년 때 같은 반이어서 그나마 알고 있는 미영이 시비조로 물어 왔다. 사복을 입은 미영은 대학생처럼 성숙해 보였다. 우리가 동급생이라는 사실이 갑자기 낯설어졌다.

"선생님이 일찍 자라고 하셨잖아."

내 대답에 애들이 킬킬, 웃었다.

"누가 범생이 아니랄까 봐 수학여행 와서도 티를 내냐?"

수정인가 하는 애가 빨간 립글로스를 칠해 반짝거리는 입술을 일그러뜨리며 웃었다. 걸핏하면 수업 시간에 엎드려 자다 선생님한테 혼나는 아이여서 기억이 났다. 학생이라면 당연히 가져야 할 긴장감이 조금도 없어 뵈는 그 애가 한심하기만 했다. 도대체 잠이나 잘 거면 학교에 왜 다니는지, 그보다 수업 시간에 어떻게 잠을 잘 수 있는지 도무지 이해되지 않았다.

"재수 없는 년, 여긴 학교가 아니야."

어떤 애가 젖은 머리를 내게 털었다. 얼굴로 물방울이 튀었다. 그 감촉이 섬뜩했다. 나는 아이들이 왜 그러는지 알 수 없었다.

"그, 그럼 안 자고 뭐 할 건데?"

나는 떨리는 목소리를 감추려고 애쓰며 물었다.

"술 마실 거다. 너도 같이 마셔."

누군가가 가방에서 소주와 맥주를 꺼내 종이컵에 따랐다. 가슴이 덜컥 내려앉고 몸이 떨렸다. 술이 아니라 독약 같아 보였다.

"시, 싫어. 마시고 싶으면 너희나 마셔."

"야, 이런 게 다 추억이야. 나중에 수학여행 생각하면 떠오르는 게 있어야지. 영광이다. 전교 1등이랑 동침을 하게 돼서."

수정이 강제로 내 손에 소주와 맥주를 섞은 종이컵을 쥐여 주었다.

"싫다는데 왜 이래?"

손을 뿌리치는 바람에 술이 쏟아졌다. 아이들이 소란을 떨며 바닥을 닦았다. 이 애들은 내 삶이 단 한 번의 실수도 치명적일 수 있는 외줄 타기와 같다는 걸 알까? 나는 나를 둘러싼 아이들을 보았다. 술로 수학여행의 추억을 만들려는 만반의 준비가 되어 있는 듯했다.

"야, 이 왕재수 년아, 그럼 이 정도도 생각 안 하고 우리랑 한방 쓴다고 했어?"

수정이 인상을 구기며 말했다. 나를 지칭하는 상스러운

말이 치욕스러웠지만 그보다 더 큰 공포심이 밀려왔다.

"모, 몰랐어."

"뭘 몰라? 너 솔직하게 말해 봐. 담탱이 스파이지? 담탱이가 우리 뭐 하나 감시하고 꼬질르라고 우리 방에 넣은 거지?"

"아니야. 그런 적 없어. 그냥 아이들 수가 적은 방에 이름 쓴 거야."

"그냥? 야, 이년아. 너 우리 이름도 다 모르지? 우리가 너랑 한 반인 건 알고 있냐?"

날 둘러싸고 있는 아이들이 모두 낯설었다. 누군가가 내 머리채를 움켜쥐더니 뒤로 젖혔다. 저절로 입이 벌어졌다. 또 누군가가 내 입에 술을 쏟아부었다. 그 술이 오물처럼 여겨졌다. 나는 아무런 저항도 할 수 없었다. 그 순간 느꼈던 모욕감이나 공포심이 사레 걸린 기침이 되어 터져 나왔을 뿐이다.

다음 날 나는 지난밤 일을 아무한테도 말하지 않았다. 자존심 때문이기도 했지만 그보다는 누구도 도와줄 거란 생각이 들지 않아서였다. 내가 말해 보았자, '네 잘못이야.'라는 대답이 돌아올 것 같았다. 왜 그런 생각이 드는 건지 모르겠지만 전부터 그랬다. 초등학교, 아니 더 전부터였다. 그때부터 내 편은 어디에도 없다고 생각했던 것 같다. 나를 지키는 방법은 엘리베이터 괴물처럼 더 강력한 것을 상상하거나 공부를 잘하는 것뿐이었다. 하지만 지난밤 일을 보니 전교 1등도 나를 지켜 주는 완벽한 방패나 갑옷은 되지 못했다.

"야, 음료수 안 마셔?"

옆에 앉은 애가 툭 쳤다. 스튜어디스가 음료가 담긴 카트와 함께 서 있었다. 사이다를 주문했다. 기포가 솟아오르는 사이다를 마시려는데 울컥 구역질이 솟았다.

둘째 날 밤 나는 그 애들이 침을 뱉은 음료수를 마셔야 했다. 담임 선생님이 그 애들이 술 마신 걸 알고 학교에 가서 얘기하자고 했다는 것이다. 나는 선생님이, 아이들이 술 마신 건 알면서 그 애들이 내게 한 짓은 모르는 게 억울했다.

"내가 고자질한 거 아니야. 그랬다면 선생님이 내가 당한 건 왜 모르시겠어?"

나도 모르게 한 말이었다.

"당해? 야, 이년 웃긴다. 너 같은 년들 때문에 우리가 당하는 건 어쩌고? 너 같은 년들 때문에 우리는 맨날 쓰레기 취급받고 살아."

"야, 이년아. 니가 안 꼬질렀으면 담탱이가 어떻게 아냐? 너 학교 제대로 다니고 싶으면 알아서 해."

아이들 중 한 명이 손가락 하나로 가슴팍을 쿡쿡 찔렀을 뿐인데 나는 휘청휘청 밀려나 벽에 부딪혔다. 등에 닿는 딱딱하고 서늘한 벽의 감촉이 어디로도 피할 수 없다고 알려주는 것 같았다.

아이들이 침 뱉은 사이다를 마신 뒤 소주가 담긴 컵이 손에 쥐어졌다. 나는 치밀어 오르는 구역질을 누르기 위해 단숨에 들이켰다.

"어쭈, 제법이네."

배 속으로 들어간 술이 빠르게 혈관을 타고 돌면서 금방 머릿속이 어질어질하고 몸이 붕 뜨는 것 같았다. 눈앞에 보이는 광경이 꿈속처럼 어릿어릿했다. 내게 담배를 던져 준 애는 미영인 것 같다. 1학년 때는 저런 아이가 아니었던 것 같은데 무엇이 저렇게 변하게 만들었나.

술이라는 괴물이 내 영혼을 지배하고 있어서인지 담배가 무섭지 않았다. 나는 촛불 의식을 치를 때처럼 미영으로부터 담뱃불을 옮겨 붙였다. 그러곤 침 뱉은 사이다보다야 낫겠지 하는 마음으로 담배 연기를 들이마셨다. 기침이 터져 나왔지만 이를 악물고 다시 피웠다. 연기를 몇 모금 삼키는 순간 머리가 핑 돌면서 정신을 잃었다. 어지러운 꿈속처럼 누군가가 내 이름을 불러 댔고, 내 몸을 흔들어 댔고, 내 뺨을 쳤다. 그리고 찬 수건이 얼굴에 와 닿았다…….

'내 잘못이 아니야.'

정신이 들면서 처음으로 한 말, 아니, 생각이었다.

'내 잘못이 아니라고.'

눈초리로 흘러내린 눈물이 귓바퀴를 적셨다. 내가 술을 마시고 담배를 피웠다고 하면 엄마 아빠는 어떤 얼굴을 할까? 어떤 상황에서 그랬는지 물어봐 주고, 내게 그런 짓을 한 아이들이 나쁜 거라며 날 이해해 줄까?

전교 1등 성적표는 나를 바라보는 엄마 아빠의 눈빛을 바꿔 놓았다. 1등 한 것을 안 순간부터 나는 엄마에게 그 사실을 어떤 방법으로 알릴지 참 많은 상상을 했다. 신발을 벗어 던지고 뛰어들어 가 호들갑을 떨며 알릴까. 엄마한테 문자 메시지를 보낼까. 저녁을 먹으며 짐짓 심드렁한 표정으로 말할까. 유선이나 유미에게 슬쩍 흘릴까. 하지만 성적표가 나올 때까지 나는 결국 아무것도 하지 못했다. 성적표를 받아 든 엄마는 자신의 눈을 의심하듯 다시 한번 들여다보았다. 그러곤 날 바라보는 얼굴에 미소가 번졌다.

"운이 좋았어요. 시험에 내가 공부한 게 많이 나왔어."

나는 별것 아니라는 투로 말했지만 일부러 꾸며 낸 말만은 아니었다. 열심히 공부하긴 했지만 나도 내가 전교 1등을 할 줄은 몰랐다. 반에서 1등 한 적은 여러 번 있었지만 학년 전체 1등은 처음이었다. 나는 엄마가 약간은 흥분한 얼굴로 아빠와 할머니에게 그 사실을 알리고 학교와 학원, 과외 선생님들에게 전화 걸어 고맙다고 인사하는 걸 훔쳐보았다.

아빠는 축하하는 뜻으로 호텔 레스토랑에서 저녁을 사 주었다. 우리는 아빠를 집에서보다 식당이나 가족 동반 행사장 같은 자리에서 만날 때가 더 많다. 그런 데서 만나는 아빠는 멋있고 자랑스러워 보였지만 그만큼 거리감이 느껴져 평소에도 어렵게만 여겨졌다.

"수고했다. 1등은 하기보다 지키기가 어려운 거야. 사람들은 학교 성적순이 사회 성적순은 아니라고 하지만 그건 못하는 자들의 궤변 같은 것이고, 우리 사회에선 공부를 잘할수록 선택의 기회가 많아. 앞으로도 잘 유지하도록 해라. 유선이하고 유미도 언니 본받아서 열심히 공부하고."

아빠한테 처음으로 인정받은 것 같았다. 엄마는 백화점에서 수학여행 때 입을 옷을 사 주었고 유선과 유미는 잠시나마 내게 고분고분하게 굴었다.

"그럼 지가 공부라도 잘해야지. 공부도 못하면 어디에다 쓰누."

할머니도 말은 그렇게 했지만 여행 전날 일부러 불러서 용돈이 담긴 봉투를 주었다.

"회장님, 이 애가 전교 1등을 했다네요. 이제 제 몫은 할 것 같으니 마음 푸셔요."

할머니가 벽에 걸린 할아버지 사진에 대고 말했다. 할아버지는 내가 초등학교 6학년 때 돌아가셨다. 할아버지에 대한 기억은 엄하고 무서웠던 것밖에 없다. 전교 1등으로 비로소 나는 '제 몫'을 하는 아이가 된 느낌이었다. 그리고 내 자리를 찾은 것 같았다. 부모님의 맏딸이며 두 동생의 큰언니, 그리고 할머니의 맏손녀 자리 말이다.

나는 술 마시고 담배 피운 일이 알려질까 봐 두려웠다. 쓰레기 같은 아이들한테 당한 것도 창피했고, 아무리 강요 때문이었다고 해도 정학이나 근신을 당할지 몰랐다. 전교 1등에서 음주와 흡연으로 정학당한 애라니. 그보다 더한 추락이 있을까. 나를 괴롭혔던 아이들도 나만큼 겁나지는 않았을 것이다.

미영과 수정이 화장실에 가는지 통로를 걸어오고 있었다. 심장 박동이 빨라졌다. 그들은 무어라 웃고 떠들며 내 곁을 지나갔다. 그 자리에 내가 앉아 있다는 것도 모르는 얼굴들이다. 그 애들은 평범한 열다섯 살 소녀들로 보였다. 그동안에도 그랬다. 여행을 하는 낮과 숙소로 돌아온 밤이 너무 달랐다.

'내 잘못이 아니야! 아니라고!'

비명처럼 그 말이 튀어나오려고 했다.

"야, 너 어디 아프냐?"

누군가가 나를 툭 쳤다. 올려다보니 큰유진이 내 앞에 서 있었다.

"너 지금 얼굴이 하얘. 혹시 비행기 멀미하는 거 아냐?"

큰유진이 말했다. 고개를 가로젓자 그 애는 가던 길을 갔다.

저 애는 참 속도 편하다. 중간고사에서 전교 1등을 한 나 때문에 가장 큰 피해를 본 애는 큰유진이다. 나와 이름이 같다는 이유만으로 점수가 공개된 적이 있는가 하면 단지 그 이유로 놀림의 대상이 되기도 했다. 그 덕분에 그 애 성적을 알 수 있었다. 그런 성적을 받고도 태평스러운 게 속이 좋아선지 멍청해서인지 모르겠다.

공항에 도착해 휴대폰 전원을 켜니 기다리고 있다는 엄마의 문자가 남겨져 있었다. 반별로 해산한 뒤 나는 화장실로 갔다. 손을 씻고 거울 속의 나를 바라보았다. 수정이나 미영처럼 내 모습 어디에도 술을 마시고 담배를 피운 흔적은 없었다. 그래, 어쩔 수 없는 일이었어. 나만 입 다물고 있으면 괜찮을 거야. 그 애들도 알려져 봤자 좋은 일 없을 테니 떠벌리고 다니진 않겠지.

엄마에게 전화를 하자 기다리고 있는 곳을 알려 주었다. 수학여행지에서 내가 겪은 일을 이야기하면 엄만 뭐라고 할까? 아무도 모르기를 바라면서도 한편으론 누군가에게 털어놓고 싶었다. 그리고 '괜찮아. 네 잘못이 아니잖아.'라는 말을 듣고 싶다. 그러면 잊을 수 있을 것 같았다.

엄마가 나를 발견하곤 손을 흔들었다. 그래, 엄마한테 이야기할 거야. 나는 마주 손을 흔들며 엄마에게로 뛰어가려고 했다. 그런데 내가 보았다는 걸 확인하자마자 엄마는 돌아서서 차가 있는 곳으로 갔다. 엄마와 나 사이에는 또다시

거리가 생겼다. 나는 맥 빠진 기분으로 걸음을 옮겼다. 이렇게 공항에 나와 준 것만으로도 고맙게 생각해야 하는 걸까?

나는 엄마의 뒷모습을 눈으로 좇으며 걸었다. 그런데 반대편에서 오던 어떤 아줌마가 엄마에게 알은체를 했다. 거리가 있어 말소리는 들리지 않았다. 엄마가 나를 힐끗 돌아다보았다. 당황한 기색이 역력한 표정에 나는 주춤 멈추어 섰다. 엄마의 눈빛이 '오지 마!' 하고 외치는 것 같았기 때문이다.

아줌마는 금방 엄마와 엇갈려 내가 있는 쪽으로 걸어왔다. 아줌마는 나와 눈이 마주쳤지만 내가 엄마의 딸이란 걸 모르는 듯 그냥 지나쳤다. 그런데 어디서 본 듯했다. 고개를 돌려 아줌마의 뒷모습을 바라보는데 뒤통수에 눈길이 느껴졌다. 돌아다보자 엄마가 황급히 고개를 돌렸다. 나는 엄마 곁으로, 아니 차가 있는 곳으로 걸음을 옮겼다.

"아까 그 아줌마 누구예요? 나도 아는 사람이에요?"

차에 타며 엄마에게 물었다.

"그냥 길 물어본 사람을 니가 어떻게 알아? 안전띠나 매."

사흘 만에 만난 모녀의 첫 대화였다. 운전대를 잡은 엄마 얼굴이 굳어 있었다.

나는 그 아줌마를 며칠 뒤 학교 앞에서 다시 보았다. 문

방구에서 준비물을 사고 돌아서는데 누가 "학생." 하고 불렀다. 돌아다보니 공항에서 엄마에게 길을 물었던 아줌마가 서 있었다.

"저요?"

"그래. 너 몇 학년이니?"

2학년이라고 하자 반을 물어 왔다.

"6반인데요."

"잘됐네. 부탁 좀 하자. 이거 이유진이한테 좀 갖다 줄래? 오늘 체육 들었는데 체육복을 안 가져갔지 뭐니."

큰유진 엄마라고? 공항에서 마주쳤을 때 낯이 익었던 건 큰유진하고 닮아서였다.

당황하던 엄마 모습이 떠올랐다. 큰유진 엄마는 길을 물어본 게 아니었다. 분명히 엄마에게 알은체를 했다.

'큰유진 엄마가 어떻게 우리 엄마하고 알지?'

머리를 한 대 맞은 것처럼 멍해졌다.

"그럼 부탁한다."

큰유진 엄마가 종이 가방을 내게 건네곤 돌아섰다.

정말, 어떻게 알지? 이름표를 꺼내 다는데 가슴이 쿵덕쿵덕 뛰기 시작했다.

꽃이 진 자리에 돋는 파란 새잎은 꽃의 눈물

시인들은 앞다투어 신록을 예찬하고 있지만 아픈 사랑을 가슴에 품고 있는 내겐 새로 돋는 잎이 꽃의 눈물인 것처럼 보인다. 예술은 아픔을 먹고 크는 꽃이라는 말을 어디선가 들었거나 읽은 것 같다. 실연의 아픔을 겪지 않았으면 어떻게 만해 한용운이 「님의 침묵」이라는 시를 썼을 것이며 소월이 「진달래꽃」을 썼겠는가. 「님의 침묵」에 관한 한 나는 소라의 해석에 백 퍼센트 동의한다.

1학년 때였다. 나는 소라와 함께 「님의 침묵」을 외우고 있었다. 숙제였기 때문이다. 국어 선생님은 그 시가 한국 사람이라면 반드시 암송할 수 있어야 하는 명시라고 했지만 내게는 말을 배배 꼰 실연자의 한탄으로 여겨질 뿐이었다.

“도대체 어떤 여자가 한용운한테 배신을 때려서 이런 시를 쓰게 했나 몰라. 까짓것 여자가 떠난다고 하면 쿨하게 보내 줄 것이지 이렇게 지지리 궁상을 떨며 시는 써서 우리한테까지 피해를 주냐!”

나는 정말 타임머신이 있으면 타고 가서 한용운을 배신한 여자의 마음을 돌려놓든지 한용운에게 다른 여자를 소개해 주든지 해서 「님의 침묵」이란 시를 쓰지 않게 하고 싶었다.

“그런데 여기에 나오는 님이 조국도 되고, 부처님도 된다고? 어이없지 않냐?”

나는 이해가 되지 않았다. 조국이나 부처님하고 키스를 하고, 조국이나 부처님 말에 귀먹고 눈멀 수 있다는 게 말이 되는 소리인가 말이다.

“어른들이 오바 떠는 거야. 세상 훌륭한 시라고, 우리한테 외우라고 시키는데 님이 애인이라고 하면 우리가 시처럼 따라 할까 봐 겁나지 않겠어? 그러니까 조국이니 부처님이니 거창하게 갖다 붙이는 거야.”

소라의 결론이었다. 나는 그 말에 수긍했다. 이 시를 배운

애들이 남친, 여친하고 키스할 궁리나 하고, 사랑에 눈멀고 귀멀어서 학교를 때려치운다고 하면 큰일일 테니 말이다.

아무튼 아픈 사랑을 가슴에 품고 있는 요즘 내 귀엔 유행가 가사조차도 허투루 들리지 않는다. 실연의 쓰라림이 한용운에게 명시를 쓰게 했듯이 내 가슴속에서도 아픈 사랑의 노래가 흘러넘친다.

우리 사랑 속에는 내가 없어.
니가 알고 있는 난 내가 아니야.
미안해. 사실대로 말할 수 없었어.
니가 가 버릴까 봐.
니 웃음 대신 니 등을 보게 될까 봐
말할 수 없었어.
이러는 난
날 좋아하는 널, 널 좋아하는 날
훔쳐보기만 할 뿐이지.
우리 사랑 속에는 내가 없어.
우리 사랑 속에는 내가 없어.

소라는 내가 연습장에 끄적여 놓은 글을 보고 거짓이 난무하는 사이버 시대의 만남을 꼬집는, 비판 정신이 담긴 내용이니 동혁 오빠 카페에 올려 보라고 했다. 유치하다고 놀릴 줄 알았는데 뜻밖이었다.

"그럼 니네 동혁 오빠가 그 글에 곡을 붙여서 부를지 알아? 그리고 콘서트에 널 초대하겠지. 그럼 넌 건우랑 함께 가는 거야. 거기서 진실을 고백하는 거지. 물론 건우는 널 이해할 거고 너의 아픈 사랑이 완성되는 순간이지."

소라가 또 소설을 썼다. 오글거리긴 하지만 완벽한 결말이다. 건우와 나는 하루에 몇 번씩 채팅을 하고 집에 혼자 있는 시간이 맞으면 집 전화로 통화하곤 했다. 소라가 그 정도면 사귀는 거나 마찬가지라고 했다.

"근데 처음에 나한테 메시지 왜 보냈던 거야?"

어느 날 건우한테 물었다. 내가 진짜 물어보고 싶었던 말은 "너, 나 좋아해?"였다.

"은경이한테서 우연히 니 이름 듣는데 문득 니가 어떻게 지내나 궁금해졌어. 그리고 너 웃던 모습이 자꾸 생각나더라. 그래서 연락했던 거지."

"만나 보니까, 아니 직접 만난 건 아니지만, 초딩 때랑 지금이랑 어떤 거 같아?"

낯간지러웠지만 묻지 않을 수 없었다.

"여전히 잘 웃고, 유머 감각 있고, 솔직한 거 같아. 거기다 공부까지 잘하고. 완전 내 스타일이야."

"내 스타일이야."에서 심장이 뛰었지만 "솔직한 거 같아."가 기쁨을 산산조각 냈다.

솔직하다니. 건우가 문자를 보내 오는 휴대폰 번호는 소라 것이고, 건우가 받는 답 문자는 나 대신 소라가 보내는 것이다. 소라는 이젠 내게 물어보지도 않고 답 문자를 보낸 뒤 나중에 알려 줄 때도 많다. 그러니 유머 감각도 소라 것이다. 건우가 든 세 가지 중 두 개는 내 것이 아니다. 가장 걸리는 건 건우가 자랑스러워하는 전교 1등이다. 내 생각에, 건우가 더 적극적이 된 건 그 오해가 생기고부터다. 그러니까 건우는 그냥 이유진이 아니라 전교 1등 이유진에게 관심이 있는 거다. 휴대폰은 어찌어찌해서 얻을 수 있다고 해도 전교 1등은 내가 죽어 다른 아이로 환생하면 모를까, 영원히 불가능한 일이다.

작은유진이가 전교 1등을 하기 전에는 학원을 다니지 않아 내 시간이 많은 편이었다. 그런데 이젠 학교에서 6·7교시를 하고 와 겨우 간식 먹고 학원 숙제 한 다음 또다시 다섯 과목을 돌아가면서 공부하는 종합 학원에 가야 한다. 학원에선 주말마다 시험을 보고 숙제도 만만치 않다. 밤 10시가 넘어 집에 와 숙제하고 컴퓨터 좀 들여다보면 금방 자정이 된다. 다음 날 학교에 가면 첫 시간부터 졸음과 싸워야 한다. 학원을 위해 학교가 있는 건지, 학교를 위해 학원이 있는 건지 알 수 없을 지경이다.

이게 다 작은유진이 때문이다. 청춘을 학원에 바치게 만든 작은유진이는 내 인생의 방해물이 틀림없다. 그런 애가 토요일 학교 끝난 뒤에 보자고 했다. 자기가 나한테 무슨 할 말이 있다고. 같은 이름 때문에 생기는 문제의 최대 피해자는 나인데 말이다. 소라가 함께 가 주겠다고 했다.

"혼자 오라고 했으니까 일단 혼자 가 볼게."

"고거, 보통내기 아닌 거 같던데. 무슨 일 있으면 핸폰 때려. 아참, 너 전화 없지. 음, 그럼 그 기집애한테 빌려서 전화해. 알겠지?"

어쨌거나 나는 '큰' 유진이고 그 애는 '작은' 유진이다. 설령 머리채를 잡고 싸우는 일이 벌어진다 해도 지지 않을 자신이 있다.

나는 소라에게 집에 가는 대로 소식을 전해 주기로 하고 등나무 벤치로 갔다. 먼저 와서 기다리고 있던 작은유진이가 내 뒤를 보았다. 소라가 함께 오나 살피는 눈치였다. 등나무 줄기에도 등꽃의 눈물이 돋아나고 있었다. 토요일 방과 후의 학교는 조용했다. 아이들도 선생님들도 주말을 즐기기 위해 서둘러 학교를 빠져나갔으리라. 한시라도 빨리 벗어나고 싶은 곳엘 남아 있어야 하다니 정말이지 작은유진이는 내 인생에 도움이 안 되는 애다.

"할 이야기가 뭐냐?"

나는 조끼 주머니에 손을 넣고는 등나무 기둥에 몸을 기댄 채 다리를 건들거렸다.

"우선 앉아."

작은유진이가 가라앉은 목소리로 말했다. 나는 조금 전 내 모습이 기선을 제압했을 거라고 믿으며 맞은편에 앉았다. 잠시 뜸을 들인 작은유진이가 입을 열었다.

"너 그때 나 안다고 했던 거 정말이야?"

작은유진이의 크고 동그란 눈이 날 빤히 바라보았다. 적을 만난 고양이처럼 목털을 잔뜩 세우고 있던 나는 특별할 것도 없는 말에 김이 빠졌다.

"그럼 내가 할 일이 없어서 그랬겠냐? 너 아니라면서 그건 왜?"

나는 여전히 건들거리는 자세로 되물었다.

"니가 말했던 사건이란 게 뭔지 말해 줄 수 있어?"

"갑자기 그건 왜?"

"이유는 묻지 말고 그냥 이야기해 주면 안 돼?"

작은유진이의 눈빛이 흔들리는 것 같았다. 눈빛에 따라 내 마음도 흔들렸다. 하지만 소라한테도 하지 않은 이야길 아무 상관 없는 작은유진이한테 들려주고 싶지 않았다.

"니가 그 작은유진이라면 몰라도 다른 사람한테는 말하기 싫어. 내 프라이버시하고도 상관있는 일이니까."

나는 작은유진이한테 단호하게 말한 게 통쾌했다. 어찌됐건 전교 1등이 내게 사정을 하고 있는 것이다. 이제 작은유진이의 눈빛은 간절해졌다. 하지만 난 무시하기로 했다.

"그 얘기 때문에 날 보자고 한 거면 그만 가겠어."

그 말을 남기며 일어서는 내가 멋있게 여겨졌다.

"있지, 나랑도 상관이 있는 것 같아서 그래."

작은유진이의 목소리가 다급해졌다. 나는 어리둥절해져 작은유진이를 내려다보았다.

"우리 엄마가 너희 엄마를 알아. 내가 니가 말하는 그 애가 맞는 것 같아. 도대체 무슨 일이 있었던 거야?"

작은유진이의 눈빛이 나를 잡았다.

"엄마끼리 아는 걸 어떻게 알았어?"

작은유진이가 공항에서의 일과, 학교 앞에서 우리 엄마를 만났다는 이야기를 했다. 화장실에 다녀오니 체육복 가방이 있어서 작은유진이가 갖다 놓은 줄도 몰랐다.

"우리 엄마가 널 알아봤어?"

작은유진이가 아니라고 했다. 다행이었다. 나야 유치원에서 작은유진이를 날마다 만났지만 엄마는 가끔 보았으니 기억을 못 하는 게 당연했다. 엄마는 작은유진이 엄마를 만난 사실을 말하지 않았다. 내게 굳이 그때 일을 떠올리게 하고 싶지 않았을 것이다. 엄마는 내가 가위로 잘라 낸 듯 그때 일을 잊기를 바랄 테니까.

"지금은 아무 문제 없는 것 같아도 커서 후유증이 나타날 수도 있대. 늘 조마조마해."

언젠가 엄마가 큰이모에게 하는 말을 들은 적이 있다. 때때로 엄마가 살피는 듯한 눈초리로 날 바라보는 것도 그 일과 연관이 있음을 알고 있다. 내가 작은유진이 이야기를 하지 않았던 것도 나 역시 엄마에게 그 일을 상기시키고 싶지 않은 이유가 가장 컸다.

"경찰서에도 가고 기자들도 왔었다며. 도대체 무슨 일이 있었던 거야? 우……리가 무슨 나쁜 짓이라도 저질렀던 거야?"

작은유진이 목소리가 떨렸다. 그때 그 애가 맞는 것 같은데 자신에게 일어난 일을 기억하지 못한다는 게 이해되지 않았다. 그 일은 넘어졌거나 싸운 것처럼 쉽게 잊을 수 있는 일이 아니다. 정말 사고라도 당해서 기억 상실증에 걸린 걸까? 식당 개 3년이면 라면을 끓인다더니 나도 소설 쓰는 친구랑 3년을 놀다 보니 소라의 상상력을 닮아 가는 모양이다. 만일 그 사건의 후유증 때문이라면 내가 이해를 해야겠지. 마음이 한껏 넓어졌다.

"나쁜 짓은 우리가 한 게 아니라 그놈이 한 거지."

'우리'라는 단어가 작은유진이와의 거리를 좁혔다.

"그, 그놈? 그……놈이 누군데?"

작은유진이의 눈에 두려움이 가득 찼다.

"유치원 원장 말이야. 원장이 초록 반 여자애들한테 못된 짓을 저질렀잖아."

아, 내게도 언제 다쳤는지 기억나지 않는 무릎의 흉터 같은 게 아니었다. 기억을 떠올리자 벌레가 온몸을 기어 다니는 것처럼 불쾌해져 나는 진저리를 쳤다. 그 당시에는 느끼지 못했던 불쾌감이었다. 엄마가 말한 후유증이란 게 이런 건가?

"못된 짓? 그게 뭔데?"

작은유진이의 표정이 텅 빈 듯 멍해졌다.

"야, 너 그게 무슨 짓인지 정말 모르는 거야? 아님 모르는 척하는 거야?"

화가 솟구쳤다. 저런 애가 전교 1등이라니.

그때는 원장 말대로 날 귀여워해 주는 건 줄 알았다. 내가 너무 귀엽고 사랑스러워서 나를 무릎에 앉히고……. 아니, 그때도 불쾌했던 것 같다. 하지만 원장은 내가 엄마 립스틱을 몰래 가져온 것도 비밀로 해 주었고, 유치원 꽃병을 깬 것도 비밀로 해 주었다. 그러니까 나도 원장이 내게 한 짓을 비밀로 해야 했다. 가뜩이나 형진이만 사랑하는 엄마 아빠가 내 잘못을 알면 나를 싫어할까 봐 겁먹었던 것 같다.

작은유진이는 천진한 어린아이의 표정으로 나를 말끄러미 올려다보았다. 원장을 바라보는 내 눈이 저러했을 것이다. 나는 털썩 자리에 앉아 작은유진이를 마주 보았다.

"정말 몰라? 너 때문에 그놈 짓이 들통난 거잖아. 니가 집에 가서 인형 목 자르고 다리 찢고 해서 알려진 거잖아."

나는 그 사실을 엄마들끼리 하는 이야기로 알았다. 작은유진이 엄마가 목이 잘리고 다리가 찢긴 인형을 경찰한테 보여 주었다고 했다. 내가 갖고 싶어 했던 인형을 망가뜨린 작은유진이가 바보 같다고 생각했던 게 떠올랐다.

작은유진이는 뻣뻣하게 굳어 버린 것처럼 앉아 있다 겨우 짜낸 듯한 목소리로 물었다.

"그럼 그 애가 자기네 엄마한테 얘기한 거래?"

작은유진이는 그 아이가 남인 것처럼 물었다.

"그래. 그래서 니네 엄마가 다른 애들한테 조사를 해 봤나 봐."

그러고 보니 작은유진이 생일 때 우리 반 여자애들 전부가 초대받아 간 것 같다. 미미 요술 봉을 선물했던 그 생일 말이다. 방으로 나를 데리고 간 작은유진이 엄마는 원장 선생님이 너도 귀여워해 줬냐고 물었다. 꼬치꼬치 물었고, 나는 빨리 아이들한테 가고 싶어 원장이 날 어떻게 귀여워해 줬는지를 술술 이야기했다. 그때는 어린 데다 먹고 노느라 정신없어 몰랐지만 지금 생각하니 다른 애들도 번갈아 불려가 작은유진이 엄마에게 원장과 했던 '놀이'에 대해 이야기했을 게 분명했다.

나는 그날 밤 엄마와 아빠에게 그 이야기를 다시 해야 했다. 엄마가 울음을 터뜨리며 나를 끌어안았고 아빠는 주먹으로 벽을 쳤다. 그때 내 기분은……, 슬프고 무서우면서도 달콤했던 것 같다. 동생한테 엄마 아빠의 사랑과 관심을 다 빼앗겼다고 생각하던 때에 엄마 품에 안겨 울음 섞인 사랑 고백을 듣는 건 참 행복한 일이었다.

"사랑해, 사랑해. 엄마가 우리 유진이 이 세상에서 제일 사랑하는 거 알지?"

"형진이보다 더?"

엄마는 눈물 젖은 뺨을 내 얼굴에 마구 문지르며 그렇다고 대답했다. 그 당시 가장 듣고 싶던 말이었기에 기분 좋고 행복했다.

그 뒤 유치원은 어수선하고 뒤숭숭해졌다. 부모님들은 우리를 그렇게 사랑하던 원장에게 쫓아가 행패를 부렸으며, 우리는 경찰서에 가서 원장이 어떻게 귀여워해 주었는지 어떤 놀이를 했는지 이야기했다. 한 번뿐이 아니다. 기자들에게도 이야기했다. 그때 엄마로부터 가장 많이 들었던 말이 "사랑해."와 "네 잘못이 아니야."다. 내 인생에서 그 시기만큼 주목받고 관심받을 일은 앞으로도 없을 것 같다. 아빠가 '이 모 양'인 내가 한 말을 인용한 신문을 울분과 분노에 떨며 찢어발기던 것도 생각난다. 다 잊고 있던 일이었다. 그때 일이 마음속에 이토록 고스란히 남아 있는 줄 몰랐다.

"그런데 니네가 갑자기 이사를 가 버렸어."

나는 작은유진이를 노려보았다. 기억 저편으로 사라진 줄 알았던 일들을 다시 끄집어내게 만든 그 애에게 화가 치밀었다.

"왜? 왜 이사를 가 버렸는데?"

작은유진이 얼굴은 여전히 굳은 채였다.

"야, 그걸 니가 알지 내가 어떻게 아냐? 어른들이 니네가 도망갔다고 욕하던 건 생각나네. 아마 의리 없다고 그런 거겠지. 솔직히 안 그러냐? 일이 해결 날 때까지 같이해야지, 치사하게 중간에 이사를 가냐?"

어른들이 작은유진이네를 욕한 정확한 이유는 모르겠지만 그런 짐작이 들었다.

"그럼…… 그 원장은 어떻게 됐어?"

원장은 감옥에 갔다. 감옥에서 나온 뒤 이민을 갔다는 것 같다. 하긴 무슨 낯짝으로 이 나라에서 살 수 있겠는가. 자기 유치원에 다니는 어린아이들한테 못된 짓을 한 나쁜 놈. 거지꼴을 한 그놈이 사람들에게 돌팔매질 당하는 모습을 상상하자 마음이 조금 풀리는 것 같다.

"그러니까 그 애가 잘못한 게 아니지? 잘못은 그, 놈이 한 거지?"

작은유진이가 매달리듯 물었다.

"그거야 당연한 거지. 어떤 사람이 걸어가고 있는데 미친개가 달려들어 물었다고 해 봐. 그럼 그게 물린 사람 잘못이냐? 미친개 잘못이지."

이젠 미친개한테 물려서 생긴 흉터마저 희미해졌는데도 내가 뱉은 말에 속이 후련했다.

"그럼 됐어."

갑자기 작은유진이가 발딱 일어섰다. 그러곤 치마를 탁탁 털더니 휙 하니 가 버렸다. 주위에 아무도 없는 양 무시하는 평소 태도로 돌아가 있었다. 나는 너무 어이없어 화가 났다. 그리고 작은유진이의 꾀에 넘어가 치부를 내보인 듯 찜찜한 기분이 들었다.

퍼즐 판 속 아이

건물 모퉁이를 돌아 큰유진의 시선에서 벗어나는 순간 무릎이 꺾여 그 자리에 주저앉고 말았다. 눈앞에 텅 빈 운동장이 펼쳐져 있었다. 그 운동장이 머릿속에 들어앉은 듯 나는 아무런 생각도 할 수 없었다. 뒤에서 들리는 발소리에 벌떡 일어나 마구 뛰기 시작했다. 큰유진에게 이런 모습을 보이고 싶지 않았다.

교문을 빠져나와 찻길 두 개를 건넌 뒤에야 걸음을 늦추었다. 학교 앞에서 마을버스를 타야 하지만 거기 서 있다 큰유진을 만날 것 같아 지나쳤다. 얼마나 빨리 달렸는지 심장이 부서질 것처럼 아팠다. 나는 숨을 헐떡거리며 가로수에 기대어 섰다.

내가 졸업한 사립 초등학교는 학생 수가 많지 않았다. 조기 유학을 가는 애가 많아서 졸업생 수는 더 줄었다. 그마저도 학군이 나뉘어 나는 단 한 명의 친구도 없이 중학교에 입학했다. 그런 학교에서 같은 유치원을 다녔다는 아이를 만나다니. 가쁜 숨을 진정하며 큰유진한테 들은 이야기를 되새겨 보았다. 이건 상상보다 더 나쁜 경우다. 나는 그동안 엄마, 아빠와의 관계를 이해하기 위해 두 가지 버전의 상상을 해 왔다. 그러지 않고선 부모님, 특히 엄마와 나 사이에 흐르는 강, 그 차가운 거리를 납득할 수 없었기 때문이다.

엄마는 누가 보든지 가정에 헌신적인 사람이었다. 나한테도 마찬가지였다. 나는 부잣집 아이들만 다닌다는 사립 초등학교에서도 누구보다 예쁘게 하고 다녔다. 긴 머리는 언제나 단정했고, 좋은 옷을 입었고, 신발은 늘 청결했다. 아무리 깔끔한 아이들도 더러는 주말에 빠는 것을 잊어 지저분한 실내화를 신었지만 난 한 번도 그런 적이 없었다. 집에서도 유선과 유미 방보다 내 방이 훨씬 좋았다. 중학교에 가면서 초등학생 때 쓰던 가구도 새것으로 싹 바꿔 주었다. 동생들이 언니한테만 잘해 준다며 엄마에게 불만을 터뜨렸지만 단지 그만큼뿐이란 걸 나는 알았다. 아무리 예뻐도 조화에선 향기가 나지 않는 것처럼 나는 엄마에게서 사랑을 느낄 수가 없다. 그 때문에 난 엄마가 계모일지 모른다고 생각했다.

유선과 유미는 분명히 엄마가 낳았다. 배부른 모습과 진통이 시작된 엄마가 병원에 가던 것을 확실하게 기억하니까. 그럼 나를 낳은 생모는 누구일까? 어떤 사람일까? 혹시 드라마에서처럼 출신 성분이 나쁜 여자였을 수도 있다. 할머니가 나를 볼 때마다 못마땅해하는 것도 그 때문인지 모른다. 수학여행 때 내가 쉽게 담배를 피울 수 있었던 것도 마찬가지다.

엄마 역시 할머니 마음에 차는 며느리는 아닌 게 분명하다. 나는 할머니가 엄마의 친정 식구들, 그러니까 내 외가 사람들을 흉보는 걸 들은 적이 많았다. 교양과 명예를 중요하게 여기는 할머니지만 엄마의 홀어머니와 사고뭉치 남동생들을 흉보는 일에는 체면을 차리지 않았다. 할머니는 외가 식구들을, 무언가를 뜯어내려고 호시탐탐 틈을 노리는 사람들로 표현했다. 나도 비굴함이 습성이 된 외할머니를 별로 좋아하지 않았다. 허황돼 보이는 외삼촌들 역시 마찬가지였다. 1년에 한두 번 보는 것도 싫었다. 할머니가 그런 집 딸인 엄마를 며느리로 받아들인 건 순전히 아빠에게 딸린 나라는 혹 때문이었을 것이다.

엄마는 누구라도 베풀 수 있는 만큼의 애정만 내게 보여 준다. 이를테면 시험을 잘 쳤거나 대회에 나가서 상을 타 왔을 때 같은. 새엄마이니 당연하다. 그때마저 냉랭하면 친엄마가 아니라서 그런다고 할머니한테 꾸지람을 들을 테니 말이다. 할머니가 엄마한테 무어라 화를 내다 내가 나타나면 입을 닫곤 하던 어렴풋한 기억을 근거로 삼아 그렇게 추측해 왔다. 그리고 엄마가 내게 언뜻언뜻 보여 주는 복잡한 감정으로 뒤엉킨 듯한 눈빛을 그렇게 해석해 왔다. 가끔씩 날 어떻게 대해야 할지 몰라하는 사람처럼 느껴질 때도 마찬가지였다. 냉엄한 할머니가 어쩌다 내게만 보여 주는 연민 섞인 눈초리 또한 그래서라고 생각해 왔다.

또 한 가지는 반대의 경우인데 이번엔 아빠가 새아빠란 상상이다. 이유는 딱 한 번 경험했던 외할머니의 손길 때문이었다. 유치원에 다니던 때였던 것 같다. 외할머니가 눈물을 글썽거리며 꺼끌꺼끌한 손으로 내 몸을 쓸고 또 쓸었다.

그러면서 주문을 외듯이 말했다.

"어린 게 불쌍해서 어쩔 거나, 어쩔 거나……."

엄마가 신경질 섞인 목소리로 외할머니의 입을 막았다. 그다음부턴 외할머니가 날 바라보기만 해도 내 귀엔 "어린 게 불쌍해서 어쩔 거나, 어쩔 거나……." 하는 목소리가 들려왔다. 엄마를 따라 새아빠랑 사는 외손녀가 얼마나 가엾을까. 이 상상은 친할머니의 기세등등함이나 엄마의 맹목적인 순종을 이해할 수 있게 했다. 엄마는 다른 가족에게 미안하고 눈치가 보여 내게 사랑을 표현하지 못하는 것이다. 엄마의 복잡한 감정이 얽힌 눈빛은 불쌍한 딸에게 보내는 최대한의 사랑이다. 데려온 자식인 내가 유선이나 유미보다 더 물질적 풍요를 누리는 건 할머니가 무엇보다 체면을 중시하는 분이기 때문에 가능한 일이리라. 남의 자식에게도 잘해 주는 교양 있는 집이라는 걸 보여 줘야 하니까.

아빠의 존재는 이런 경우든 저런 경우든 크게 중요하지 않았다. 내 기억 속 아빠는 늘 집에 없거나 바빴다. 해외 출장에서 사 온 옷이나 장난감 들만이 내게도 아빠가 있다는 사실을 깨닫게 해 주었다. 할아버지가 돌아가신 뒤로는 회사를 도맡아 경영하느라 더욱 바빴다. 할머니 말대로라면 아빠는 한 가정의 가장이기 이전에 수많은 직원을 책임져야 하는 회사의 가장이다. 우리 자매들은 아빠의 바쁨과 부재에 익숙했다. 어쨌든 나는 내가 누리는 풍요에 허위와 가식이 섞여 있다고 해서 그걸 비웃거나 무시해 버릴 만큼 어리석지 않다. 더구나 내 처지를 비관해 어설픈 반항을 할 만큼 치기 어리지도 않다.

우리 가족의 모습으로 만들어진 퍼즐 판이 있다. 그 퍼즐 판 속 내 모습 조각은 늘 불안정해 보인다. 그래서 퍼즐 판이 조금만 흔들려도 가장 먼저 튕겨 나갈 것 같다. 그 안에서 제자리를 지키고 있으려면 모범생이 되어야 한다. 내게 주어진 자리의 모양이 그렇다. 공부 잘하고, 어른들에게 순종하며 예의 바른.

그런데 큰유진이 퍼즐 판에서 내 모습 조각을 꺼내 내동댕이쳐 버린 느낌이다. 나는 내 자리로 돌아갈 수 있을까?

"얘, 왜 전화도 안 받고 그러고 서 있니? 어디 아파?"

지나가던 아줌마가 내 팔을 건드리며 말했다. 정신을 차리니 가방 속에서 휴대폰 벨 소리가 울리고 있었다. 발신자 번호는 집이었다. 툭 떨어진 가슴이 뛰었다. 벨 소리가 끊어졌다 다시 울렸다. 나는 심호흡을 한 뒤 전화를 받았다. 엄마였다.

"왜요?"

소리가 목에 걸려 잘 나오지 않았다.

"지금 어디니? 오늘 혜연이 연주회 가기로 한 거 잊었어?"

혜연 언니는 둘째 고모 딸이다. 대학교에서 피아노를 전공하는데 오늘 발표회를 연다고 했다. 학교 끝나자마자 집에 가서 옷을 갈아입고 공연장에 가기로 했는데 잊고 있었다. 하지만 지금 심정으론 가족과 공연장에 가는 것도, 친척들을 만나는 것도 싫었다.

"엄마, 저 안 가면 안 돼요? 학원 숙제도 많이 밀려 있고, 내일 과외 예습도 해야 하는데. 기말고사 준비도 해야 하고……."

나는 대학 못지않게 입학 경쟁이 심한 특목고를 지망하는 예비 수험생이다. 주말 모임에 빠질 이유는 충분했다.

"그럴래? 그런데 나가서 먹으려고 점심 준비 안 해 놨는데."

엄마도 날 반드시 데려가고 싶은 건 아닌 듯했다. 내가 엄마가 데려온 자식이란 생각을 했던 이유 중에는 그것도 있었다. 엄마는 예전부터도 나를 친척 모임에 잘 데려가지 않았다.

"제가 알아서 먹을게요."

엄마가 점심에 대해 일러 주곤 전화를 끊었다. 나는 걸음을 떼어 놓기 시작했다. 하지만 기다렸다는 듯이 큰유진이 했던 이야기가 녹음기에서 재생되듯 들려왔다.

내가 인형 목을 자르고 다리를 찢었다고? 그래서 엄마가 가장 먼저 그 일을 알았다고? 하지만 내 기억 속엔 아무것도 없다. 도대체 내게 일어났던 일을 내가 그렇게 모를 수도 있는 걸까? 하긴 지금 집으로 가고 있는 나도 나 같지 않다. 나는 다른 곳으로 가고 싶은데 학교와 학원, 집 말고는 아는 데가 없는 다리가 날 집으로 데려가고 있다.

큰유진 말이 사실이라면, 내가 그런 일을 당한 게 사실이라면……. 갑자기 나를 담고 있는 내 몸이 혐오스러워졌다. 어른들의 눈빛이 날카로운 칼날처럼 가슴에 와 꽂혔다. 그래서 날 그런 눈빛으로 바라보는 걸까? 아니야, 그럴 리 없어. 나는 세차게 도리질을 했다. 그게 사실이라면 내가 어떻게 기억 못 할 수가 있겠어. 큰유진 그 애가 나 때문에 공부 시간에 놀림거리가 되더니 복수하려는 거야.

그럼 엄마랑 그 애 엄마랑 아는 건? 엄마가 길 물어봤던 거라고 했잖아. 그래, 그런 걸 거야. 내게 그런 일은 없었어. 아무 일도 없었어. 나는 내게 말했다.

텅 빈 집에 들어서자 혼자라는 안도감이 느껴졌다. 나는 갈아입을 옷을 꺼내 들고 욕실로 갔다. 온몸이 땀으로 축축해 얼른 씻고 싶었다. 옷을 벗고 온수를 틀었다. 이온 연수기 때문에 온수가 나오려면 시간이 좀 걸린다. 물을 틀어 놓고 나는 거울 앞에 서서 거울을 보았다. 내 몸은 초등학생일 때와 달라진 게 별로 없다.

며칠 전 짝인 윤주가 내게 작은 소리로 생리를 하느냐고 물었다. 내가 아직 안 한다고 하자 윤주 얼굴이 활짝 펴졌다. 윤주는 공부도 웬만큼 하고 조용해서 그나마 마음에 드는 애였다. 윤주는 1번도 생리를 하는데 자기는 아직 안 해서 창피하고 가슴 나온 아이들이 부럽다고 했다. 나는 생각하는 건 어린애 같으면서 가슴하고 엉덩이만 커진 애들이 뭐가 부럽냐고 해 주었다.

"그게 정상인 거잖아. 엄마도 걱정된다면서 여름 방학 때까지 안 하면 병원에 가 보기로 했어."

생리를 하지 않아 다행이라고 여기고 있었기에 윤주 말은 뜻밖이었다. 나는 그동안 내가 뒷번호 아이들처럼 부쩍부쩍 자라 아가씨 태가 나면 퍼즐 판의 내 자리에서 쫓겨날 것 같은 두려움을 가지고 있었다.

거울 속에 크고 동그란 눈을 가진 내가 보였다. 그 눈은 아기처럼 맑고 천진했다. 나는 언제까지나 저 모습으로 있고 싶다. 몸에 비누칠을 하는데 큰유진의 말이 떠올랐다.

"원장이 초록 반 여자애들한테 못된 짓을 저질렀잖아."

수증기 때문에 뿌예진 거울 속으로 얼핏 스쳐 지나가는 얼굴이 있었다. 황급히 거울을 닦았지만 그 모습은 사라지고 말았다.

"정말 몰라? 너 때문에 그놈 짓이 들통난 거잖아. 니가 집에 가서 인형 목 자르고 다리 찢고 해서 알려진 거잖아."

순간 벌레가 몸 위를 기어가는 듯한 느낌이 들었다. 나는 비명을 지르며 주저앉았다. 몸 구석구석을 살폈지만 벌레는 없었다. 하지만 너무도 생생한 느낌이었다. 벌떡 일어선 나는 느낌을 지우기 위해 몸을 샤워 타월로 박박 문질렀다.

아, 이렇게 몸을 닦은 적이 또 있던 것 같다. 수증기 너머 거울로 또 한 장면이 지나갔다. 어떤 여자가 꼬마 아이의 몸을 박박 닦고 있다. 아이가 아프다고 소리치며 울자 여자가 따귀를 때린다. 아마 처음 맞아 보는 것 같다. 아이는 자신이 맞았다는 사실에 너무 놀라 울음을 멈춘다. 억지로 삼킨 울음이 아이의 숨을 막는다. 그래도 여자는 아이의 살갗을 벗겨 낼 것처럼 문질러 대고 있다. 나는 샤워기에서 쏟아지는 물줄기를 거울에 들이댔다. 꼬마와 여자가 사라진 자리에 그들을 바라보던 내가 있다. 그 얼굴이 꼬마 아이를 때리던 여자처럼 하얗게 질려 있다.

거실로 나왔다. 익숙한 집 안 풍경이 마음을 가라앉혔다. 거실은 인테리어 잡지에 소개되는 집처럼 아름답고 쾌적했다. 나는 빨랫감을 세탁실 바구니에 넣은 뒤 머리를 말리며 우유와 시리얼을 꺼냈다. 엄마가 밥과 국이 있다고 말해 주었지만 간단하게 요기를 하고 공부할 생각이었다. 엄마에게 했던 말이 연주회에 가지 않으려는 핑계만은 아니었다. 나는 중간고사 성적을 유지하고 싶었고, 그러기 위해선 아이들이 놀고 있을 시간도 알차게 보내야 한다.

시리얼을 먹었는데도 속이 헛헛했다. 냉장고에 파인애플 통조림이 있었다. 그걸 꺼내 먹었다. 더 허전했다. 빵에 버터와 잼을 발라 먹었다. 그래도 허기가 가시지 않았다. 나는 엄마가 일러 준 대로 국을 전자레인지에 데워 밥을 말아 먹었다. 밥이 목까지 차자 그제야 배가 불렀다.

나는 커피를 한 잔 타 들고는 방으로 들어갔다. 잡념 따위에 빠져 있을 시간이 없었다. 내 1차 목표는 외고 합격이지만 2차 목표는 스카이나 외국 명문대 입학이다. 엄마가 새엄마든 아빠가 새아빠든 내가 가족의 일원으로 당당하게 자리 잡을 길은 그것뿐이다.

기본 과목은 날마다 예습 복습을 철저히 해 놓아야 한다. 국어 자습서를 펼쳤다. 지문으로 나온 소설을 읽는데 '성', '폭', '력' 자가 볼드체로 도드라졌다. 나는 깜짝 놀라 눈을 깜빡였다. 그 글자들은 도로 자기 문장 속으로 들어가 보이지 않았다. 가슴이 두근거렸다. 큰유진이 말한 못된 짓이란 다름 아닌 성폭력일 것이다. 그 단어는 텔레비전 뉴스나 신문 기사에 하루가 멀다 하고 나오는 말이다. 그 단어와 내가 연관이 있을 거라곤 상상도 해 본 적이 없었다.

샤워할 때 느꼈던 기분이 다시 살아났다. 막연히 벌레가 기어가는 듯한 느낌이 아니라 좀 더 구체적이고 생생했다. 겁에 질린 꼬마 아이, 아까 제 엄마한테 맞던 아이다. 그 아이가 누군가에게 주춤주춤 다가가고 있다. 누군가는 가슴밖에 보이지 않는다. 아이를 무릎 위에 올려놓은 누군가가 꼬마 아이의 치마를 들춘다. 크고 맑은 아이의 눈동자가 공포로 더욱 커진다.

아악! 나는 외마디 소리를 질렀다. 그러고 머리를 마구 흔들어 댔다. 내 비명에 환영들이 모두 달아나면 좋겠다. 그동안 여기저기서 보고 들어 머릿속에 있던 것들이 큰유진의 말 때문에 실제 겪은 일처럼 떠오르는 것이다. 그런 것이다. 구역질이 났다. 너무 많이 먹은 모양이다. 욕실 문을 열려다가 멈칫 섰다. 들어가면 아까 보았던 환영들이 달려들 것만 같았다. 나는 안방 화장실로 달려갔다. 헛구역질만 날 뿐 아무것도 나오지 않았다. 답답해서 미칠 것 같았다. 손가락을 목구멍에 넣어 보았지만 눈물만 나올 뿐이었다. 가슴을 두드리던 나는 수납장에 있는 아빠의 담배와 라이터를 보았다. 수학여행 때 일이 떠올랐다. 정신을 잃게 했던 담배. 그 아이들이 나를 계속 괴롭히지 않았던 이유는 내가 기절했기 때문일 것이다.

나는 아빠 담배로 손을 뻗었다. 그때처럼 담배가 이번에도 날 이 상황에서 도망치게 해 주지 않을까. 담배 한 개비를 꺼냈다. 와들와들 떨려 몇 번이나 실패한 끝에 라이터 불을 붙일 수 있었다. 나는 허겁지겁 연기를 빨아들였다. 머리가 팽 돌며 기침이 쏟아져 나왔다. 또 한 모금 삼키자 연기는 머릿속을 가득 채웠다. 나는 비틀거리며 화장실 벽에 기대어 섰다.

집을 나가고 싶어

정말이지 더는 이 집에 살고 싶지 않다. 우리 식구 중 내 마음에 드는 사람은 하나도 없다. 자식을 소유물로 여기며 사사건건 간섭하는 엄마나, 엄마한테는 귀엽고 사랑스러운 막내일지 몰라도 내게는 싸가지 왕재수인 형진이는 물론이고, 그나마 나를 가장 잘 이해해 준다고 믿었던 아빠까지 그럴 줄 몰랐다.

일요일 낮이었다. 엄마가 점심때, 밥 먹고 나서 다 함께 공원으로 산책을 가자고 했다.

"싫어!"

"안 돼!"

나와 형진이가 동시에 외쳤다. 형진이는 친구들과 인라인 스케이트를 타기로 약속이 돼 있다고 했다. 나는 건우가 시간 봐서 채팅을 하자고 했기 때문에 컴퓨터를 떠날 수가 없다. 지난주에 드디어 건우가 사귀자고 했고, 나는 당연히 오케이 했다. 우리는 이제 초등학교 동창이 아니라 사귀는 사이가 된 것이다. 일요일인데 직접 만나 데이트는 못 하더라도 채팅이라도 해야 하지 않겠는가. 아빠는 아무래도 좋다는 표정이었다.

"벌써부터 저 모양들이니 나중에 우리가 늙으면 쳐다보지도 않을 거야. 마음 단단히 먹고 있어야지. 안 그래, 여보?"

엄마가 서운한 표정으로 아빠에게 동의를 구했다. 엄마는 자신이 대단한 피해자인 것처럼 말하지만 엄밀하게 따지면 자업자득인 셈이다. 내가 어릴 때, 그토록 엄마의 사랑과 관심을 갈구할 때는 잠시라도 떼어 놓지 못해 안달을 떨어 놓고 이제 와서 불효자 취급하다니 나야말로 억울한 일이다. 물론 어린 내가 이모네 집에 맡겨져 있는 동안 엄마의 등판을 차지하고 업혀 다녔던 형진이는 그런 말을 들어도 싸지만 말이다.

아빠는 엄마에게 닦달당하지 않을 만큼만 동조를 하곤 거실로 가 텔레비전을 켰다. 그러곤 곧 프로 야구 중계에 빠져들었다. 나는 상 치우는 걸 거드는 시늉을 하다 얼른 내 방으로 도망쳤다. 엄마의 푸념 상대가 되고 싶지 않았기 때문이다.

"남들은 딸이 크면 친구가 돼 준다는데……."

난 뒷말을 듣지 않으려고 방문을 소리 내 닫았다. 어른들은 자식들에게 바라는 게 너무 많다. 어린 시절, 청소년 시절을 먼저 경험해 본 사람이 자식의 친구가 돼 줘야지, 자식더러 아직 돼 보지도 못한 어른의 친구를 해 달라니 정말 어이가 없다.

나는 얼른 컴퓨터를 확인했다. 건우 메시지는 없었고 소라가 몇 번이나 부른 흔적이 있었다. 가장 나중 메시지에선 게임을 할 테니 나중에 얘기하자고 했다. 나는 오래간만에 동혁 오빠 팬 카페에 들어갔다. 건우한테 연락 오기만을 초조하게 기다리고 있는 것보다 팬 카페에서 놀며 시간을 보내는 게 나을 것 같았다. 비록 브로마이드는 떼어 냈지만 동혁 오빠를 마음에서까지 떠나보낸 것은 아니다. 신곡 발표를 앞둔 요즘 오빠에게 힘을 실어 주어야 한다. 카페 게시판엔 그동안 못 읽은 글들이 밀려 있었다.

열심히 게시 글을 읽으며 댓글들을 달고 있는데 은경이한테서 메시지가 왔다. 건우와 사귀기로 하면서 은경이한테 비밀로 해 달라고 했다. 부끄럽다는 게 표면적인 이유였지만 건우에게 소라 휴대폰 번호를 알려 준 게 혹시라도 들통날까 봐서였다. 나는 찔리는 기분으로 은경이의 메시지를 읽었다.

- 대박! 대박! 건우 여친 있대! 공부 디따 잘하는 애래. 누구지? 너 혹시 알아?

가슴이 쿵덕거렸다. 은경이는 그게 나일 거라곤 좁쌀만큼도 생각하지 않았다. 하긴 '공부 디따 잘하는 애'와 나의 등수 차이를 생각하면 당연했다.

- 그 얘긴 어디서 들었어?
- 우리 반 얼짱이 먼저 사귀자고 했는데 여친 있다고 하더래. 어떤 애냐고 물었더니 전교 1등 하는 애라고 했대. ㅋㅋ 이쁜 애보다 공부 잘하는 애를 더 좋아하는 남자애는 첨 봤다. 우리 반

얼짱이 리틀 전지현이걸랑

리틀 전지현이 사귀자고 했는데도 나 때문에 거절하다니. 리틀 전지현을 이겼다는 기쁨보다 마음의 무거움이 더 커졌다. 건우는 내가 잘 웃고, 유머 감각 있고, 솔직해서 좋다고 했다. 그런데 다른 데서는 전교 1등을 내세웠다. 그게 건우가 날 좋아하는 진짜 이유일 수 있다. 잘 웃고, 유머 감각 있고, 솔직해서가 나랑 사귀는 진짜 이유라고 해도 당당하지 못한 건 마찬가지다.

건우한테 그만 헤어지자고 할까? 들통나서 우스운 꼴로 차이기 전에 내가 먼저. 하지만 그러고 싶지 않다. 데이트 한 번 못 해 보고 헤어질 수는 없다. 휴대폰만이라도 어서 생기면 좋겠다. 엄마는 요지부동이니 아빠를 졸라 볼까? 그래. 생일도 얼마 안 남았으니 아빠를 공략하자. 비자금으로 사 줄지도 모르잖아.

그때 아빠가 내 방문을 두드렸다. 엄마와 달리 내 대답을 듣고 난 뒤에야 문을 여는 아빠와는 말이 좀 통한다.

"유진아, 아빠랑 좀 나갔다 올래?"

엄마가 장 봐 오라는 심부름을 시킨 모양이다. 아빠를 공략할 기회가 이렇게 빨리 오다니 운이 좋다.

"어디 갈 건데?"

나는 기쁜 기색을 감추며 물었다.

"아빠 휴대폰이 고장 나서 바꾸려고 하거든. 요새 뭐가 좋은지 몰라서 니가 좀 봐 달라구."

건우한테 사귀자는 말을 들었을 때만큼이나 가슴이 쿵쾅거렸다. 아빠는 양복이든 구두든 쓰던 물건을 쉽게 바꾸는 법이 없다. 오래 묵은 것이 편하기 때문이라나. 그런 아빠가 고장 난 휴대폰을 고쳐 보지도 않고 새로 살 리 없다. 아빠가 사려는 건 내 휴대폰이다! 그러니까 다시 말하면 나더러 내가 쓸 휴대폰을 고르라는 것이다. 엄마도 아는 일이면 벌써 생색이 늘어졌을 텐데 조용한 걸 보면 몰래 사 주려는 모양이다. 이럴 때 꼬치꼬치 캐묻는 건 아빠를 곤란하게 하는 짓이다.

나는 자꾸만 새어 나오는 웃음을 간신히 참았다.

"잠깐, 나 세수만 하고."

나는 후다닥 화장실로 뛰어갔다. 세수를 하는데 아빠가 휴대폰같이 비싼 걸 엄마 몰래 사 줄 수는 없다는 생각이 들었다. 그런 돈은 엄마의 결재가 떨어져야 쓸 수 있다. 혹시

지난번 일을 사과하는 의미로 엄마가 사 주자고 했나. 그런 것 같다. 아까 그래서 공원에 가자고 했었나 보다. 공원 가는 척하면서 휴대폰 대리점에 가려고. 엄마의 깊은 뜻도 모르고 매몰차게 거절했던 게 슬그머니 미안해졌다.

지난주, 엄마가 내 옷을 사 왔다면서 맞는지 입어 보라고 했다. 하지만 난 그 옷이 색깔도 디자인도 마음에 들지 않아 거들떠보지도 않았다. 보나 마나 재고 정리하는 데서 사 왔을 테지.

"그럼 같이 가서 니 맘에 드는 걸로 바꿔."

엄마는 자기 안목이 깡그리 무시당한 불쾌함을 억지로 누르는 듯한 표정으로 말했다.

"그냥 환불해. 내가 가서 사 입을 테니까."

함께 바꾸러 가 봤자 내 마음대로 살 수 없을 게 뻔하다.

"어디서 옷 같지도 않은 걸로 사려고?"

이번엔 엄마가 내 취향을 짓밟았다.

"그래도 엄마처럼 후진 걸로는 안 살 테니 걱정 마."

"이 기집애가 정말 보자 보자 하니까. 야, 사춘기가 무슨 유센 줄 알어?"

엄마가 버럭 소리를 질렀다. 나는 걸핏하면 사춘기를 들먹거리며 마음대로 해석하는 엄마에게 짜증이 치밀었다.

"여기다 왜 사춘기는 갖다 붙여? 정말 엄마랑은 말이 안 통해!"

나는 방으로 들어와 문을 쾅 닫았다. 문을 잠글 새도 없이 엄마가 밀고 들어왔다.

"너 나랑 얘기 좀 해. 도대체 뭐가 불만이야? 성적을 그 모양으로 받아 왔다고 야단치기를 해, 온 식구가 지 비위 맞추느라고……."

핑, 나는 콧방귀로 엄마의 말을 잘랐다. 그렇지, 성적 얘기가 왜 안 나오나 했어. 나한테 들어가는 본전이 생각나겠지. 그렇게 아까우면 날 왜 낳았대. 형진이 같은 애나 다섯쯤 낳아서 키울 일이지. 마음속이 엄마에게 퍼붓고 싶은 말로 부글거렸다. 나는 책상 앞에 앉으며 오디오 스피커 볼륨을 확 높였다. 그 순간 눈앞에 별이 보였다. 엄마가 내 머리통을 책상에 박아 버린 것이다. 고개를 드니 엄마가 손을 허리에 얹은 채 숨을 몰아쉬고 있었다. 나는 엄마를 노려보았다.

"너 지금 엄마가 말하는데 무슨 태도야? 어디서 이렇게 버릇없이 굴어!"

어른들은 이렇다. 나더러는 사춘기가 유세냐고 하면서 엄마는 엄마인 게 유세다. 할 말 없으면 어른임을 내세워 누르려 든다. 이럴 때 내놓고 반항하는 건 유치한 짓이다. 나는 숨을 골랐다. 그러곤 팔짱을 끼고 최대한 공손한 말투로 입을 열었다.

"어머니, 제가 한 말씀 올려도 될까요?"

예의 바르게 미소까지 띠고 말이다. 엄마가 '이건 또 뭐야?' 하는 표정을 지었다.

"어디 무슨 말인지 해 봐."

"엄마가 무식한 줄은 이미 알고 있었지만 폭력성까지 있는 줄은 정말 몰랐네요. 이번 한 번은 참아 드릴게요. 앞으론 내 방에 들어오지 마세요."

나는 교양 넘치면서도 단호한 어조로 말했다.

옷 갈아입는데 노크도 없이 들어왔다 내 방 출입 금지 대상자가 된 형진이에 이어 엄마가 2호로 추가되었다.

엄마가 그때 일을 사과하는 의미로 휴대폰을 사 주려는 모양이다. 내 기분이 날카로웠던 원인도 따지고 보면 휴대폰 때문이었다. 휴대폰만 사 준다면야 그깟 일쯤 너그러이 용서해 줄 수 있다. 사실 엄마가 평소 폭력을 행사하는 일은 거의 없다. 그날은 엄마도 그만큼 화가 났던 거다. 하긴 내가 좀 깐죽거리긴 했어. 내 마음은 하늘보다 더 넓어졌다.

거리는 신록으로 눈부셨다. 지금 내 눈에는 잎이 꽃보다 더 빛났다. 드디어 내 휴대폰으로 건우와 문자를 주고받을 수 있게 된다. 건우를 속이고 있다는 죄책감 중 하나는 해결되는 것이다. 나를 전교 1등으로 알고 있는 건 어찌 보면 내 잘못이 아니다. 난 그저 아니라고 말하지 못했을 뿐이다. 그렇더라도 휴대폰이 생기면 1등과 한 발짝이라도 가까워지기 위해 코피 나게 공부할 거다.

나는 아빠 팔짱을 꼈다. 어릴 때는 아빠랑 결혼하겠다고까지 했던 딸내미가 멀리하는 통에 서운해하던 아빠 입이 귀에 걸렸다.

"공부하기 힘들지? 그래도 이번엔 성적이 올라서 좋네. 아빠는 우리 딸이 나중에 성적 때문에 하고 싶은 일을 못 하는 경우는 없었으면 해."

아빠 말에 씨익, 웃음이 나왔다. 휴대폰 사 줄 테니 공부 잘하라는 소리다.

"알았어. 나도 기말고사 땐 성적을 좀 더 올릴 생각이야. 아빠, 저쪽 사거리에 휴대폰 대리점 새로 생겼던데."

며칠 전 풍선 인간과 함께 내레이터 모델들이 춤추며 개업을 알렸다. 내 마음도 기계가 바람을 넣어 주는 풍선 인간처럼 빵빵하게 부풀어 올랐다.

"그래? 잘됐다. 개업 집이면 서비스가 더 나을 거 아냐."

아빠도 기분 좋은 얼굴이다. 사랑하는 딸에게 그토록 노래하던 휴대폰을 사 주려니 신이 나겠지. 어떤 기종으로 살까? 이왕이면 가장 최신형으로 사고 싶다. 아빠가 비싸다고 보통 걸로 사라면 어쩌지? 걱정마저도 즐겁다.

풍선 인간과 내레이터 모델은 없어졌지만 대리점은 같은 건물의 다른 가게들보다 훨씬 산뜻하고 세련돼 보였다. 쇼윈도엔 최신 휴대폰들이 멋지게 진열돼 있었다.

"아빠, 저거 예쁘다."

팥죽색과 은회색이 섞여 있는 휴대폰이 눈에 띄었다. 요즘 광고가 한창인 최신 기종이다.

"너무 애들 것 같지 않냐?"

아빠가 고개를 갸웃거렸다. 아빠, 내가 그동안 날 어린애 취급하지 말라고 난리 친 거 알아. 그렇다고 날 너무 큰 애로 생각하진 마. 난 저 휴대폰이 딱 어울리는 중2야. 우리는 대리점 안으로 들어갔다. 직원들이 큰 소리로 인사하며 우리를 맞아 주었다.

"고객님, 무엇을 도와드릴까요?"

직원 언니 한 명이 웃는 얼굴로 상냥하게 물었다.

"휴대폰 하나 봅시다."

언니를 의식한 듯 아빠가 가다듬은 목소리로 말했다. 이 정도는 눈 감아 줘야지. 형진이가 왔어도 예쁜 누나에게 잘 보이려고 했을 게 분명하다.

"누가 쓰실 건데요, 아버님?"

또다시 가슴이 뛰었다. 아빠는 여기서 휴대폰 임자를 고백할까, 아니면 깜짝쇼를 위해 감출까?

"내가 쓸 건데요."

아, 거짓말을 못하는 아빠가 지금 얼마나 곤혹스러울까. 난 슬그머니 고개를 돌렸다.

"그러세요. 이쪽으로 오세요, 아버님."

직원 언니는 우리를 유리 진열장 앞으로 안내했다. 넓지도 않은 가게 안에서 과잉 친절 같았지만 아빠가 최신형 휴대폰으로 정하는 데 한몫해 줄 것이다. 진열장 안쪽에는 또 다른 직원 언니가 대기하고 있었다.

"이거 어떠세요? 카메라 화질이 좋고 모양도 슬림한 최신형인데요."

"최, 최신형일 필요까지는……."

아빠가 말을 약간 더듬었다.

"왜, 아빠. 이왕이면 최신형으로 사."

나는 그 휴대폰이 아주 마음에 들었다. 아마 우리 반에서 가장 좋은 휴대폰을 가진 아이가 될 것이다.

"네. 이 제품은 지금 할인 행사 기간이어서 선택하시는 요금제에 따라……."

직원 언니가 상냥하고 친절하게 좔좔 설명했다.

"너는 어때? 너도 이게 괜찮아 보이냐?"

아빠가 내게 물었다.

"응, 아빠. 마음에 꼭 들어."

나는 나도 모르게 새어 나오는 웃음을 참느라 힘이 들었다. 하지만 깜짝쇼를 준비하는 아빠에게 최소한의 예의를 지켜야 한다. 내게 들키면 엄마한테 혼날지 모른다.

"그래? 그럼 우리 공주님 말을 들어야지."

아빠는 직원 언니 때문이 아니라 내 말 때문임을 은근히 강조하며 지갑에서 카드를 꺼냈다.

"참, 저장해 놓은 전화번호 옮기셔야죠? 주세요, 해 드릴게요."

뜻밖의 복병이었다. 더는 숨길 수가 없게 됐다. 나는 아빠가 아니라고 할 줄 알았다. 어쩔 수 없이 내 것임을 밝힐 줄 알았다. 그렇더라도 나는 이 기쁨을 생일 때까지 잊지 않을 자신이 있었다. 그런데 아빠가 주머니에서 헌 전화기를 꺼내 주었다. 그러고는 내게 말했다.

"유진아, 이거 수리해 줄 테니 너 쓸래?"

액정 한쪽이 깨진 구닥다리 휴대폰이었다.

어떻게 대리점에서 나왔는지 모르겠다. 그래, 백 번 양보해서 착각한 내가 잘못이라고 치자. 아빠가 내 걸 사 준다고 한 적은 없으니까 말이다. 하지만 내가 얼마나 간절하게 휴대폰을 원하는지 안다면 사 주지도 않을 거면서 날 대리점에 데려가는 일은 하지 말았어야 한다.

아빠는 내 방 출입 금지 대상 3호가 되었다. 네 식구 중 나를 뺀 세 명이 내 방 출입 금지 대상자라니. 이 정도면 내가 집을 나가야 하는 거 아닌가? 나는 정말이지 이 집을 나가고 싶다.

"아빠, 휴대폰 사셨니? 아빠는? 왜 너 혼자만 와?"

문을 따고 들어서는 내 뒤를 살피며 엄마가 물었지만 대꾸할 기분이 아니었다. 나는 신발을 벗어 던지고 쿵쾅거리며 내 방으로 다가가 문을 열어젖혔다. 그런데 출입 금지 대상 1호 형진이가 내 컴퓨터 앞에 앉아 있었다. 얼마 전 큰이모네 오빠한테서 물려받은 컴퓨터가 있으면서도 형진이는 걸핏하면 내 걸 넘봤다. 물려받은 컴퓨터가 느려 터지긴 했다.

"야, 너 왜 여기 있어? 당장 나가!"

나는 냅다 소리 질렀다.

"누나 남친 이름이 건우야?"

형진이가 나가기는커녕 빙글거리며 물었다.

"뭐야, 너! 뭐 한 거야?"

나는 방으로 뛰어들어 갔다.

"아무것도 안 했어. 게임하고 있는데 말 걸어서 그냥 대답한 거밖에 없어."

"너라고 했어? 내 동생이라고 했냐고."

"아니. 누난 줄 알고 말 거는데 동생이라고 하면 그 형이 쪽팔릴까 봐 가만있었어. 히힛, 그 형이 누나 어떻게 변했나 보고 싶대. 그래서 사진 찍어서 보내 준다고 했어."

이게! 빌미를 찾고 있던 가슴속 폭탄이 폭발하고 말았다.

나는 책상 위에 있던 사전으로 형진이 머리를 때렸다. 형진이가 머리를 싸안으며 울음을 터뜨렸다. 방으로 쫓아와 형진이 머리를 살펴본 2호가 소리를 질렀다.

"아이고, 피 나네. 이걸 어째! 이걸 어째!"

'피'라는 소리에 가슴이 덜컥 내려앉았지만 화가 풀리지는 않았다.

"무슨 일이야? 왜 그래?"

아빠, 아니 3호가 왔다.

"당신, 빨리 약상자 좀 가져와."

1호는 머리가 깨지기라도 한 것처럼 엄살 섞인 비명을 질러 댔다. 약상자를 들고 온 3호가 1호의 머리를 살폈다.

"괜찮아. 사전 모서리에 긁힌 것뿐이야. 소독하고 약 바르면 돼. 근데 왜 이런 거야?"

괜찮다는 말에 나는 안도의 숨을 내쉬었다. 1호는 소독하고 약을 바르는 동안에도 내내 소리를 질러 대며 난리를 쳤다. 나를 혼나게 하려고 더 엄살을 피우는 게 얄미웠다. 갑자기 2호가 달려들더니 내 등짝을 후려쳤다.

"너 도대체 왜 그래? 왜 그렇게 점점 거칠어지냐구! 깡패가 될라고 그래?"

참으로 세상 물정 모르는 2호다. 내가 뭘 어쨌다고. 이 정도로 깡패가 된다면 세상은 이미 깡패 천국일 것이다. 나는 2호에게 소리 질렀다.

"형진이가 먼저 잘못했잖아. 맨날 남의 방에 와서 맘대로 컴퓨터 하고 메신저 훔쳐보고 그러잖아!"

"그렇다고 동생 머리를 돌덩이 같은 사전으로 때려? 까딱했으면 애 잡을 뻔했잖아."

2호가 내게 눈을 흘기며 1호를 끌어안았다. 1호가 달콤한 표정으로 2호 가슴에 얼굴을 파묻었다. 그래, 사랑하는 아들 머리에서 피가 나니 가슴이 찢어지겠지. 15년 동안 엄마가 나를 사랑한 적은 그 사건이 일어났을 때 잠깐뿐이었다. 나한테는 그런 일이나 일어나야 관심을 보이는 것이다. 계속 사랑받으려면 불치병에 걸려 시한부 인생이라도 돼야 하나. 가슴속에서 서러움이 파도쳤다. 나는 방바닥에 주저앉으며 울음을 터뜨렸다.

"아니, 똥 뀐 놈이 성낸다고, 뭘 잘했다고 울어?"

엄마가 어이없어했다.

"유진아, 아무리 동생이 잘못했어도 이렇게 폭력을 쓰면 되냐? 언제 엄마 아빠가 너 때린 적 있어?"

아빠의 말은 내 서러움을 조금도 달래 주지 못했다.

"때리는 것만 폭력인 줄 알아? 엄마 아빠가 나한테 주는 상처는 뭐 없는 줄 알아?"

"뭐라고? 엄마 아빠가 뭘 그렇게 너한테 상처를 줬는데? 어디 한번 이야기해 봐."

엄마가 형진이를 떼어 놓으며 내게 다가앉았다. 무지하게 많았는데 막상 말하려니 떠오르지 않았다. 하지만 오늘 일은 생생하게 가슴속에 남아 있었다.

"아빠가 오늘 나한테 상처 준 건 백 대 때린 것보다 더 아픈 거야."

"뭐? 내가 무슨 상처를 줬다고 그래, 인마."

지목을 받은 아빠가 억울하다는 얼굴을 했다.

"난 내 휴대폰 사러 가는 줄 알았어. 그런데 뭐야?"

다시 울음이 터져 나왔다.

"얀마, 아빠가 아빠 거 사는 거라고 했잖아."

"그래도 난, 내 생일이 얼마 안 남았으니까 깜짝쇼 하려고 그러는 줄 알았단 말야. 그런데 아빠 거는 최신형으로 바꾸면서 나한텐 아빠 쓰던 후진 걸 고쳐서 가지라고? 우리 반에 휴대폰 없는 애는 나뿐이야. 그래서 건우한테도 소라 번호를 가르쳐 줬단 말이야. 그런 건 상처가 아니냐고!"

휴대폰 없는 애가 나뿐이란 건 과장이지만 말하고 보니 사실인 것처럼 내가 더 불쌍하게 여겨졌다. 이런 대접을 받으면서도 이 집을 나가지 못하는 현실이 너무 비참했다.

머리를 부숴 버리고 싶어

자꾸만 공포에 질린 아이 모습이 떠오른다. 그 환영을 지울 수 있는 건 독한 담배 연기뿐이다.

살다 보면

살다 보니 이렇게 좋은 날도 있다. 진정으로 바라면 이루어진다고 하더니 내게 드디어 휴대폰이 생겼다. 그것도 최신형으로. 엄마는 예기치 않은 지출로 구멍 난 가계를 메꾸기 위해 내 용돈을 줄이겠다고 했다. 물론 기꺼이 감수할 수 있다. 엄마는 딸의 오른 성적을 보는 기쁨도 맛보게 해 달라고 했다. 물론 내가 더 바라는 바였다. 다른 집 애들은 아무 조건 없이도 얻는 휴대폰을 갖은 고난과 역경 끝에 얻었지만 억울하지 않았다. 어렵게 얻어선지 더 기뻤다.

나는 건우에게 휴대폰을 최신형으로 바꾸는 김에 통신사

까지 바꾸었다고 하고 내 진짜 번호를 알려 주었다. 그동안 소라가 메시지 셔틀을 해 주지 않았으면 이런 날은 없었을 것이다. 작은유진이처럼 고통을 주는 친구가 있는가 하면 소라같이 내게 꼭 필요한 친구도 있다. 그래서 세상은 공평하다고 하는 모양이다. 정말 어른들 말은 틀린 게 없다. 무엇이든 공짜는 없다는 말도 꼭 맞았다.

휴대폰을 사 준 엄마는 건우와의 관계도 자세히 알고 싶어 했다. 아직은 문자나 메신저 메시지를 주고받은 게 전부이니 숨길 것도 없었다. 나는 엄마에게 이야기했다. 건우가 나를 전교 1등으로 알고 있다는 사실만 빼고. 내 이야기를 다 듣고 난 엄마는 "별것도 없네." 하면서 오히려 실망한 표정을 지었다. 좀 더 강력한 로맨스를 기대했나 보다. 기다리시라, 우훗.

"그래, 잘 사귀어 봐. 대신 너도 공부 열심히 해. 건우는 공부 잘한다더라."

엄마 말에 나는 깜짝 놀랐다.

"엄마가 어떻게 알아?"

"모임에서 들었지."

엄마는 아직도 내가 다녔던 유치원 엄마들끼리 만든 친목 모임에 나간다. 두 달에 한 번씩 만나서 맛있는 거 먹고 수다 떠는 그 모임이 가장 편하고 좋다고 했다.

"건우네 아줌마도 모임에 나와?"

나는 혹시 엄마가 이모들에게 하듯 내 이야기를 아줌마들한테 속속들이 풀어놓았을까 봐 걱정되었다.

"건우 엄마가 얼마나 바쁜데 거길 나와. 유치원 때도 건우 엄마는 대학원 다녀서 할머니가 대신 따라다니셨잖아."

그래서인지 건우네 엄마는 생각나지 않는다. 소풍이나 견학 갈 때 할머니가 따라오는 애들이 있었는데 건우가 그중 하나였던 모양이다.

"그럼 건우네 아줌마 지금은 직장 다녀?"

"그래. 지도층 인사잖니. 무슨 청소년 상담소 소장이야. 매스컴도 많이 타고, 여기저기 강연도 다닌다고 하더라. 건우 엄마는 복도 많아. 남편이 대학 교수니 정년 때까지 잘릴 걱정 없지, 자기도 버젓한 직업이 있지, 아들까지 공부 잘하지. 그뿐인 줄 아니? 어디 아파트 사 놓은 게 재건축 승인이 나서 앉아서 떼돈을 벌었다더라."

대화는 어느 사이 엄마의 푸념으로 바뀌었다. 엄마 이야길 들으면 엄마가 이 세상에서 가장 불행한 사람 같다. 중소

기업에 다니는 아빠는 45세 정년이라는 '사오정'이 내일모레지, 엄마 자신은 살림만 하고 있지, 딸의 성적은 중하위권이지, 아들이 공부를 좀 잘한다고는 하나 아직 모르는 일이지, 대출금을 갚으려면 아직도 멀었는데 부실 공사를 한 아파트는 계속해서 말썽이지…….

하지만 엄마가 건우네 집을 부러워하는 게 나쁘지 않았다. 이런 말 하긴 이르지만 나중에 만일 건우와 결혼하게 된다면 엄마가 지금 부러워하는 모든 게 내 것이 된다. 그런 의미에서 엄마가 내게 휴대폰을 사 준 건 가치 있는 데 투자를 한 거다. 난 엄마를 끌어안았다.

"엄마, 걱정하지 마. 공부 열심히 해서 기말고사 성적 올릴게."

아, 공부하고 싶은 의욕이 마구 솟구친다.

"그리고 엄마, 모임에 가서 쓸데없이 내 이야기 하지 마. 건우네 엄마 귀에 들어갈 수도 있으니까, 알겠지? 괜히 점수 깎일 필요 없잖아."

"아이고, 그건 겁나니? 하긴 나중 일은 모르는 거니까, 그런 집하고 사돈 맺는 것도 나쁘지 않지. 서로 잘 아는 사이니까……."

거기까지 말하다가 엄마가 내 눈치를 힐끗 보았다.

"뭐, 더 편하고 좋지."

엄마의 얼굴로 언뜻 그늘이 스쳐 갔다. 뭐야, 건우네 부모님은 교수에, 소장인데 엄마 아빠는 별 볼 일 없어서 꿀린다고 생각하는 건가? 좋아, 나중에 꼭 슈퍼 모델이 돼서 누구나 부모님을 부러워하게 해 주지. 공부를 잘하는 것도 얼굴이 예쁜 것도 아니지만 내게는 큰 키가 있다. 애들이, 요새는 인형처럼 예쁜 얼굴보다 개성이 강한 얼굴을 더 선호한다며 나더러 나중에 슈퍼 모델 대회에 나가 보라고 했다. 그동안은 말도 안 되는 소리라고 여겼는데 이제 도전해 볼 꿈이 생겼다.

며칠 뒤 건우 엄마를 보게 되었다. 주말이라 모처럼 온 가족이 한자리에 있었다. 나는 엄마 아빠와 함께 주말 드라마를 본 뒤였고, 형진이는 내 방에서 컴퓨터 게임을 하다 과일을 먹으라고 불려 나왔다. 휴대폰이 생긴 뒤 나와 엄마 아빠의 관계는 더할 나위 없이 좋았다. 내가 철이 없던 때, 엄마 아빠를 이 세상에서 가장 완전한 존재로 여겼던 시절로 돌아간 듯했다.

물론 온전히 그때로 돌아갈 수는 없다. 그건 흐르는 강물을 되돌릴 수 없는 것과 같은 이치다. 다만 엄마가 주책맞은 행동을 하더라도 전 같으면 창피함을 느끼며 그 자리를 피했을 텐데 요즘은 애정 어린 충고를 해 줄 만큼 성숙한 딸이 되었다는 뜻이다. 우리는 전보다 더 많은 대화를 나누는 모녀 사이가 되었다.

그렇게 된 게 휴대폰 덕분만은 아니다. 휴대폰을 갖고 싶어 하는 마음을 이해받았기 때문에 내게도 엄마 아빠를 이해하고자 하는 마음이 생긴 거다. 물론 무조건 이해하는 게 더 깊은 사랑이겠지만 난 아직 자라고 있는 아이다. 당연히 어른이 먼저 베풀어야 하는 거 아닌가. 아이들은 그런 어른의 모습을 보고 배우며 성장하는 거니까.

엄마는 셋째 이모한테 내가 사춘기에서 벗어났음을 알렸다. 나는 엄마의 고자질을 관대한 마음으로 눈감아 주었다. 엄마는 요즘 유난스러운 사춘기를 보내고 있는 딸 탓에 살맛까지 잃어버린 셋째 이모를 보며 기쁨을 느끼고 있을 것이다. 나는 그런 엄마를 흉보고 싶지 않다. 인간이란 누구 할 것 없이 남의 불행에서 내 행복을 느끼는 존재들이니까. 지금 온 가족이 둘러앉아 과일을 먹으며 이야기를 나누는 시간이 즐거운 것도 갈등의 시간을 거쳤기 때문이다.

드라마 뒤에 시사 프로그램이 이어졌다. 청소년 폭력에 관한 내용을 다룬다고 했다. 며칠 전 어느 중학교에서 왕따와 폭력에 시달리던 아이가 자살한 사건이 일어난 뒤로 언론에서 경쟁적으로 그 문제를 다루었다. 그것도 잠시일 뿐 다음 사건이 일어날 때까지 무관심할 게 뻔하지만 말이다.

나는 소라와 문자를 하면서 건성으로 티브이를 보았다. 그러다 소란스러운 소리에 화면으로 눈이 갔다. 아이들이 한 아이를 집단 폭행하는 장면이었다. 몰래 찍은 듯 흔들리는 화면은 모자이크 처리가 돼 있고 아이들 목소리도 변조돼 있었다. 말 속에 섞인 욕설과 비속어를 걸러 내느라 중간중간 말소리가 끊겼다. 내 또래 아이들이지만 그런 일이 있다더라고 풍문으로만 들었을 뿐 실제로는 보지 못한 광경이었다.

“아니, 뭐야? 애가 저렇게 맞고 있는데 기자가 말릴 생각은 안 하고 몰래 촬영이나 하고 있었단 말야?”

나는 그 사실이 더 어이없었다.

“기자가 찍은 게 아니라 누가 제보한 거라잖아. 큰일이야, 큰일. 세상이 어떻게 될라고 저러는지…….”

아빠가 혀를 끌끌 차며 내 어깨를 끌어안았다. 자기 자식들은 저러지 않는다는 안도감이 담긴 말과 행동이었다. 텔레비전이 아주 바보 상자만은 아니다. 가끔씩 어른들에게 진실을 깨닫게 해 주기 때문이다. 얼마 전에 다큐멘터리 방송에서 아이 환자들이 있는 병동 이야기를 담은 적이 있었다. 환자와 가족 들 모습에 훌쩍거리며 방송을 보던 엄마가 나를 쳐다보더니 말했다.

"그래, 공부 좀 못하면 어떠니. 건강이 최고지."

그런데 문제는 그런 인식이 충동적이고 일시적인 감정이라는 점이다. 나는 어른들이 일상에서도 그 사실을 까먹지 않으면 좋겠다. 종교를 떠나 "범사에 감사하라."는 성경 구절을 어른, 특히 부모들이 지켜야 할 제1 수칙으로 삼기를 바란다. 장담하건대 그러면 청소년 문제가 반으로 줄어들 것이다. 어린 나도 알고 있는 사실을 왜 어른들이 모르는지 모르겠다.

시사 프로그램 내용은 학교라는 현장에 몸담고 있는 내가 보기에 현실보다 과장된 것도 있고, 극단적인 예를 일반적인 일인 양 취재한 것도 있었다. 방송대로라면 학교는 온갖 폭력의 온상이며 학생들은 모두 개 막장, 쓰레기 같았다. 사이사이, 전문가들이 나와 의견을 제시하곤 했는데 한 아줌마가 나오자 엄마가 소리쳤다.

"어머, 건우 엄마 나온다. 유진아, 유진 아빠! 건우 엄마야, 건우 엄마."

엄마는 자신이 나온 양 흥분해서 참외 깎던 과도를 흔들며 소리쳤다. 아빠는 소파에 기댔던 몸을 일으켰고 나는 아예 소파에서 내려와 텔레비전 앞으로 다가갔다. 형진이도 포크를 입에 문 채 티브이를 보았다. 건우네 엄마는 내 기대에 어긋나지 않게 세련되고 교양 있어 보였다.

"아이들을 어른의 부속물로 여겨선 안 된다는 거죠. 청소년은 지금 질풍노도의 시기를 거치고 있는 존재들입니다. 그들의 특성을 잘 이해해야 해요. 태어날 때부터 비행 청소년은 없어요. 어른들과 사회가 그렇게 만드는 것이죠."

어쩜, 어쩜 저렇게 내 마음하고 똑같다니! 나는 문자의 답을 띄엄띄엄하고 있는 소라에게 전화를 걸었다. 그러고 소라가 받자마자 말했다.

"야, 야. 테레비 8번 틀어 봐. 지금 건우네 엄마 나와, 건우네 엄마!"

"……지금 말하는 사람?"

"그래, 멋있지?"

그 순간 화면이 바뀌며 진행자가 나왔다. 나는 방송을 계속 볼 마음이 없어졌다. 아니, 이유가 사라졌다. 나는 무선 전화기를 들고 일어섰다.

"통화, 짧게 해라."

엄마의 말이 등 뒤로 따라왔다. 소라와 수다를 떨고 있는데 컴퓨터 모니터에 메신저 창이 떴다. 건우였다.

"소라야, 건우 들어왔어. 이따 전화할게."

나는 얼른 전화를 끊었다.

- 뭐 해?

- 나 지금 니네 엄마 봤어

- 어디서?

- 못 봤어? 방금 티브이에 나왔잖아

- 그래? 게임했어

건우의 반응은 심드렁했다. 호들갑을 떤 게 창피했다. 건우네는 텔레비전에 나오는 것쯤은 화젯거리도 안 될 만큼 수준 있는 집인 것이다. 내가 너무 방정을 떨었어. 소라한테도 그렇게 큰일 난 것처럼 전화를 해 대는 게 아니었는데.

나중에 슬쩍 별일 아닌 양 지나가는 말로 이야기할걸. 나도 이제 그런 품위를 지녀야 한다.

- 너희 엄마 디게 멋있으시더라 ^^

- ㅡ_ㅡ;;

- 참, 지금도 할머니랑 같이 살아?

- 아니. 우리 할머니 기억해?

- 조금. 실은 우리 엄마가 얘기해서 생각났어. 소풍 갔을 때 니네 할머니가 너랑 같이 게임하던 거 생각나

- 할머니 지금 요양 병원에 계셔. 치매에 걸리셨거든ㅠㅠ 집에서는 돌봐 드릴 사람이 없어서ㅠㅠ 할머니 보고 싶다ㅠㅠ

나는 큰아빠네랑 같이 사는 할머니를 그다지 좋아하지 않는다. 할머니는 주로 손자들만 이뻐했다. 사촌 오빠들이랑 형진이가 뭐든지 우선이었다. 언젠가 할머니가 맛있는 걸 숨겼다가 사촌 오빠와 형진이만 준 적이 있었다. 그다음부터 나는 할머니가 밉고 싫었다. 하지만 형진이는 할머니를 아주 좋아한다. 1년에 서너 번 만날 뿐인 형진이도 그런데, 키워 주다시피 한 할머니를 그리워하는 건우가 이해되었다.

- ㅠㅠ

- 기말고사 준비 많이 했어? 부담되겠다

건우가 공부로 화제를 바꿨다. 휴대폰이 해결됐다고 해서 끝난 게 아니었다. 아직 전교 1등이 남아 있었다. 소라가 세상이 변하고 마음이 변하는 것처럼 성적도 변하는 것이니 기말고사에서 떨어졌다고 하면 된다고 했다.

"전교 1등에서 세 자릿수로 떨어지는 게 말이 되냐?"

"등수는 말 안 하면 되지. 그냥 1등 못 했다고만 하면 되잖아."

솔깃한 해결책이지만 결코 마음이 가벼워지지는 않았다. 건우 마음속의 나는 영원히 '전교 1등을 했던 이유진'으로 남아 있을 테니 말이다.

- 부담은 뭐... 식구들하고 티브이 보다 들어왔어

- 우아, 여유 쩌는데... 너네 엄마는 직장 안 다니시지?

- 응

- 좋겠다. 난 나중에 집에서 살림만 하는 여자랑 결혼할 거야

- *^^*

프러포즈를 받은 기분이었다. 아니라면 굳이 그 이야기를 내게 할 게 뭐야. 건우가 원한다면 내가 아무리 뛰어난 재능을 가졌다 하더라도 전업주부로 살 수 있다. 그렇지만 엄마처럼은 아니다. 무릎이 튀어나온 고무줄 바지가 아니라 차랑차랑한 홈 웨어를 입고 예쁜 앞치마를 둘러야지. 날마다 돈타령, 성적 타령으로 식구들을 괴롭히지도 않을 거야. 식탁엔 잔소리 대신 예쁘고 향기 나는 꽃을 꽂아 놓을 거고. 그럼 차라리 공부할 시간에 요리나 꽃꽂이를 배우는 게 낫지 않을까?

- 참, 다음 주말에 무슨 계획 있냐?

마음에 꽂았던 꽃잎들이 휘날리기 시작했다. 그 향기에 취해 어지러운 느낌이 들었다. 계획 따위 있어도 없는 거다. 그동안 사귀기로 했지만 채팅이나 통화만으로는 크게 달라진 게 없었다. 소라가 그게 무슨 사귀는 거냐고, 건우는 왜 만나자는 말을 안 하느냐고 할 때마다 은근히 자존심 상했다. 그런데 드디어 데이트 신청을 하려는 모양이다. 만나야 변화도 진전도 있을 것이다. 윤솔, 기다려. 소설 소재 많이 만들어 줄 테니까! 마음은 김칫국을 한 바가지 마시고 있었지만 나는 간결하게 한 글자 썼다.

- 왜?
- 기말고사 준비 전에 애들이랑 에버랜드 가기로 했는데 같이 안 갈래? 자유 이용권 생겼거든. 야간 개장 하니까 늦게까지 놀다 와도 돼

애들이랑? 데이트 신청이 아니었어? 실망스러웠지만 자기 친구들한테 나를 소개하려는 거라고 생각하니 오히려 기분 좋아졌다.

- 우리는 셋이니까 너도 친구 한 명 데리고 와. 자유 이용권 5장 있거든

건우와 나는 궁합이 잘 맞는 것 같다. 나한테 소라 같은 친구가 있는 줄 어떻게 알고 한 명 데리고 오란다. 건우와

메신저를 끝내자마자 나는 소라한테 전화를 걸었다. 품위 따윈 까맣게 잊어버리고 야단스레 건우의 말을 전했다.

엄마 아빠는 나의 첫 데이트에 나만큼이나 들뜬 기색이었다. 그 뒤로 일주일은 오로지 그날을 위해 흘러가는 시간의 의미만 있었을 뿐이다. 벌 받는 시간처럼 더디게 갔지만 행복감을 오래오래 음미할 수 있는 시간이기도 했다. 시도 때도 없이 웃음이 나왔고 마음이 설레었다. 학원 갔다 밤늦게 와서도 피곤한 줄 모르고 이 옷 저 옷 바꿔 입으며 패션쇼를 했다. 어릴 때 내가 가장 많이 했던 놀이가 집에 있는 온갖 옷 입어 보기였다. 그런데 교복이 내 패션 감각을 한없이 무디게 만들어 놓은 것 같다.

무슨 일이 있었던 걸까

검색창에 커서를 갖다 놓았다. 미루고 미루던 일이었다. 모두 잠든 집 안은 조용했다. 학교에서 6교시를 하고, 학원에서 5교시와 자습까지 하고 와서 힘든데도 나 혼자만 잠들지 못하고 있다. 칼로 도려낸 듯 생각나지 않는 기억이 불면의 밤들을 만들고 있다. 그 기억을 되살려 내고 싶은 마음이 강한 것도 아니다. 사실은 두렵기까지 하다. 기말고사가 코앞에 있기 때문이다.

학원은 오늘부터 기말고사 대비에 들어갔다. 그동안은 성적으로 반을 나눴지만 시험 준비 기간엔 같은 학교나 같은 교과서를 쓰는 애들끼리 모아서 수업을 했다. 새로 편성된 교실에서 큰유진과 맞닥뜨린 순간 심장이 떨어질 만큼 놀랐다. 그 애 역시 뜨악한 표정으로 날 힐긋하더니 곧 못 본 체했다. 난 그동안 큰유진이 우리 학원에 다니는 줄도 몰랐다.

큰유진과 이야기를 하고 난 뒤 우리는 오히려 더 어색한 사이가 됐다. 하지만 나도 모르게 자꾸 그 애를 훔쳐보곤 했다. 큰유진은 나와 그런 이야기를 나눈 것도 잊어버린 눈치였다. 오히려 전보다 더 즐겁게 생활하는 것 같다. 볼 때마다 소라랑 속살거리거나 웃고 있었다. 공부 시간에 대답을 못 하는 일도 줄어들었다. 마치 자기 대신 호랑이를 구덩이에 밀어 넣고 룰루랄라 춤추는 토끼 같다. 나는 지금 큰유진의 농간에 걸려들어 구덩이에 빠진 기분이다. 끝을 알 수 없게 깊고 어두운.

내 삶에 느닷없이 끼어든 큰유진이 원망스러웠다. 비록 엄마 아빠를 새엄마나 새아빠로 상상했을지라도 요즈음 내가 느끼는 혼란에 비하면 큰유진이 나타나기 전의 삶은 평온했다. 이제 내 인생에서 그런 날들은 영원히 없을 것 같았다. 빨리 구덩이에서 빠져나가고 싶다. 가장 간단하고 쉬운 방법은 엄마에게 물어보는 것이다. 큰유진 말대로라면 엄마가 가장 먼저 그 일을 알았다고 했다. 그런데 왜 중간에—큰 유진은 도망갔다고 표현했다—그 동네를 떠난 걸까? 무엇보다 나는 왜 내게 일어났던 일을 기억하지 못하는 걸까? 날 대하는 엄마나 할머니, 외할머니의 눈빛이나 한숨의 정체는 무엇일까?

나는 심호흡을 한 뒤 자판을 두드렸다. 내 질문에 대한 답이 모두 그 안에 있을 것 같았다. 성. 폭. 력. 벌써 몇 번이나 쳤다가 지워 버린 단어였다. 엔터 키 위에서 손가락이 망설인다. 그 키만 누르면 내가 겪은 일들이 영화처럼 펼쳐질 것 같다. 볼 자신이 없다.

엔터 키를 누른 건 내 의지가 아니었다. 손목의 힘이 빠지며 손가락이 엔터 키 위로 떨어졌다. 나는 얼른 눈을 감는다. 잠시 뒤 간신히 눈을 뜨고 모니터를 바라본다. 검색어와 관련된 내용이 가득하다. 그것으로는 모자라는지 열 페이지도 넘는 자료들이 더 있다. 내가 겪은 일이 그렇게 심각하고 큰 일이었다는 증거 같다. 온 세상이 알고 있는 일을 나만 모르고 있는 것 같았다. 마우스를 잡은 손이 덜덜 떨렸다. 알고 싶은 마음과 알고 싶지 않은 마음이 뒤섞여 소용돌이쳤다. 나는 입술을 깨물며 마우스 단추를 눌렀다.

성폭력에 관한 여러 가지 예들을 수치로 나타낸 자료였는데 여고생을 대상으로 한 실태 조사가 눈에 들어왔다. 두 명 중 한 명꼴로 초등학생 이후에 성폭력 피해를 입은 경험이 있다고 했다. 여고생의 반수가 경험한 일이라는 사실을 위안 삼고 싶어진다. 나만 겪은 일이 아니야. 큰유진 말대로 미친개한테 물린 셈 치면 되잖아.

나는 어떤 일을 당했던 걸까? 유아에게 행해진 성폭력 사례들도 있었지만 열어 볼 용기가 나지 않았다. 그곳에 나와 있는 일들을 내가 당한 일이라고 믿게 될까 봐 두려웠다. 성폭력을 당한 아동의 후유증에 관한 내용이 눈에 들어왔다. 불면증, 급성 불안 반응, 심한 공황 상태, 언어 발달 장애, 집중력 장애, 지적 장애……. 다행히 나는 그런 후유증은 겪지 않은 것 같다. 성장 발달 지연, 거기서 눈이 멈췄다. 이차 성징이 나타나지 않는 게 그런 이유 때문은 아닐까? 하지만 짝인 윤주도 그렇다고 했다. 혹시 윤주도 그런 일을 당한 걸까?

나는 쪽배를 타고 악어가 득시글거리는 늪을 건너는 심정으로 글을 읽었다. 글귀들이 굶주린 악어처럼 입을 쩍 벌린 채 내가 탄 배가 뒤집히기를 기다리고 있는 것만 같았다. 어떤 내용이 나를 집어삼킬지 두려워 건성건성 읽으며 지나치던 내 눈길을 잡는 구절이 있었다.

어린 시절 성 학대를 당한 경우, 대개 심리적 억압이나 해리를 통해서 잊어버리는 경우가 많지만 청소년기에 기억이 되살아나 고통을 당하거나 혹은 뒤에 성인기에 와서 이성과 친밀감을 느끼는 순간 기억이 되살아나는 경우가 있다.

내 경우인가? 검색창에 '해리'를 치니 그에 관한 내용이 떴다.

마음, 즉 의식의 한 부분이 다른 부분으로부터 분리, 해리되는 것이 원인이다. 대규모 억압의 결과로 간주되며 억압 그 자체를 감당할 수 없을 때 관련된 모든 기억이 의식으로부터 분리된다.

감당할 수 없을 때? 큰유진은 그렇게 멀쩡한데 내게는 왜 감당할 수 없는 일이 됐던 거지? 외상 후 스트레스 장애라는 용어도 보였다. 외상으로 경험될 만큼 심한 감정적 스트레스를 주는 사건을 경험했을 때 거의 모든 사람에게 나타나는 불안 장애로, 여러 가지 증상이 있는데 그중에 단기 기억 상실증도 있다. 그 기간의 기억만 잊어버리는 경우다.

내 경우도 해리나 단기 기억 상실증 같았다. 그렇다면 억지로 되살릴 필요 없지 않을까? 달콤한 유혹이었다. 나는 그렇게 하고 싶었다. 아무것도 모르던 예전으로 돌아가고 싶었다. 순간 때밀이 수건으로 아이의 몸을 거칠게 미는 여자의 모습이 떠올랐다. 아이가 울자 그 여자는 아이의 뺨을 때렸다. 지난번에도 보았던 환영이다. 놀랍게도 그 여자는 엄마였다. 실은 처음부터 엄마라는 걸 알고 있었는지 모른다. 그 여자가 엄마이며 맞은 아이가 나라는 사실을 인정하고 싶지 않았을 뿐이다.

엄마는 날 왜 때렸을까? 나는 엄마에게 맞은 기억이 없다. 엄마가 유선이나 유미를 때리는 것도 본 적이 없다. 그런데 환영 속의 엄마는 왜 날 때렸던 걸까? 살갗을 벗겨 내는 것처럼 아팠던 기억이 생생한 걸 보면 실제 있었던 일 같다.

내가 기억하지 못하는 이유를 인터넷으로나마 짐작하게 된 뒤에도 내 생활은 달라지지 않았다. 적어도 겉으로는 말이다. 날마다 학교와 학원엘 갔고, 토요일엔 원어민 영어 과외, 일요일엔 봉사 활동과 경시대회 참가 등이 이어졌다. 반

아이들은 자기네끼리 경찰서나 주민 센터 같은 데서 형식적인 봉사 활동을 했지만 난 아빠가 의사인 초등학교 동창 두 명과 함께 양로원에 가서 했다. 봉사 활동에 끼기 위해 엄마가 따로 후원금을 내는 걸로 알고 있다. 동창들도 특목고를 지망하는 애들이지만 따로 만나거나 연락하지는 않았다.

바쁜 일상 속에서도 계속해서 질문이 떠올랐다. 큰유진은 그 일을 분명하게 기억하는데 나는 왜 기억하지 못하는 걸까? 엄마는 우는 날 왜 때렸을까? 왜 그렇게 살갗이 벗겨지도록 몸을 닦았을까? 왜? 왜? 왜? 호기심 넘치는 어린아이처럼 모든 기억에 '왜'가 따라붙었다.

엄마나 아빠를 새엄마 새아빠로 상상할 때는 솔직히 소설이나 드라마 주인공이 된 양 그 감정을 즐기기까지 했다. 그리고 마지막 장면은 언제나 보란 듯이 성공한 내가 새엄마 또는 새아빠에게 키워 줘서 고맙다는 인사를 남기고 멋지게 독립하는 것으로 끝났다.

하지만 답을 찾을 수 없는 질문은 나를 고통스럽게 했다. 고통에 짓눌려 견딜 수 없을 지경이 되면 담배를 피웠다. 여전히 나는 담배를 길들이지 못했다. 길들이기는커녕 흡연은 답을 찾을 수 없는 질문보다 더욱 강력한 고통이 돼 나를 마비시켰다. 내가 담배로부터 원하는 건 그런 것인지 몰랐다.

나는 왜 엄마에게 묻지 못하는 걸까? 한번은 밤중에 물을 마시러 나갔는데 엄마가 거실 소파에 앉아 책을 보고 있었다. 아빠를 기다리고 있는 모양이었다.

'그때 왜 날 때렸어?'

나는 소리 내 물을 뻔했다. 엄마가 서 있는 날 쳐다보더니 가라앉은 목소리로 물었다.

"뭐 필요한 거 있니?"

엄마가 늘 내게 하는 말이다. 엄마는 그동안 내가 필요하다는 건 무엇이든지 다 해 줬다. 말하기 전에 알아서 챙겨 주는 것도 많았다. 지금 내게 필요한 건 엄마와의 대화였다. 하지만 그 말은 목에 걸려 나오지 않았다. 엄마 대신 나는 큰유진에게 묻고 싶었다.

'그때 니네 엄마는 너한테 어떻게 했니?'

학교나 학원에서 큰유진을 볼 때마다 그 물음이 입 밖으로 튀어나오려 했다. 진짜로 큰유진을 흔들며 그렇게 묻게 될까 봐 나는 의식적으로 그 애를 피했다. 그런데 점심시간에 큰유진이 내 자리로 쫓아왔다. 나는 잔뜩 긴장해서 그 애를 바라보았다. 무슨 이야길 하려는 걸까.

"작은유진, 오늘 학원 숙제 뭐냐?"

맥이 빠졌다. 학원 숙제는 늘 만만치 않았다. 숙제를 안 해 가면 그 사실을 집에 전화로 알린다고 했다. 숙제를 안 한 적이 없어 몰랐는데 다른 애들이 하는 이야기를 들었다. 그러니 큰유진한테는 숙제가 중요한 일이겠지. 내가 큰유진에게 기대했던 건 뭘까?

"기출 문제집 3회."

나는 짧게 대답했다.

"겁나 많네. 그걸 언제 다 하냐? 야, 너 지금 문제집 있어? 나 좀 보여 줄래?"

큰유진이 아부하는 웃음기를 띠고 말했다. 나는 침을 삼켰다. 가슴속에서 둥둥둥 북소리가 났다.

"대신……, 뭐 좀 물어봐도 돼?"

목소리가 떨려 나왔다.

"뭔데? 문제집만 보여 주면 뭐든지 다 대답해 줄게."

나는 가방에서 문제집을 꺼내 주었다. 큰유진이 살았다는 표정으로 말했다.

"뭔지 물어봐."

'그때 니네 엄마는 너한테 어떻게 했니?'

하지만 그 말은 쉽게 나오지 않았다.

"빨리 물어. 나 이거 얼른 베껴야 돼."

큰유진이 재촉했다. 대답을 듣기엔 시간도 장소도 좋지 않았다.

"나중에. 나중에 물어볼게."

큰유진은 마음이 급한지 내 말이 끝나기도 전에 자기 자리로 뛰어가 버렸다.

나는 영어 숙어집을 들고 교실을 나왔다. 언제나처럼 도서실로 가기 위해서였다. 도서실은 5층인데 4층에서 착각해 왼쪽 복도로 갔다. 그 바람에 동아리실을 들여다보게 되었다. 들여다보았다기보다는 내가 좋아하는 노래가 흘러나와 저절로 눈이 갔다. 요즘 내가 가장 많이 듣는 음악이 보아의 앨범이었다. 아이들이 「넘버 원」에 맞춰 춤을 추고 있었다. 댄스 동아리인 모양이었다.

아이들 틈에 수학여행 때 내게 술을 먹였던 수정이 있었다. 그때의 공포와 수치심이 떠올랐다. 춤을 추는 수정의 진지한 얼굴이 가증스러웠다. 나는 그동안 댄스 동아리가 노는 애들이나 들어가는 덴 줄 알았다. 수정이 끼어 있는 걸 보면 아주 잘못 알고 있는 건 아닌 듯하다. 그런데 춤추는 아이들 모습이 하나같이 진지하고 성실해 보였다. 어려운 수학 문제를 풀 때 나도 저런 얼굴을 하고 있을지 모르겠다.

신기한 마음에 계속 보고 있게 되었다. 노래만 듣거나 음악 방송에서 가수를 볼 때와 달리 내 또래 아이들이 춤추는 걸 보자 그 애들의 열기가 내 몸속에도 퍼지는 것 같았다. 마치 감전이라도 당한 것처럼 온몸이 찌릿하면서 어깨가 저절로 움찔거렸다. 나는 깜짝 놀라 뒤로 물러났다.

큰유진한테 한 말이 숙제처럼 나를 따라다녔다. 이젠 궁금해서가 아니라 숙제를 하기 위해 큰유진에게 물어봐야 할 것 같았다. 하지만 마음의 틈은 여간해서 나지 않았다. 그 틈을 내 준 건 큰유진이었다. 학원에서 3교시가 끝나고 나면 간식 시간을 20분 준다. 나는 학원 구내 매점에서 햄버거나 컵라면, 김밥 등을 사 먹곤 했다. 그런데 줄이 너무 길었다. 그 줄 끝에서 만난 큰유진이 내게 말했다.

"야, 기다리다 간식 시간 끝나겠다. 우리 편의점 가서 삼각 김밥 먹고 오자."

나는 차에서 내려 학원에 들어가면 수업이 끝나고 귀가 차량을 탈 때까지 밖으로 나간 적이 없었다. 학교처럼 중간에 나가지 말라는 규칙도 없는데 말이다. 그래서 학원 근처에 뭐가 있는지 하나도 몰랐다.

"편의점 삼각 김밥이 훨 맛있어."

큰유진이 씩 웃으며 내 귀에 대고 말했다. 나는 얼결에 그 애에게 이끌려 편의점으로 갔다. 학원에서 나온 애들이 꽤 많았다. 나는 큰유진을 따라 삼각 김밥과 음료수를 샀다. 갑자기 세상 물정 모르는 바보가 된 기분이었다. 큰유진이 가면서 먹자고 했다.

"빨리 먹으면 오락실에서 펌프 한 판 할 수 있는데. 너 펌프 할 줄 알아?"

나는 고개를 가로저었다. 할 줄 안다 쳐도 간식 시간에 펌프 할 생각을 하다니.

"하긴, 너 같은 범생이가 할 줄 알 리가 없지. 야, 그때 물어본다는 게 뭐야? 대답해 줄 테니까 빨리 물어봐."

나는 한입 베어 물었던 김밥을 꿀꺽 삼켰다. 급하게 삼켜서인지 가슴 한복판이 빠근했다.

"꼭 빚진 기분이란 말야. 대답을 해 줘야지 마음이 편할 것 같아. 뭔데?"

큰유진이 채근했다.

"그때……, 니네 엄마는 너한테 어떻게 했니?"

나는 그동안 목에 걸려 있던 말을 토해 냈다.

"그 사건 일어났을 때?"

큰유진은 내가 무엇을 물어보는지 단박에 알아차렸다. 나는 고개를 끄덕였다.

"그걸 물어봐야 아냐? 끝내주게 잘해 줬지. 내가 엄마 아빠한테 사랑한다는 말을 가장 많이 들었을 때가 그때야. 너무 속 보이지 않냐? 맨날 동생만 예뻐하다가 그런 일 생기니까 날 제일 사랑한다고 난리 치는 거 있지. 그때는 내가 순진해서 그 말에 속아 넘어갔지만 말야."

큰유진은 뭐가 재밌는지 킥킥 웃으며 말하다 진지한 얼굴로 변했다.

"너 지금도 생각 안 나냐? 내가 어디서 봤는데 너무 충격 받으면 기억을 못 할 수도 있대. 너 혹시 그런 경우 아니야?"

큰유진이 날 살피듯 보며 물었다. 나는 그 애의 눈길을 피하면서도 이야기가 나왔을 때 궁금한 것을 다 물어봐야 한다고 마음을 다잡았다.

"우리가 왜 이사 갔는지는 정말 몰라?"

"내가 그걸 어떻게 아냐? 니네 엄마한테 물어보면 되잖

아. 하긴 나도 우리 엄마한테는 얘기 잘 안 하게 돼. 우리 엄마는 내가 혹시라도 그 일 때문에 후유증 있을까 봐 전전긍긍이거든. 엄마는 내가 그냥 잊기를 바라. 그래서 나도 그 이야긴 안 해."

큰유진은 내가 엄마한테 묻지 않는 이유를 자기 식대로 해석했다.

엄마도 내가 그냥 잊기를 바랄까? 혹시라도 내가 기억을 되살려 낼까 봐 겁나서?

나는 그날 밤 다시 검색창에 그 단어를 쳤다. 처음보다는 덜 떨렸다. 사례 한 가지를 열어 보았다. 유치원 버스 기사가 유치원생들을 성추행했다는 기사였다. 그는 유치원 원장이기도 했는데 자신의 혐의를 완강하게 부인하고 있었다. 그저 아이들을 귀여워했을 뿐 다른 의도는 없는 행동이었다는 것이다. 그 구절을 읽는 순간 치밀어 오르는 불길 같은 분노와 적의에 깜짝 놀랐다. 내 몸을 사르고도 남을 만큼 강렬했다. 분노의 감정 사이로 언뜻 한 남자의 얼굴이 스쳐 갔다. 누군가가 서랍에서 꺼내 준 것처럼 기억들이 되살아났다.

낮잠 시간에 자지 않은 게 화근이었다. 한 남자가 눈을 말똥말똥 뜨고 있는 아이를 데리고 갔다. 옛날이야기를 들려

주겠다면서. 항상 웃는 얼굴에 아이들과 장난도 잘 쳐서 남자아이 여자아이 할 것 없이 모두 그를 좋아했다. 그를 보면 앞다투어 달려가 매달리곤 했다. 그런 사람이 아이 혼자에게만 이야기를 해 준다는 것이다. 아이는 너무 신나고 행복해서 내일도, 또 내일도 낮잠을 자지 않겠다고 마음먹었다.

그가 재미있는 놀이를 하자고 했다. 다른 애들이 샘낼지 모르니까 비밀이라고 했다. 아이는 그와 새끼손가락을 걸고 도장을 찍고 사인까지 했다. 그러고 '재미있는 놀이'를 했다. 조금도 재미있지 않은 놀이였다. 다음에 아이가 잠든 체하고 누워 있는 날은 다른 아이가 그의 품에 안겨 갔다. 몇 차례 그와 놀이를 한 아이는 비밀을 지키겠다는 약속을 지키지 못했다. 아끼고 사랑하던 인형 머리카락을 자르고, 목을 비틀고, 다리를 찢어 놓았기 때문이다. 아이는 인형이 자기 자신이라고 생각했던 것 같다. 목이 비틀리고 다리가 찢겨야 할 대상은 바로 그놈인데 말이다.

감옥에 갔다 나와서 이민을 갔다고? 아이들한테 그런 짓을 했는데 어떻게 감옥에서 나올 수 있지? 그놈이 외국에서 편안하게 살아가고 있을 걸 상상하니 억울해서 숨이 막히는 것 같았다. 큰유진은 그놈을 용서한 걸까?

그 애에게 무슨 일이 일어나고 있는 걸까

계속해서 좋은 일이 생기는 걸 보면 내가 전생에 착한 일을 많이 한 모양이다. 손오공의 머리 테처럼 내 머리를 옥죄던 전교 1등 문제가 입안에서 뻥 과자 녹듯이 그렇게 스르르 풀릴 줄은 상상도 하지 못했다.

하루, 하루를 1년처럼 기다린 끝에 건우와 만나는 날 나는 구름 위를 걷는 기분이었다. 엄마 아빠도 내 첫 데이트에 아낌없는 격려와 투자를 해 주었다. 아빠는 여자도 얻어먹기만 해서는 안 된다며 데이트 비용을 따로 주었고, 엄마는 패션 운동화를 새로 사 주었다. 형진이가 "얼레리 꼴레리~"

하며 놀려 댔지만 개미가 코끼리 발등을 깨문 것만큼도 내 마음을 건드리지 못했다.

지하철역까지는 마을버스를 타야 했다. 그런데 마을버스 정류장에서 소라를 보는 순간 아차 싶었다. 보라 언니 옷을 입고 화장까지 한 소라는 교복 차림일 때보다 훨씬 성숙하고 예뻐 보였다. 거기다 모자와 가방이 세트처럼 잘 어울렸다. 그동안 소라의 패션 감각을 너무 무시하고 방심했다.

소라는 평소 화장은커녕 치맛단이 뜯어져도 옷핀으로 대충 처리한 채 며칠씩 지내기 일쑤인 아이였다. 그뿐 아니라 교복 앞자락에 늘 떡볶이 국물이나 반찬 흘린 자국들을 묻히고 다녔다. 생활 습관만은 준소설가 수준이어서—드라마에서 그려지는 소설가의 모습이 사실이라고 했을 때—게으르고 지저분했다. 남자 보는 취향도 특이해서 다른 별에나 가야 있을 법한 스타일을 좋아했다. 그런 아이니 내가 평소 라이벌로 의식하고 경계할 만한 일이 조금도 없었다. 내가 건우에게 망설임 없이 소라의 전화번호를 가르쳐 줄 수 있었던 것도 그래서였다.

그런데 방심이 결정적인 순간 도끼가 돼 내 발등을 찍었다. 물론 건우는 내 남친이며, 내가 얼마나 건우를 좋아하는 줄 알면서 넘볼 소라가 아니라는 사실은 믿어 의심치 않았다. 하지만 내가 우리 중 뛰어나게 돋보이는 존재가 되리라는 것 또한 의심하지 않았던 터였다. 마을버스 정류장의 소라는 '소라가 맞아?' 싶을 만큼 달라 보였다.

소라는 오늘 두 남자아이 중 한 명을 골라잡을 수 있는 특권을 쥐고 있다. 건우가 같이 가는 친구 중에서 마음에 드는 아이가 있으면 말하라고 했기 때문이다. 내가 그 말을 전할 때만 해도 심드렁한 얼굴이더니 완벽한 준비를 하고 나타난 것이다. 옷도 옷이지만 화장한 얼굴은 생기가 넘쳐흘렀다. 그래서 더 예뻐 보였다. 소라가 당연히 내 들러리가 돼야 한다고 생각했던 나는 당황함과 서운함을 동시에 느꼈다. 들러리는커녕 건우조차 키만 껑충한 나보다 여인의 향기가 물씬 풍기는 소라를 더 좋아할 것 같았다.

"올, 직녀. 환상적인데! 견우 만나러 가는 소감이 어때?"

소라가 복잡한 생각에 휩싸여 있는 내 허리를 감싸 안았다. 소라는 종종 건우를 견우로, 나를 직녀로 부르곤 했다.

"니가 더 섹시한데?"

내 말엔 분명히 가시가 박혀 있었을 것이다.

"그래? 그럼 성공이로군. 유찡, 친구를 보면 그 사람을 알

수 있다는 격언 때문에 내가 얼마나 노력했는지 아냐? 이 옷들, 우리 보라한테 알랑방귀 뀌어 가지고 간신히 빌려 입은 거야. 뭐 묻혀 가면 내가 책임져야 돼. 이 정도면 니 남친한테 안 창피하겠지?"

소라의 말에 나는 감동해서 눈물이 나올 뻔했다. 그리고 한순간이나마 친구를 의심했던 머리통을 보이지 않는 손으로 수없이 쥐어박았다.

"자유 이용권으로 놀이 기구 탈 생각 하니까 벌써부터 신난다."

소라 얼굴에 감도는 생동감은 바로 그 때문이었다. 동네 슈퍼가 대형 할인 마트와 경쟁해서 살아남는 길은 연중무휴 개점과 신속 배달뿐이라는 아빠의 경영 철학 때문에 소라네는 가족 나들이 한번 제대로 간 적이 없다고 했다. 소라는 작년 가을 체험 학습으로 롯데월드에 갔을 때 실내 놀이공원엔 처음 와 봤다는 충격적인 고백을 했었다.

나는 제대로 누려 보지 못한 성장기의 한을 자식에게 풀려 드는 엄마 덕분에 놀러 간 적은 많았다. 하지만 나도 자유 이용권으로 놀이 기구를 타 본 적은 없다. 자유 이용권을 사자는 나와 형진이의 요청은 사 봤자 다 타지도 못한다는 엄마의 주장을 이기지 못했다. 우리는 집에서 싸 간 김밥과 얼린 물을 먹은 뒤, 놀이 기구는 두어 개 정도만 타고 그 뒤론 비싼 입장료를 뽑기 위해 발이 부르트게 공원 안을 돌아다니며 공짜 구경이나 해야 했다. 또 남는 건 사진뿐이라는 엄마 때문에 수시로 포즈를 취하느라 지칠 대로 지쳤다. 형진이는 자유 이용권을 손목에 차고 놀이동산을 누비는 애들이 세상에서 최고로 부럽다고 했다. 나 역시 놀이 기구에 한이 많아 건우가 가져온다는 자유 이용권이 당첨된 복권 같았다.

매표소 앞에서 만난 건우는 생각보다 키는 크지 않았지만 이마에 여드름이 발긋발긋 돋아난 청소년이 되어 있었다. 나는 너무 쑥스러워 인사도 제대로 건네지 못했다. 가슴 뛰는 소리가 확성기에서 나는 소리처럼 커 남들이 알까 겁날 정도였다. 건우도 멋쩍기는 마찬가지인 듯 내 얼굴을 똑바로 보지 못했다. 우리는 서로 훔쳐보다 눈이 마주쳐 황급히 고개 돌리기를 몇 차례 반복한 끝에 비로소 제대로 마주 볼 수 있었다.

건우의 두 친구도 건우와 비슷한 모범생 분위기였다. 나는 소라의 선견지명에 감탄하지 않을 수 없었다. 소라가 학교 갈 때처럼 대충 하고 왔더라면 정말 창피할 뻔했다.

놀이 기구의 스릴과 재미를 공유하는 동안 우리는 차츰 스스럼없이 어울리게 되었다. 그러다 문제의 '전교 1등 사건'은 푸드 코트에서 점심을 먹으면서 불거져 나왔다.

"어떻게 하면 전교 1등을 할 수 있어?"

햄버거를 먹던 건우 친구가 내게 불쑥 물었다. 그 말을 듣는 순간 나는 파스타가 목에 걸려 눈물이 쑥 빠지도록 고생했다.

"야, 놀러 와서까지 꼭 일 얘기 해야 하니?"

소라가 오므라이스를 먹다가 멈추고 내 등을 두드리며 말했다.

"일 얘기?"

"말 된다!"

소라 말에 모두 웃음을 터뜨렸다. 건우 친구 중 다른 한 명이 웃음 끝을 이었다.

"우리 큰아빠가 시인이시거든. 문학 모임에 가서 술을 마시는데 누가, '야, 노을 곱다!' 했더니 다른 시인이, '아, 술맛 떨어지니까 일 얘기 하지 맙시다.' 그러더래."

소설가가 꿈인 소라는 당연히 그 애에게 관심을 가졌다. '1등'의 위기를 그렇게 넘기나 보다 했다.

"정말 비결이 뭐야? 솔직히 너 초등학생 때는 그 정도로 잘하지 않았잖아."

이번엔 건우가 물어 왔다. 또다시 사레 걸려 넘어갈 수는 없었다. 그때 내 입에서 튀어 나간 말은 내 의지가 아니었다. 하지만 결과를 놓고 보면 나를 지켜 주는 수호천사가 일러 준 말임이 분명했다.

"비결이랄 건 따로 없어. 전교 1등이 나랑 동명이인이었다는 사실밖엔."

내가 나도 모르게 내뱉은 말에 지옥에라도 떨어진 듯 눈앞이 캄캄해져 있는 동안 아이들이 그 말의 뜻을 해독했다. 먼저 건우 친구의 입에서 웃음이 튀어나왔다. 다른 친구도 콜라를 뿜을 만큼 크게 웃음보를 터뜨렸다.

당황한 건 오히려 소라였다. 소라는 내 말을 어떻게든 수습해 보려고 허둥거렸다. 소라보다 더 당황한 사람은 물론 나였다. 나 역시 내가 내뱉은 말을 어떻게 주워 담아야 할지 몰라 머릿속이 하얗게 되었다. 내 얘기가 사실이라고 하면 건우가 친구들을 이끌고 자리에서 일어설 것만 같았다. 물론 우리 사이는 제대로 시작도 못 해 보고 끝이다. 벌써 머릿속엔 자정을 넘긴 신데렐라처럼 누더기 차림으로 남겨진 내 모습이 그려졌다. 그런데 건우도 친구들과 함께 웃고 있었다.

“정말이야? 그럼 전교 1등 이유진이 니가 아니라 다른 이유진이었단 말이야?”

처음엔 빨대로 콜라를 휘젓고 있는 건우가 날 비웃는 거라고 생각했다. 나는 울고 싶은 기분으로 고개를 끄덕였다.

“와! 이유진, 너 그동안 엄청 괴로웠겠다!”

건우가 계속 웃으며 말했다. 어쨌거나 건우를 웃게 해서 다행이다. 나는 그 사실을 위안 삼으며 견우와 영원히 작별하는 직녀가 되리라.

“말이라고 하냐? 유진이 엄마가 열불 나서 얘를 그 학원에 보내 버렸잖아. 1등 못 한 것도 서러워 죽겠는데 이름 나올 때마다 그 유진이가 아니라고 밝혀야 하는 심정을 니들이 알아?”

나는 맘대로 지껄이는 소라 입을 꿰매고 싶었다. 하지만 분위기를 먼저 파악한 건 소라였다. 나만 혼자 분위기 파악 못 한 채 비극으로 몰아가고 있었던 거다.

"그런데 나한테 왜 말 안 했어?"

건우가 빙글빙글 웃으며 내게 물었다.

"딴 데서 하는 것도 지겨운데 너한테까지 꼭 해야겠냐? 넘겨짚은 니가 잘못이지."

소라가 대신 대답했다. 그사이 나는 간신히 평정심을 되찾았다. 내가 아니라는 사실은 밝혀졌지만 1등 한 유진이가 같은 유치원에 다닌 그 아이란 이야기는 절대 하면 안 된다. 자칫 발설했다간 건우가 단박에 '아, 그 눈 크고 공주 같던 애?' 하며 관심을 가질 것 같았다. 그건 나를 두 번 죽이는 일이다.

"그래, 내 잘못이다. 사과하는 뜻으로 내가 휴대폰 벨 소리 보내 줄게. 벨 소리 울릴 때마다 내가 사과하는 걸로 생각하고 들어."

건우 말에 눈물이 날 뻔했다. 역시 건우는 멋지다. 이런 애가 내 남친이다! 나는 건우와 나란히 앉아 허리케인을 타며 그동안 마음을 짓누르던 죄책감을 티끌 한 점 없이 날려 보냈다.

작은유진이에게 문제집을 보여 달라고 할 수 있었던 것도 전교 1등 문제가 해결된 덕분이었다. 작은유진이를 계속 미워할 명분이 없어졌다. 나는 착해서 아무 이유 없이 누군가를 미워할 수 있는 애가 못 되었다. 그래도 작은유진이가 그렇게 쉽게 문제집을 보여 줄 줄 몰랐다. 밑져야 본전인 셈 치고 말한 건데 순순히 빌려주었다. 아, 순순히는 아니다. 물어볼 게 있다고 했다. 나는 직감적으로 '그 일'과 관련된 질문임을 알아차렸다.

며칠 지난 뒤 작은유진이는 짐작대로 그 일에 대해 물어왔다. 자기 이야기일 줄 알았는데 그 일이 일어났을 때 우리 엄마가 나한테 어떻게 했는지를 물었다. 내 대답을 듣는 작은유진이의 표정이 점점 굳는 것 같았다. 그 애는 또 자기네가 왜 이사를 갔는지 궁금해했다. 작은유진이가 어째서 자기 부모가 아닌 내게 묻는지 알겠기에 그 애의 궁금증을 풀어 주고 싶었다. 그건 내게도 어느 정도 마음 준비가 필요한 일이었다.

며칠 뒤 나는 시금치를 다듬는 엄마를 돕는 체하며 슬쩍 말을 꺼냈다. 그 일이 내게 아무런 영향을 주지 않고 있음을 최대한 나타내야 한다.

"엄마, 있지, 옛날에 유치원에 다닐 때 작은유진이 있었잖아. 그 애 지금 우리 반이다."

엄마가 손을 멈칫하며 나를 바라보았다. 깜짝 놀란 표정이다. 그러곤 곧 나를 살피는 얼굴이 되었다. 내가 혹시 충격이라도 받지 않았을까 걱정하는 것 같았다.

"더 놀랄 일이 있어. 전교 1등이 걔였어."

나는 짐짓 심드렁한 표정으로 말했다.

"맞다, 너랑 이름이 똑같았지! 까맣게 잊어 먹고 있었네."

엄마는 아예 시금치 다듬던 칼을 내려놓았다. 이제부터 쏟아질 질문들을 떠올리자 괜히 시작했다는 후회가 들었다. 이런 일을 감수할 만큼 작은유진이와 친한 것도 아닌데 말이다. 내가 아무렇지도 않다는 것을 확실하게 보여 줘야 해. 그렇다고 오버해서도 안 된다. 눈치 9단인 엄마가, 내가 무언가를 감추기 위해 오버하는 거라고 해석하면 더 골치 아파지니까. 내 머릿속은 어려운 수학 문제를 풀 때보다 더 복잡해졌다.

"아아 어쩐지, 그래서 그때 그 여자가 공항에 나왔던 거구나. 니네 수학여행 갔을 때 있잖아. 너 마중 나갔다가 유진이 엄마를 만났어. 그냥 볼일이 있어서 왔다고 하길래 그런가 보다 했지. 유진아, 지금 걔네 어떻게 사니?"

예상했던 질문이 아니라 나는 잠시 어리둥절했다. 하지만 곧 엄마의 특기 중 하나가 이야기하다 엉뚱한 길로 잘 빠지는 것임을 떠올렸다. 덕분에 엄마는 작은유진이의 1등에 관심을 보이지 않았다. 언제까지일지 모르지만. 나는 '내가 그걸 어떻게 알아.'라는 말을 꿀꺽 삼키곤 되물었다.

"그건 왜?"

"그때, 유진이네 친가가 굉장히 부자라는 소문이 있었거든. 유진이 엄마네 친정은 아주 못살고. 그래서 시집에서 결혼을 심하게 반대했는데 유진이 아빠가 부모하고 의절하고 결혼한 거래. 그때 유진이 엄마가 유진이 동생 임신하고서도 구두에 스팽글 다는 부업 하고 그랬어. 그게 본드로 붙이는 거거든. 너 유진네가 은혜네 집에 세 들어 살았던 건 기억나지? 은혜 엄마한테 들어서 내막을 좀 알지."

이건 또 무슨 주말 연속극 같은 스토리람. 하지만 내가 원하는 걸 알아내려면 인내심을 가져야 한다.

"그랬구나. 난 그때도 작은유진이가 하도 공주처럼 하고 다녀서 잘사는 줄 알았는데. 참, 맞다!"

언뜻 들은 이야기가 생각났다.

"애들이 그러는데 걔 사는 데가 산 아래 고급 아파트 단지 있지? 거기래. 그리고 지난번에 학교 선생님들한테 한턱 쐈

대. 학원에도 떡 해서 돌리고. 아유, 나는 1등은 하지 말아야지. 그 돈이 어딘데."

엄마의 궁금증을 풀어 주다 되레 내가 엉뚱한 데로 빠지고 말았다. 순전히 엄마로부터 물려받은 유전자 탓이다.

"1등 하면 학원 3개월간 공짜잖아. 그 돈이면 두 턱도 쏘니까 걱정 마. 아니, 기둥뿌리를 뽑아서라도 할 테니까 1등이나 해 보셔."

우리 모녀의 대화는 또 엉뚱한 곳으로 흘렀다. 나는 정신을 가다듬고 다시 물었다.

"그런데 걔넨 왜 이사 갔던 거야? 도망갔다고 아줌마들이 막 욕하던 거 생각나는데."

"욕먹어도 싸지. 그 유진이가 증언을 해야 우리한테 유리한데 시작은 같이 해 놓고 중간에 싹 빠져 버려서 우리가 얼마나 애먹었는 줄 아니? 그놈이 옳다구나 하고 우리를 무고죄에 명예 훼손으로 맞고소를 한 거야."

엄마의 목소리가 높아졌다.

"그 개자식 감옥에 간 거 아니었어?"

내 입에서 나온 '개자식'이란 말에 엄마가 얼핏 복잡한 표정이었다가 "에이." 하고 포기했다. '개자식'보다 더한 욕을 들어도 싼 놈이 분명하니까.

“그놈이 1년이라도 실형 살았던 데는 건우 엄마 공이 컸지. 건우 엄마가 자기 일도 아닌데 여성 단체니, 신문사니 사방팔방 쫓아다니면서 안 알렸으면 우리 같은 사람들이 뭐를 알고 했겠니? 그냥 흐지부지되고 말았을 거야.”

그놈이 감옥에서 1년밖에 안 살았다고? 작은유진이는 기억을 잃을 만큼 아직도 고통받고 있는데. 그나저나 건우 엄마는 알면 알수록 멋진 아줌마다. 아, 자꾸만 다른 데로 빠지면 안 된다. 나는 또 정신을 가다듬어야 했다.

“작은유진이네가 왜 빠졌는데?”

“처음엔 그놈한테 뒷구멍으로 합의금을 받았다는 소문도 있었는데 그건 아니고, 가장 적극적이다 갑자기 쏙 빠져서 이사 가 버리니까 그런 소문이 났던 거지. 실제론 본가에서 그 사건에서 빠지는 조건으로 받아 줬대나 봐. 그런데…… 그 애도 그 일 기억하디?”

엄마가 내 눈치를 살폈다. ‘넌 괜찮니?’ 하고 묻고 싶은 걸 참는 것 같았다.

“그게 참 이상해. 전혀 기억하지 못하더라고. 그럴 수 있는 거야?”

엄마의 얼굴빛이 흐려졌다. 내가 보고 있다는 걸 알아차린 엄마가 표정을 수습하며 말했다.

"충격이 컸나 보네. 전에 온 가족이 차 타고 가다 교통사고가 나서 혼자만 살아남은 사람을 봤는데 사고 난 걸 기억하지 못하더라."

나는 작은유진이와 같은 일을 당하고도 아무렇지 않게 씩씩한 내가 잘못된 건 아닐까, 잠깐 고민이 됐다.

어쨌든 목적을 달성한 나는 작은유진이에게 그 이야기를 전했다. 이럴 땐 학원에 다니는 게 편했다. 학교에서 소라를 따돌리고 작은유진이와 이야기하려면 여러모로 눈치가 보였다. 별일 아니라고 생각하면서도 소라에게 말하기 싫은 이유를 설명하기 어려웠다.

"소문이니까 정확한 건지는 모르겠지만 니네가 이사 간 건, 니네 친가에서 사건에서 빠지는 조건으로 받아 줘서래."

작은유진이가 이해하지 못한 얼굴로 날 바라보았다.

"니네 친가 부자라며. 니네 외갓집은 가난하지?"

작은유진이가 보일 듯 말 듯 수긍하는 표정을 지었다.

"그래서 니네 친가에서 니네 엄마 아빠가 결혼하는 걸 무진장 반대했었다나 봐. 이 정도면 어떤 스토린지 감이 팍팍

오지? 좀 삼류긴 하지만 중매로 만나서 세 달 만에 결혼한 우리 엄마 아빠 결혼 스토리보다는 훨 낫다. 니가 그런 사랑의 결실로 태어났다는 거 아니냐."

내 너스레에도 작은유진이는 웃지 않았다. 아니, 오히려 더 심각해지는 것 같았다. 그 뒤로 나는 자꾸만 작은유진이에게 신경이 쓰였다. 학교에서도 학원에서도 그 애는 더욱 말수가 줄어들었다. 공부 시간에 발표도 잘 하지 않았다.

그 애에게 무슨 일이 일어나고 있는 걸까?

넌 아무 일도 없었어

시계가 4시 10분을 가리키고 있다. 학원 차를 타려면 20분엔 나가야 한다. 몇 번이나 방문을 열고 안방의 동정을 살피던 나는 학원 가방을 챙겨 들고 거실로 나갔다. 안방 문은 굳게 닫혀 있었다. 엄마와 외할머니는 방에서 이야기 중이었다.

인사하는 날 바라보는 외할머니의 눈빛이 가슴에 와 박혔다. 할머니는 진실을 알고 있을 것이다. 나는 사실보다 사실 뒤에 감추어져 있는 진실을 알고 싶다. 자주 볼 수 없는 외할머니가 집에 온 건 내게 진실을 알려 주라는 누군가의 뜻인 것만 같았다.

외할머니와 이야기할 틈을 노렸지만 엄마는 내게 인사할 기회만 주었을 뿐 할머니를 안방으로 데리고 들어가 버렸다. 유선과 유미는 음악 레슨을 받으러 가서 집엔 우리 셋뿐이었다. 안방에서 엄마의 목소리가 새어 나왔다.

"이젠 나도 몰라요. 상철이 일이라면 지긋지긋해. 감옥엘 가든지, 이혼을 하든지 지가 저지른 일은 지가 대가를 치르라고 해요!"

엄마가 날카로운 목소리로 말했다. 상철이라면 아빠 회사에서 일하다 문제를 일으키고 쫓겨난 큰외삼촌이다. 하는 일 없이 빈둥거린다는 큰외삼촌이 또 무슨 사고를 친 모양이었다. 외할머니 목소리는 거의 웅얼거림 수준이라 들리지 않았다.

나는 안방 앞에서 잠시 서성이다 집을 나왔다. 문을 열고 인사를 하기엔 적당치 않은 분위기였고, 외할머니와 이야기를 나눌 다른 계획이 있었기 때문이다. 할머니가 우리 집에 와서 오래 머문 적은 없었다. 일 다니는 외숙모 대신 아이들을 돌보고 살림을 하기 때문이기도 했지만, 그보다 아빠나 할머니와 마주칠까 봐 두려워서인 것 같았다. 엄마도 곰살맞은 딸은 아니었다.

우리 집에 온 외할머니는 늘 잘못을 저지른 자식 때문에 교무실에 불려 온 학부모처럼 주눅 들어 보였다. 사고 친 외삼촌들 때문에 오는 경우가 많으니 그럴 만도 했다. 그게 습관이 돼서인지, 아빠 생일이나 집안 행사에 올 때도 비굴한 태도는 바뀌지 않았다. 그럴 땐 차라리 차갑고 엄해도 당당한 친할머니가 나았다. 친할머니는 무섭기는 해도 사람을 짜증 나거나 불편하게 만들지는 않으니까.

나는 우리 아파트 옆 정자 그늘에서 외할머니를 기다렸다. 큰유진이 들려준 이야기는 아무런 답도 되지 못했다. 오히려 혼란스러움만 커졌을 뿐이다. 나는 아빠가 부모와 의절하면서까지 결혼했을 정도로 엄마를 사랑하는 줄 몰랐다. 무덤덤하고 권위를 앞세우는 아빠가 한때는 그런 열정을 지닌 사람이었다는 게 상상되지 않았다. 열렬한 사랑으로 태어난 자식이 그런 일을 당했는데 엄마 아빠는 어째서 해결 대신 사건에서 도망쳐 버린 걸까. 큰유진에 따르면 돈 많은 부모님에게 들어가는 조건으로 말이다. 만약 그게 사실이라면 지금 우리 가족이 누리는 이 안락함은 내 기억과 맞바꾼 것이다. 엄마와 아빠가 강제로 내 기억을 도려낸 것 같았다.

나를 위해서였다고 해도 기분 나쁘기는 마찬가지였다. 아무리 고통스럽다고 해도 내게 일어났던 일을 내가 몰라서는 안 되는 것이다. 물론 끝까지 몰랐으면, 그랬으면 나도 좋을 뻔했다. 하지만 이제 조금씩 드러나고 있다. 아직은 불쑥불쑥이긴 하지만 하나둘씩 맞춰 보면 알 수 있을 만한 장면들이 떠오르고 있다.

시간을 보니 학원 차를 타기에는 이미 늦어 버렸다. 이야기가 길어지면 택시를 타고 갈 작정이었다. 그러면 아이들을 태우기 위해 여기저기 도는 학원 차와 비슷하게 도착하거나 조금 늦게 될 것이다. 최악의 경우 결석까지도 생각했다. 큰유진과 휴대폰 번호를 주고받길 잘했다.

예상대로 잠시 뒤 외할머니가 나타났다. 얼굴의 주름은 애초부터 그랬던 것처럼 시름이 가득 밴 모양으로 패어 있었다. 혹시 몰라 뒤를 살폈지만 엄마는 보이지 않았다. 할머니가 정자 근처를 지나칠 때쯤 앞으로 나섰다.

“지금 가세요?”

나를 알아본 외할머니 얼굴에 희미한 웃음이 피어올랐다. 하지만 주름 때문에 오히려 어정쩡한 표정이 되었다.

“아직 학원 안 갔어?”

“시간이 좀 남아서 할머니 기다리고 있었어요. 엄마하고 이야기 중이셔서 인사 못 드리고 나와서요. 정자에 좀 앉았다 가세요."

나는 그동안 만났던 것 중에서 가장 상냥하고 친절하게 말하며 외할머니를 정자로 이끌었다. 할머니가 가랑잎처럼 가볍게 끌려왔다.

"아이구, 따뜻하다. 난 그 에어컨 바람, 써늘한 냉기가 뼛속까지 파고드는 게 영 싫더라."

할머니가 마루로 된 정자 바닥을 짚으며 말했다. 에어컨 바람이 아니었대도 엄마와 함께 있으면 추웠을 것이다. 할아버지 할머니와 함께 살 때는 그림자 같았던 엄마가, 따로 살면서는 차가운 할머니를 닮아 가고 있다.

"할머니, 무슨 속상한 일 있으세요?"

나는 속으로 내 이야기를 어떻게 꺼낼까 궁리하며 건성으로 물었다.

"다 내 죈 걸 누굴 탓하겄냐? 니 어미두 친정 식구라면 진절머리가 날 거여. 너는 맏딸이니까 엄마 속을 누구보다 잘 헤아려 줘야 한다."

외할머니가 한숨을 섞어 말했다.

"엄마가 날 낳은 거 맞아요?"

외할머니의 '맏딸'이란 말이 쉽게 길을 터 주었다. 할머니가 웬 엉뚱한 말이냐는 표정으로 대꾸했다.

"얘가 시방 무슨 말을 하는 거여? 니 어미가 너 낳고 몸조리도 못 하고 얼마나 고생을 했는데 그런 소릴 해. 허긴 아쉬운 것 없이 사는 니가 그 시절을 기억이나 하겄냐마는……."

할머니가 또 습관처럼 한숨을 쉬었다. 나는 그동안 엄마가 새엄마일 거라는 상상을 정말로 믿었던 건 아님을 깨달았다.

"그럼 그때 왜 그 동네에서 이사 온 거예요?"

나는 할머니를 똑바로 바라보았다.

"언제 말이여? 여기로 이사 온 거 말이냐? 그야 느이 할아버지가 분가시켜 준 거잖냐."

외할머니는 내 질문의 핵심을 알아차리지 못했다.

"그때 말고요. 그 전에, 친할아버지 할머니랑 같이 살던 집으로 들어갔을 때요."

내가 생각나는 건 할아버지 할머니와 함께 살 때부터지만 큰유진한테 들은 이야기를 내 기억인 양 물었다. 이번엔 할머니가 나를 살피듯 보았다.

"그게 왜 갑자기 궁금한 겨?"

"그 사건에서 빠지는 조건으로 우리 할아버지가 받아 줘서 이사 왔다는 거 맞아요?"

나는 들이대듯 물었다. 할머니의 눈빛이 흔들렸다.

"아가, 어디서 무슨 소리를 들었길래 시방 이러는 겨?"

"듣기는 뭘 들었다고 그래요?"

"그럼 너한테 있었던 일이 기억나냐?"

마음 한구석에선 아니길 빌고 있었던 모양이다. 나는 외할머니의 떨리는 목소리를 듣자 최종 판결을 받은 사형수처럼 다리에서 힘이 쭉 빠졌다. 서 있었다면 주저앉을 뻔했다.

"네. 기억나요. 다 나요."

나는 어금니를 깨물며 말했다. 할머니가 "아이고, 부처님. 나무 관세음보살." 하고 중얼거리는 소리가 내 귀엔 '아이고, 이걸 어쩌나.'라는 뜻으로 들렸다.

"왜 할아버지네 집으로 들어간 거예요? 돈 때문이었어요?"

외할머니가 당황해하고 있을 때 파고들어야 한다. 할머니는 내가 다 기억한다는 말에 체념했는지 순순히 대답했다.

"꼭 돈 때문이었겄어. 느이 엄마 아버지가 결혼할 때 니들 친가에서 반대가 심했어. 그래도 자식 이기는 부모 있더냐. 느이 할아버지가 겉으로는 모르는 척하면서도 사람을 시켜 뒤를 살폈나 보더라. 둘이 자식 낳고 열심히 잘 사니까 불러 들이려던 차에 니 일이 터진 모양이여."

엄마가 피해자 부모들과 함께 소송 준비하는 것을 안 할 아버지의 불호령이 떨어졌다. 무슨 자랑거리라고, 집안 망신 시키는 줄도 모르고 나서느냐고 했단다.

"그 말은 맞는 말이지. 흉악한 놈이 한 짓을 낱낱이 밝혀 내 봤자 다 내 흉이고, 내 얼굴에 침 뱉는 짓이지. 더군다나 떠들쳐서 기집애 앞날에 좋을 게 뭐가 있다구……. 나도 그 때 느이 어미더러 시어른 말을 들으라고 했다. 그렇잖아도 쉬쉬하고 덮어 둘 일인데, 시어른이 그 조건으로다 받어 준다는데 마다할 일 있겄어. 그래도 그 양반이 자식을 아주 내버리지는 않었구나, 오히려 고마웠단다."

내 잘못도 아닌데, 왜 내 흉이란 말이에요? 흉악한 놈이 안 좋아야지, 왜 내 앞날이 안 좋다는 거예요? 밖이 아니라면 소리쳐 따지고 싶었다.

"그럼, 내가 그 일을 기억하지 못했던 건 왜 그런 거예요?"

"그게 참 이상하지. 부랴부랴 그 동네를 뜨면서 니가 정신도 빼놓고 왔는지 그때 일은 까맣게 잊어버린 거여. 다들 니가 영영 잊어버리길 바랐지."

나도 그랬으면 좋을 뻔했다. 큰유진을 만나지 않았더라면 그럴 수 있었을까? 엄마 아빠를 새엄마 새아빠로 상상하면서, 그러니까 사랑받으려면 내가 잘해야 한다고 자신을 다그치면서, 그런대로 행복하다고 믿으면서. 그게 더 나았던 걸까?

"다행이다, 다행이여."

외할머니가 말했다. 나는 무슨 뜻인지 몰라 할머니를 바라보았다.

"느이 식구들은 니가 영영 잊어버리길 바랐지만 내 생각은 달렀어. 늙어서 노망난 것도 아닌데 파릇파릇하니 자라는 것이 지가 겪은 일을 기억 못 해서는 안 되는 거 아니냐. 다 알고, 그러고선 이겨 내야지. 나무의 옹이가 뭐겄어? 몸뚱이에 난 생채기가 아문 흉터여. 그런 옹이를 가슴에 안고 사는 한이 있어도 다 기억해야 한다고 생각했단다."

외할머니가 내 등판을 쓸었다. 갑자기 내 몸 군데군데 상처가 난 것처럼 여겨졌다. 엄마가 살갗이 벗겨지도록 내 몸을 닦았던 건 그 상처를 없애기 위해서였을까?

엄마가 꼬마였던 내 몸을 살갗이 벗겨져라 닦는다. 내가 아프다고 울자 때린다. 공포에 질린 내가 울음을 참느라 애

쓰는데 엄마가 무어라 소리친다. 그러나 소리는 들리지 않고 붕어처럼 뻐끔거리는 엄마 입만 보일 뿐이다.

"유진아, 기억난다고 해서 지난 일 때문에 괴로워할 거 없어. 안 일어났으면 좋았겠지만, 기왕 치른 일이니 그저 나한테 그런 일이 있었나 보다, 앞으로는 더 조심해야지, 마음먹고 지금처럼 하면 돼. 알겠지?"

외할머니가 내 어깨를 다독이며 말했다.

"내가 뭘 잘못했다고 더 조심하래요?"

나는 할머니에게 쏘아붙였다.

외할머니와 헤어져 무작정 걷기 시작했다. 머릿속에 다른 생각이 가득해서 학원 따윈 생각할 자리가 없었다. 나는 기억을 거슬러 올라가기 시작했다. 기억의 가장 막다른 곳에 정원이 넓은 이층집이 있다. 집엔 어른들뿐이다. 할아버지는 무섭고 할머니는 냉랭하다. 바쁜 아빠는 며칠에 한 번 얼굴 보기도 어렵고 엄마는 할아버지와 할머니로부터 나를 보호해 주지 못한다. 동생들은 아직 세상에 없다. 늘 혼자인 나는 무서운 할아버지와 남 같기만 한 할머니를 피하느라 애쓴다. 나는 정원 나무들 틈에서 노는 것을 좋아하는데 낮에는 나를 숨겨 주는 나무가 밤이 되면 흔들리는 괴물 그림자로 바뀐다. 더 무서운 상상으로 현재의 두려움을 이기는 방법을 터득한 건 그때부터였다.

우리 가족이 따로 나와 살게 된 건 5학년 때다. 나는 비로소 숨을 제대로 쉬는 느낌이었다. 다음 해 할아버지가 갑작스레 돌아가신 뒤 할머니는 큰 집이 무섭다며 우리 아파트 단지로 이사를 왔다. 그때 마침 막내 고모가 돌아오지 않았다면 할머니는 우리와 함께 살았을지 모른다. 힘든 일을 당한 내게 엄마는 왜 새엄마라고 여겼을 만큼 차갑게 대했던 걸까? 내가 진짜로 궁금한 건 내게 일어났던 사건이 아니라 기억을 잃은 이유다. 인터넷에서 본 그런 이유가 아니라 다른 게 있을 것만 같았다.

나는 계속 이어지는 벨 소리를 뒤늦게 듣고 받았다. 큰유진이었다.

"야, 너 지금 어디야? 왜 안 오는 거야?"

시계를 보니 1교시가 끝났을 시간이었다. 나는 그동안 아이들이 학원을 빼먹고 할 일이란 나쁜 짓밖에 없을 거라고 생각해 왔다. 나는 왜 안 간 거지? 무슨 짓을 하려고 학원을 빼먹은 거지?

"내가 선생님한테 둘러대서 아마 집으로는 전화 안 했을 거야. 그런데 너, 무슨 일 있는 건 아니지?"

너, 무슨 일 있는 건 아니지? 그 말이 뻐끔거리던 엄마의 입 모양에 소리를 만들어 주었다.

"넌 아무 일도 없었어. 아무 일도 없었던 거라고! 알겠어?"

엄마가 소리친다. 세게 틀어 놓은 물 소리 속에서도 엄마 목소리는 크게 들린다. 나는 고개를 끄덕이곤 엄마 품에 얼굴을 묻으려고 한다. 엄마는 그런 날 떼 놓으며 말한다.

"앞으로 다시는 그 얘기 꺼내지 마. 그럼 너 죽고 엄마도 죽는 거야. 알겠어?"

나는 너무 무서워 최대한 큰 동작으로 고개를 끄덕인다. 어지러울 만큼 오래 끄덕인다. 비로소 환영 속 장면이 완성되었다.

"내가 엄마 아빠한테 사랑한다는 말을 가장 많이 들었을 때가 그때야. 너무 속 보이지 않냐? 맨날 동생만 예뻐하다가 그런 일 생기니까 날 제일 사랑한다고 난리 치는 거 있지. 그때는 내가 순진해서 그 말에 속아 넘어갔지만 말야."

같은 일을 당한 큰유진의 부모는 그랬다는데 엄마는 날 때리며 내게 그 일을 잊으라고 강요했다. 그뿐 아니라 내가 겪은 일이 살갗을 벗겨 내야 할 만큼 수치스러운 일이라고 마음 깊이 각인시켜 주었다. 그리고 그 일을 잊지 않으면 나도 죽고 엄마도 죽는다고 협박까지 했다. 내가, 어린 내가 어떻게 그 일을 잊지 않을 수 있었을까. 기억 어디에도 날 위로하거나 안심시켜 준 어른은 없다.

할아버지 할머니는 대놓고 날 못마땅해했는데, 할아버지는 아예 내가 없는 것처럼 행동했다. 둘째 고모네 언니, 오빠나 유선, 유미에게는 그러지 않았다. 그런 일을 겪은 아이가 당신 손주라는 걸 인정하기 싫었을 것이다. 어쩌면 자신의 명예에 흠집을 내고, 볼 때마다 그 일을 상기시키는 내가 아예 사라지기를 바랐는지 모른다. 나는 일찌감치 있는 존재가 되려면 상이든 좋은 성적이든 결과물이 있어야 한다는 걸 깨우쳤다. 그때부터 나는 내가 있음을 증명하기 위해 발버둥 치며 살아왔다.

"회장님, 이 애가 전교 1등을 했다네요. 이제 제 몫은 할 것 같으니 마음 푸셔요."

내가 1등 했을 때 할머니가 할아버지 사진에 대고 한 말이다. 내가 그런 일을 당한 건 내 잘못이 아니다. 그런데도 그 일을 만회하기 위해 빚쟁이처럼 산 것이다.

1학년 때, 사업에 실패한 아빠가 잠수를 타서 사채업자가 학교까지 찾아온 아이가 있었다. 그 애가 전학 간 뒤에도 교실에는 한동안 '사채'에 관한 이야기가 떠돌았다. 사채를 잘못 쓰면 아무리 돈을 갖다 바쳐도 이자만 갚는 것일 뿐 원금은 그대로 남아 있거나 오히려 더 늘어난다고 했다. 끝내 빚을 갚지 못하고 악랄한 사채업자한테 결국은 장기까지 빼줘야 한다는 이야기에 나는 악몽을 꾸기도 했다.

계속 갚아도 원금은 줄지 않는 악성 사채처럼 아무리 잘해도 내가 당한 그 일은 원죄처럼 남아 있는 것이다. 경시대회에서 큰 상을 받고 전교 1등이나 해야 겨우 딸로, 손녀로 인정받았다. 그것도 이자에 불과하지 원금이 줄어드는 건 아니다. 나는 나도 모르게 그 사실을 인지하고 있었다. 그러니까 내 삶이 단 한 번의 실수로도 추락하는 외줄 타기 같다고 생각했던 거다. 아이가 마땅히 받아야 할 사랑이나 보호는커녕 끊임없이 빚 독촉을 받으며 산 셈이다.

걷잡을 수 없이 치밀어 오르는 분노가 머리를 아프게 했다. 두통을 잠재울 것은 독한 담배 연기뿐이었다. 공중화장실에서 담배를 피워 물자 연기가 머릿속을 휘저어 두통을 눌러 버렸다.

어느 사이 나는 번화가에 나와 있었다. 가로등과 간판 불빛들이 거리를 밝히기 시작했지만 내 안의 짙은 어둠을 몰아내지는 못했다. 그동안 나는 이 시간에 거리를 헤매는 애들은 모두 문제아들이라고 여겨 왔다. 이 시간의 길은 학원이나 독서실 또는 과외 받으러 가기 위해서나 이용하는 거라고 생각했다. 그런데 내가 학원을 빼먹고 거리를 배회하고 있다.

순간 고통과 몸을 같이한 쾌감이 가슴 한복판을 스쳐 지나갔다. 나는 더는 모범생이 아니다. 담배 피우고 학원을 땡땡이친 채 밤거리를 떠도는 비행 청소년인 것이다. 이젠 어른들의 관심과 사랑 따위 구걸하지 않으리라. 어디선가 음악 소리와 함성이 들려왔다. 그곳을 찾아 두리번거렸다. 나는 그동안 한 번도 세상을 향해 두리번거려 본 적이 없다. 정해진 길을 가는 데는 앞만 보면 되기 때문이다. 그 길이 죽어라 이자만 갚는 길인지도 모르고서. 나는 지난날의 나를 비웃었다.

음악 소리는 대형 쇼핑몰 앞에 세워진 야외무대에서 울려 퍼지고 있었다. 댄스 경연 대회를 알리는 플래카드가 보였다. 무대 위에서 남자애 다섯이 현란한 동작으로 춤을 추고 있었다. 저만큼 격렬하게 움직인다면 마음속에 무엇이 있든지 다 날려 버릴 수 있을 것 같았다. 함성은 그들에게 쏟아지는 것이었다.

남자애들의 무대가 끝난 뒤 사회자의 소개에 이어 여자애 셋이 나타났다. 그 애들도 음악과 함께 춤을 추기 시작했다. 스피커에서 쏟아지는 음악이 처음엔 머릿속을 울리고 마음을 건드렸다. 심장으로 흘러들어 간 음악은 핏줄을 타고 온몸을 돌았다. 음악에 맞춰 머리가 흔들리고 어깨가 흔들리고 팔다리가 흔들렸다. 세상이 함께 흔들리기 시작했다.

낯선 곳의 그 애

나는 작은유진이가 학원 빠진 이유를 말해 줄 줄 알았다. 땡땡이쳐서 벌어질 수 있는 골치 아픈 문제들을 막아 주었으니 당연히 알 권리가 있다고까지 생각했다. 학원 선생님이 작은유진이네 집에 전화하지 않도록 거짓말까지 했고, 선생님한테, "이유진은 전교 1등 한 이름이니까 너도 이름값 해야지."라는 기분 잡치는 말까지 들었다.

하지만 다음 날 학교에서 만난 작은유진이는 나와 눈조차 마주치지 않았다. 학교니까 조심하는 거겠지, 학원에 가면 말해 줄 거야. 그렇게 생각하며 기다렸지만 그 애는 시작

종이 치기 직전에 강의실에 들어왔다 끝나기가 무섭게 나가 버리곤 했다. 나와 이야기할 뜻이 없음을 분명히 하는 행동이었다.

맨 처음 든 감정은 배신감이었다. 하지만 나는 곧 그 감정을 지워 버렸다. 작은유진이한테 배신감을 느끼는 것 자체가 자존심 상했다. 되짚어 보니 작은유진이란 애는 평소엔 날 청소함에 꽂혀 있는 닳아 빠진 빗자루만큼도 취급을 안 하다가 저 필요할 때나 찾곤 했다. 그 때문에 난 굳이 기억하고 싶지 않은 옛날 일을 들추어냈고 엄마에게 그 일을 물어보기까지 했다. 그동안 나 때문에 작은유진이가 그때 일을 기억해 내 새삼스레 고통을 받는 것 같아 미안했다. 하지만 따져 보니 나도 작은유진이가 아니었으면 그 기억을 다시 일상으로 가져오는 일은 없었을 것이다.

나는 일주일도 안 남은 기말고사에만 신경을 쓰기로 했다. 기말고사를 잘 봐야만 하는 이유는 손가락으로 꼽을 수도 없을 만큼 많다. 학원은 시험 대비 특강과 강제 자습으로 밤 12시가 돼야 끝났다. 쉬는 시간에 자판기에서 커피를 뽑아 먹을 때면 뿌듯함이 커피 향처럼 마음속에 퍼졌다. 솔직히 말하면 게임하고, 인터넷 카페에서 수다 떨며 자정을 넘긴 적은 많지만 공부 때문에 그 시간까지 깨어 있던 적은 없었다. 이젠 선생님들이 말하는 '최선을 다한 기쁨'의 의미를 알 것 같았다. 예전엔 최선을 다하고도 나쁜 결과를 얻은 자가 스스로 위안 삼기 위해 만들어 낸 말이라고 생각했다. 하지만 졸음을 쫓기 위해 커피를 마시고 있으면 나 자신이 대견스러우면서 결과는 아무래도 좋다는 기분이 들었다.

"니가 이제 그 기분을 아는구나! 소설 쓰다가 동이 터 오는 걸 알았을 때 그런 희열이 느껴지지."

소라가 거의 셰익스피어 같은 태도로 말했다.

밤마다 시험공부 대신 소설을 쓰는 소라가 숨넘어가는 소리로 전화를 했을 때 나는 그 애네 집에 불이라도 난 줄 알았다.

"왜 그래? 무슨 일이야?"

내 숨도 넘어갈 것 같았다. 기말고사가 며칠 안 남았는데 그런 일이 있으면 큰일이다.

"어떡해. 지금까지 쓴 원고 다 날려 버렸어!"

소라는 집에 불난 것보다 더 절망적이었다.

"어쩌다 날렸는데? 관리 좀 잘하지."

안타까웠지만 내가 해 줄 수 있는 말은 겨우 그 정도다.

더구나 이번 소설은 소라가 다 쓴 다음에 보여 준다고 해서 내용도 몰랐다. 그러니 지금까지 썼던 것과는 전혀 다른 획기적이고 새로운 스타일이라는 소설을 복원하도록 도와줄 수도 없었다.

소라는 쉬는 시간은 물론 공부 시간에도 소설을 되살리기 위해 머리를 쥐어뜯었다. 소라의 공책은 과목 필기 대신 기억의 조각들로 메워졌다. 그 애는 거의 제정신이 아니었다.

"아, 이게, 이게 아니야. 그때는 기똥찬 표현이었는데 생각이 안 나!"

날아가 버린 문장을 아까워하느라 더 진척이 없는 것 같았다.

소라를 보자 늘 놓친 고기를 월척이었다며 아쉬워하는 낚시광 큰이모부 생각이 났다. 나는 소라에게 놓친 고기는 언제나 더 크게 여겨지는 법이니 마음을 잘 가라앉히고 다시 쓰라고 했다. 이 시련이 널 단련시켜 더욱 대단한 소설을 쓰게 할 거라는 위로와 격려의 말도 잊지 않았다.

마지막 시험의 답을 오엠알 카드에 마킹한 나는 평생 무찔러야 할 시험 하나를 거꾸러뜨린 심정으로 펜을 놓았다. 아, 잭의 콩나무처럼 쑥쑥 자라 시험 없는 세상에서 살고 싶다. 하지만 그런 세상이 있기나 한 걸까? 인생은 시험의 연속이란 말이 있는 걸 보면 죽을 때까지 인간은 어떤 형태로든 시험을 치르며 살아야 하는 존재 같다.

어렸을 때 내 꿈은 '엄마'였다. 엄마가 돼서, 남편 월급을 마음대로 쓰고, 자식들이 받아쓰기 점수를 나쁘게 받아 오거나 학습지를 안 해 놓으면 야단을 치리라 마음먹었다. 아빠만 봐도 회사에 다니랴, 휴일이면 가족을 위해 봉사하랴 힘들어 보이는데 엄마는 그렇지 않은 것 같았다. 부끄럽지만 얼마 전까지만 해도 나는 그동안 엄마가 가족을 내보낸 뒤 전화통을 붙잡고 수다를 떨거나, 유선 채널로 드라마 재방송을 보거나, 그것도 아니면 낮잠을 자는 줄 알았다. 빨래는 세탁기가 하고 청소는 청소기가 해 줄 테니 말이다. 좀 더 과장해서 말하면 전기밥솥이 저절로 따뜻한 밥을 만들어 주는 줄 알았다. 따뜻한 밥을 먹기 위해선 쌀을 씻어 밥물을 맞춰 솥에 안쳐야 한다는 사실을 모르는 척했다.

엄마가 우리 집 도깨비방망이 같은 존재였다는 사실은 엄마의 취직으로 드러났다. 엄마는, 더는 오르지 않는 아빠의 봉급과 엄청나게 늘어난 나와 형진이의 사교육비, 그리고 자식들의 높아진 의식(衣食) 수준을 맞춰 주기 위해 취업 일선에 나섰다. 결혼하고 나를 임신하면서 직장을 그만둔 엄마가 15여 년 만에 취직한 곳은 대형 마트의 판매원 자리였다. 나는 엄마가 폼 나는 일을 하길 바랐지만 경력이 단절된 나이 먹은 기혼 여성이 할 수 있는 일은 많지 않았다. 3교대를 해서 엄마의 출퇴근 시간은 일정치 않았다.

사회에서는 할 일이 많지 않은지 몰라도 엄마가 집에서 하던 일은 엄청나게 많았다는 사실이 속속 드러났다. 양말을 빨랫줄에서 걷어 신거나 땀에 전 체육복을 그냥 입을 때, 점심시간에 전날 쓴 숟가락을 화장실에서 씻고 있을 때면 엄마의 자리가 절실하게 느껴졌다. 하지만 나는 엄마가 직장에 다니는 게 좋았다. 우선 엄마의 표정이 환해져서 좋았고, 그보다 더 좋은 건 엄마의 간섭이 줄어들었다는 점이다.

좋은 일은 또 있었다. 엄마가 일찌감치 이번 여름 휴가 때는 밀린 잠이나 실컷 잘 터이니 어디 가자거나 무엇을 해 먹자며 성가시게 굴지 말라고 선포했다. 하지만 그동안 산이나 들, 하다못해 시골에 있는 할머니 댁으로라도 여름 휴가를 가고 싶어 한 사람은 엄마지 우리가 아니다. 나는 6학년 때부터 식구끼리 가는 여행이 싫었다. 형진이는 4학년 때부터 싫어했다. 아빠도 노는 날이면 집에서 티브이나 보면서 그냥 쉬고 싶어 했다. 우리가 휴가를 가고 싶어 할 것이며, 다녀오지 않으면 학교에서 주눅 들 거라는 엄마의 오해 때문에 우리는 그동안 내키지 않는 시간을 보내곤 했다. 바다에서 하는 서핑보다 인터넷 서핑이 훨씬 즐겁고 편하며 저렴하기까지 하다는 걸 엄마만 몰랐다. 바다보다 안전한지는 장담할 수 없지만 말이다.

요즘 형진이는 내가 없을 때면 '야동'을 보는 눈치다. 내 동생이 야한 동영상을 본다고 생각하면 징그러웠지만 형진이 잘못만은 아니다. 나 역시 무심코 메일을 열었다가 달려들 듯이 펼쳐지는 음란물을 어쩔 수 없이 본 적이 있으니까. 한참 호기심이 많은 아이한테 쫓아다니면서 보여 주겠다는데 눈 감고 있지 않았다고 야단칠 수는 없는 노릇이다.

건우도 그런 걸 볼까? 범생이 오빠를 둔 소라는 "백 퍼 본다는 데 내 이름을 건다."라고 장담했다. 그런 걸 볼 때 건우는 어떤 마음이 들까? 나는 건우와 더 친해져 손잡고 뽀뽀하는 걸 상상하곤 한다. 그 상상을 하면 혼자 있는데도 얼굴이 빨개지고 가슴이 두근거린다. 건우가 손을 잡자고 하면 어떻게 하지? 소라는 전적으로 내 마음에 달린 거라고 했다. 내가 잡고 싶으면 잡고 싫으면 말고. 나는 밤마다 손에 핸드크

림을 듬뿍 바른 뒤 일회용 비닐장갑을 끼고 잠자리에 든다.

내 기말고사 성적은 전교 석차 113등으로 전보다 무려 100여 등이나 올랐다.

"거 봐! 내가 그 학원 보내길 잘했지."

엄마는 자신의 탁월한 선택에 대한 만족감까지 보태져 더욱 기쁜 듯했다. 하지만 내 성적이 오른 게 학원 때문만은 아니다. 그보다는 건우에게 당당해지기 위한 내 가상한 노력 덕분이다.

늦잠 때문에라도 방학을 기다렸지만 이번 여름 방학은 여러 이벤트가 있어 더욱 기대됐다. 무엇보다 소라와 함께 학원에 다니게 돼 신났다.

"학원이라도 다녀야지, 안 그럼 가게 보다 방학 다 갈 거 같아."

현장 답사나 음악 감상 보고서 쓰기 같은 방학 숙제를 건우, 성호와 함께 하기로 했다. 성호는 큰아빠가 시인이라는 건우 친구다. 소라는 에버랜드에 같이 갔던 건우 친구 중 성호를 택했다. 시인의 조카니 땀 냄새 풍기는 여느 남자애들과는 다른 구석이 있을 거라고 기대하는 눈치였다.

넷이 만나는 게 건우와 단둘이만 만나는 것보다 더 편했다. 그리고 어떤 만남이든 향단이와 방자가 있어야 주인공들이 빛나는 법이다. 소라와 성호가 자기들 역할에 동의할지는 미지수지만. 어쩌면 자기네가 주인공이고 우리를 들러리라고 여길지 모르겠다. 사람은 누구나 자기 인생에서는 자신이 주인공이니까.

"에에, 숙제는 무슨. 숙제 핑계 대고 남친이랑 놀려고 그러는 거잖아!"

형진이가 깐죽거렸다.

"일석이조지 뭘 그래? 건우 사귀면서부터 성격도 더 좋아지고 성적도 올랐는데. 엄마는 그런 이성 교제는 찬성이다, 대찬성이야!"

"그렇지. 데이트 비용 필요하면 말해. 아빠가 아빠 용돈 줄여서라도 줄게."

형진이의 깐죽거림은 엄마 아빠의 지지와 응원 덕분에 묵사발이 되었다. 요즘 형진이의 위세가 많이 약해졌다. 내가 시험을 잘 본 덕도 있지만 결정적인 이유는 형진이 본인에게 있었다.

시어머니의 말도 안 되는 시집살이와 며느리의 버릇없음이 막상막하인 주말 연속극을 보던 형진이가 냉큼 누군지도 모르는 미래의 제 마누라 편을 들었다.

"엄마는 나중에 내 부인한테 저렇게 하지 마."

엄마는 비로소 형진이를 향한 맹목적인 믿음과 사랑에 회의를 느끼기 시작했다.

소라는 작은유진이가 방학 동안 미국으로 어학연수를 가느라 학원에 안 나올 거라는 소식에 반가운 얼굴을 했다.

"왕재수를 학원에서도 만나는 거 짜증 났는데 다행이다."

나는 작은유진이가 학원엘 다녀도 시험 때 외에는, 전교 1% 안에 드는 특목고 반인 아이와 등수가 세 자릿수인 아이가 같은 강의실에서 만나는 일은 없다는 사실을 알려 줄까 하다가 참았다. 내 성적이 오르지 않았으면 말했을 것이다.

"난 걔가 인형 같아서 싫어. 인형도 그냥 인형이 아니라 뒤집어 보면 아무것도 없는 종이 인형 말이야. 공부밖에 모르는 애들이 세상이나 인생에 관해서는 단순 무식하거든. 그러면서 공부가 전부인 양 잘난 척하잖아."

나 역시 작은유진이가 밥맛없었지만 소라의 말을 다 수긍하기는 어려웠다. 소라에게 우리가 겪었던 일을 이야기해 주고 싶은 충동이 일었다. 적어도 작은유진이에 대한 생각만큼은 바꿔 주고 싶었다. 소라의 소설 원고 사건을 보면서

느낀 게 있었다. 소라는 자기가 꾸며 낸 이야기가 날아간 걸 가지고도 그렇게 괴로워했는데 작은유진이는 자신이 직접 겪은 일을 송두리째 잊어버린 것이다. 아무리 안 좋은 일이었다고 해도 자기가 겪은 일을 기억할 수 없다면 얼마나 기막힐까. 다시 그 일을 기억해 내는 일이란 이미 아문 딱지를 뜯어내고 안의 상처를 보는 일과 같을 것이다. 다 나은 줄 알고 있던 상처가 딱지 속에서 곪고 있을지도 모르고, 언젠가 전쟁 영화에서 본 것처럼 구더기가 득시글거릴 수도 있다. 그걸 들여다봐야 하는 작은유진이는 결코 뒷면이 비어 있는 종이 인형 같은 존재가 아니다.

방학 내내 나는 소라와 건우, 성호와 어울려 다니느라 작은유진이는 잊고 지냈다. 토요일 오후 소라와 함께 복합 쇼핑몰로 갔다. 방학이 끝나기 전에 넷이 영화를 보기로 해서다. 쇼핑센터와 멀티 상영관과 지하철역이 한곳에 있어 평소에도 붐볐는데 토요일 오후라 더 혼잡스러웠다. 게다가 쇼핑몰 앞 야외무대에서 댄스 경연 대회가 벌어지고 있어 시끌벅적했다. 불꽃이 터져 오르는 무대 위에서 여자애 대여섯 명이 보아의 「아틀란티스 소녀」에 맞춰 춤을 추고 있었다.

작년 그 노래가 담긴 앨범이 나왔을 때 보아와 동혁 오빠가 사귄다는 소문이 돌았다. 우리 팬 카페, 보아 팬 카페 모두 난리가 났다. 우리는 보아가 동혁 오빠에게 들이댔다고 열을 냈고, 보아 팬들은 급도 안 되는 동혁이 한류 스타인 보아 덕을 보려고 거짓 소문을 흘린 거라고 흥분했다. 그때 나도 트집거리를 찾으려고 「아틀란티스 소녀」를 들었는데 노래가 너무 좋았다. 가사도 좋았고 뮤직비디오도 가슴 뛰게 멋졌다. 하지만 동혁 오빠 팬인 나는 보아를 좋아할 수도, 내놓고 노래를 들을 수도 없었다. 지금은 어느 쪽 팬도 아닌 소라와 있으니 눈치 볼 것 없이 무대를 구경했다.

뮤직비디오 속 보아처럼 배꼽 나오는 탱크톱에 멜빵 건 골반 바지를 입은 여자애들의 동작은 화려하고 섹시했다. 무대를 둘러싼 관중들은 정말 보아가 나오기라도 한 양 떼창을 하며 열광했다. 그 분위기에 전염돼 어깨를 들썩이며 무대를 보던 나는 깜짝 놀랐다. 춤추는 아이들 가운데 작은유진이가 있었기 때문이다.

"소, 소라야, 저기 쟤 파랑 머리, 작은유진이 아니냐?"

나는 말까지 더듬으며 소라의 옆구리를 쳤다. 소라가 무대 위의 아이들을 유심히 바라보았다.

"어? 정말 똑같네."

"그치? 맞지? 그런데 미국에 갔다는 애가 왜 저기 있냐? 돌아왔나?"

이유 없이 가슴이 벌렁벌렁 뛰었다. 유심히 살펴보던 소라가 말했다.

"비슷하게 생기긴 했는데 작은유진이는 아니야. 내 손에 장을 지져."

"그래. 그럴 리 없는데 너무 똑같잖아."

나는 유난히 춤에 빠진 듯한 그 아이에게서 눈을 뗄 수가 없었다.

"작은유진이가 아닌 첫 번째 이유, 공부밖에 할 줄 아는 게 없는 공부 바보가 저렇게 춤을 잘 출 리가 있냐?"

소라가 내게 물었다.

"어, 없지."

"두 번째 이유, 재 머리를 봐라. 파랑 머리잖아. 너 파랑 머리 하고 배꼽티 입은 작은유진이를 상상할 수 있어?"

나는 고개를 가로저었다.

"세 번째 이유는 너 지난번에도 작은유진이를 같은 유치원에 다녔던 애로 착각했잖아."

나는 하마터면 그 작은유진이가 그 작은유진이 맞는다고 말할 뻔했다.

"어때? 작은유진이가 아닌 이유 충분하지? 이제 그만 가자. 시간 간당간당하단 말야."

소라가 휴대폰을 흔들며 말했다. 그때 내 전화벨이 울렸다. 어디냐고 묻는 건우 전화였다. 건우 목소리를 듣는 순간 춤추는 파랑 머리 따윈 지구 밖으로 사라져 버렸다. 건물 안으로 들어간 나는 발을 동동 구르며 엘리베이터 숫자 판을 올려다보았다. 남자 친구와 영화를 보는 건 처음이다. 건우와 캄캄한 어둠 속에서 나란히 앉아 있을 생각을 하니 벌써부터 가슴이 뛰고 손바닥이 축축해졌다. 무슨 생각엔가 잠겨 있던 소라가 심각한 표정으로 말했다.

"유찡, 작은유진이 진짜 쌍둥인 거 아냐? 춤추고 있는 애가 너랑 같은 유치원에 다녔다는 애일 수도 있잖아."

'같은 유치원에 다닌 유진이가 바로 작은유진이야.'

나는 대답 대신 소라를 문이 열린 엘리베이터 안으로 밀어 넣었다. 투명 유리로 밖이 내다보였다. 그사이 무대 위에선 다른 아이들이 춤을 추고 있었다.

지하의 이카로스

방학 중엔 학원 수업이 아침부터 시작된다.

나는 시간 맞춰 집을 나선다. 그러고 학원 차 대신 시내버스를 탄다. 버스는 도심지에 날 내려놓는다. 나는 뒷골목에 있는 허름한 건물 안으로 들어간다. 그 건물 지하엔 춤 연습실 이카로스가 있다. 첫날은 너무 허름해서 놀랐지만 이제는 약간 퀴퀴한 냄새까지도 좋다. 나는 구석에 커튼을 쳐서 만든 탈의실에서 운동복으로 갈아입는다. 그러곤 사람들 틈에 끼어 희정 언니한테서 춤을 배운다.

이카로스의 주인인 희정 언니는 처음으로 학원을 빼먹은

날 만났다. 쇼핑몰 야외무대에서 내려온 아이들에게 춤을 배우려면 어떻게 해야 하냐고 묻자 언니를 소개해 주었다. 바삐 움직이고 있던 언니는 나를 한 번 힐끗 보더니 명함 한 장을 건네주었다. 나는 방학이 될 때까지 하루에도 몇 번씩 희정 언니로부터 받은 명함을 꺼내 보곤 했다. 연습실 이름인 '이카로스'와 '김희정', 휴대폰 번호만 적힌 명함 뒷면엔 이카로스의 약도가 있었다. 초등학생 때 그리스 신화에서 이카로스 이야기를 읽은 기억이 나 다시 찾아 보았다.

이카로스는 건축가이며 발명가인 아버지 다이달로스와 함께 크레타섬의 미궁에 갇혔다. 부자는 새의 깃털로 날개를 만들어 달고 탈출하기로 한다. 아버지는 아들에게 너무 높이 날면 날개를 붙인 밀랍이 태양열에 녹고, 너무 낮게 날면 바다의 습기 때문에 날개가 젖어 추락할 테니 꼭 하늘과 바다 중간을 날라고 이른다. 하지만 미궁을 빠져나온 이카로스는 아버지 말을 듣지 않고 하늘 높이 날아오르다가 날개를 붙인 밀랍이 녹아 바다로 떨어져 죽는다.

다시 읽으니 초등학생 땐 아빠 말을 듣지 않았다가 죽은 이카로스를 어리석다고 생각했던 게 떠올랐다. 하지만 지금은 죽음을 불사하고 하늘 높이 날아오른 이카로스가 멋져 보였다. 그가 깃털 날개를 달고 단숨에 미궁을 빠져나온 것처럼 춤 연습실 이카로스도 날 이 현실에서 꺼내 줄 것 같았다. 그 뒤에 뭐가 기다리고 있든 상관없었다.

나는 이번 기말고사에서 최악의 성적을 기록했다. 선생님들은 내가 실수를 했을 거라고 여겼다. 혹시 답안을 밀려 쓰지 않았나 다시 확인해 보는 선생님도 있었다. 상대 평가로는 여전히 상위권이지만 나로서는 최악인 성적표를 받으면서 또다시 고통과 한 몸처럼 가슴 한복판을 관통하는 쾌감을 느꼈다. 요즘 들어 가장 자주 느끼는 감정이다. 고통이면서 쾌감이고, 쾌감이면서 고통인. 쾌감은 밖을 겨냥한 것이고, 고통은 그것과 상관없이 나 자신에게 느끼는 것이다. 어쩌면 그 반대일지도 몰랐다.

엄마 때문이야. 성적이 떨어진 이유를 찾으려는 듯 성적표를 찬찬히 들여다보는 엄마에게 소리치고 싶었다. 잘할 때만 그게 정상이라는 듯 관심을 보이는 아빠와 할머니에게도 당신들 때문이라고 말해 주고 싶었다. 하지만 그들의 반응은 엄마의 반응만큼 중요하지 않았다.

"할머니, 엄마한테는 내가 그때 일 기억났다는 거 말하지 마세요. 엄마 신경 쓰게 하고 싶지 않아요."

외할머니와 정자에서 이야기를 나누었던 날 나는 헤어질 때 말했다.

"아이고, 지 엄마 걱정을 해 주고, 다 컸구나. 알았다, 아무 말도 안 하마."

외할머니에게 부탁하면서도 정말 그러길 원하는 건지 알 수 없었다. 나는 엄마가 내 상태를 그냥 알아주길 바랐던 것 같다. 시험을 일부러 못 본 건 아니지만 떨어진 성적으로 엄마에게 단서를 주고 싶었는지 모른다. 엄마가 그걸 계기로 담배 피우는 나를 봐 주고, 학원 대신 춤 연습실 다닐 계획을 세우고 있는 날 알아주고, 잘려 나간 기억들을 퍼즐 조각인 양 맞춰 보고 있는 나를 눈치채 주기를 바랐다. 엄마만 그래 주면 된다. 하지만 엄마는 아무것도 알아차리지 못했다. 관심 때문에 부담이 돼서 시험을 못 본 모양이라며 어학연수 가는 대신 학원에 다니라고 했다.

"실수는 이번뿐이야. 2학기부터는 내신 많이 반영되니까 긴장해야 돼."

시험을 아주 망치지 않은 게 후회스러웠다. 잘해 봤자 겨우 이자나 갚는 일인데.

나는 그 일이 있고부터 기억을 잃어버리거나 없는 존재가 되기를 강요받았다. 어른들은 자기들 체면을 더 중요하게 생각했다. 가족 퍼즐 판에서 튕겨 나가게 될까 봐 전전긍긍하는 아이의 고통 같은 건 안중에도 없었다. 그들에게 복수하는 길은 그들이 원하지 않는 모습으로 내 존재감을 드러내는 것이다.

학원에다가는 미국으로 어학연수를 간다고 했다. 계획대로라면 큰고모네가 사는 보스턴에 갔을 테니 의심받지 않게 말할 수 있었다. 게다가 그동안 해 온 모범생 노릇 덕분에 거짓말은 쉽게 통과되었다. 큰유진에게만은 진실을 알려줄까 하다가 그만두었다. 같은 일을 겪고도, 미친개한테 물렸으면 미친개 잘못이라고 당당하게 말하는 아이가 내 무엇을 이해할 수 있을까. 어쩌면 그 애는 내가 다시 사건을 겪는 것을 느긋한 마음으로 지켜보고 있을지 모른다.

이카로스에서 운동복으로 갈아입으면 마음이 편해진다. 그곳에서의 나는 공부 잘하는 모범생이나 과거에 어떤 일을 겪었던 이유진이 아니라 춤을 추는 현재의 이유진이 된다. 희정 언니가 전에 춤을 배운 적이 있거나 집에 춤추는 사람이 있냐고 물을 만큼 내 춤 실력은 하루가 다르게 쑥쑥 늘고 있다.

이카로스엔 나처럼 알음알음으로 배우러 오는 사람들이 많았다. 주로 백업 댄서나 댄스 가수를 꿈꾸는 애들이었다. 희정 언니는 춤 실력도 좋았지만 안무 창작 능력이 뛰어났다. 요즘 들어 언니가 짜 준 안무로 오디션이나 대회, 입시에서 좋은 결과를 얻는 경우가 늘면서 찾아오는 사람이 더 많아졌다고 했다.

나는 온몸이 흠뻑 젖고 뼈가 녹아내리는 기분이 들 때까지 춤을 춘다. 내게 어떤 일이 일어나고 있는지 짐작조차 못하는 어른들에 대한 반항일지 모른다. 내가 좋아서 하는 일이 그들에게는 반항으로 여겨질 수 있다는 게 짜릿하다. 깊이 빠지면 빠질수록, 즐거움을 느끼면 느낄수록 그들에게 치명타가 될 것 같아 나는 춤에 더 몰입한다. 나를 춤 속에 버린다.

점심때까지 춤을 추다 근처 분식집에서 허기를 면한 뒤 학원 끝나는 시간에 맞추기 위해 여기저기 돌아다닌다. 빨래방에 가서 운동복을 빨고, 오락실에 가서 펌프도 하고, 만화방에 가서 만화책도 보고, 가끔 피시방에 가기도 한다. 놀 때도 나는 혼자다. 혼자서 스티커 사진을 찍은 적도 있다.

그렇게 방학이 끝나 가고 있다. 춤추면서 보낸 한 달은 아주 짧은 느낌인데 그 전을 생각하면 너무나 아득한 옛날 같다. 개학하면 전처럼 학교생활을 할 수 있을지 모르겠다.

샤워를 하고 옷을 갈아입고 나오는데 희정 언니가 내게 물었다.

"유진아, 너 이번 토요일에 시간 있니?"

"왜요?"

예전의 나였다면 질문에 대한 대답부터 하고 이유를 물었을 것이다. 하지만 이젠 예의 따윈 생각하고 싶지 않았다. 사실은 집에서도 그렇게 하고 싶은 걸 참고 있다. 나를 없는 존재처럼 무시했던 할아버지 사진을 깨부수고, 내 삶에 값을 매기려 드는 할머니에게 닥치라고 소리치고, 아무 일도 없었다며 얘기 꺼내지 말라고 윽박지르던 엄마 입에 때수건을 물려 주고, 그 일을 겪어 내는 동안 어디에도 없던 아빠 얼굴에 담배 연기를 뿜어 주고 싶었다.

"민희가 갑자기 일이 생겨서 이번 대회에 못 나가게 됐어. 니가 그 자리에 들어갔으면 해."

"내 실력으로 어떻게요?"

겸손만은 아니다. 전문적인 춤꾼이 되고자 하는 사람들에

비하면 내 실력은 형편없다.

"너 안무 다 알잖아. 다른 애들한테 안무 숙지시키려면 시간이 부족해."

희정 언니가 새롭게 구성한 안무가 멋져서 사람들 뒤에서 연습한 건 맞다. 노래 「아틀란티스 소녀」도 좋았다. 처음 나왔을 땐 밝고 경쾌하고 희망찬 노래로만 들렸는데 요샌 상처와 비밀, 잊힌 기억 같은 가사가 마치 내 이야기를 쓴 것처럼 느껴졌다. 같은 노래가 그렇게 다르게 들릴 수 있다는 게 신기했다. 나는 하기로 했다. 내가 학원 빼먹은 것도 모자라 길거리에서 춤까지 췄다는 걸 알면 식구들 충격이 더 클 테지. 요즘 내가 하는 모든 행동의 목적지는 그곳인 것 같았다. 그 생각을 하자 남들 앞에서 춤을 춘다는 사실이 두렵지 않았다.

우리 팀은 경연 대회에서 입상하지 못했다. 나는 상을 못 받은 게 내 탓 같아 함께 춤춘 팀원들한테 미안했다. 춤 실력도 실력이지만 긴장해서 처음에 실수를 많이 했다. 실내에서만 춤을 추다 많은 사람이 구경하거나 오가는 야외무대에 서니 정신이 없었다. 다른 팀원들은 구경꾼들의 시선을 즐기는 것 같았지만 나는 영 어색했다. 후반부에 가서야 겨우 의식하지 않을 수 있었다.

희정 언니가 이카로스 근처 삼겹살집에서 저녁을 사 주었다. 밥을 먹은 뒤 나는 컬러 스프레이로 물들인 머리의 파란 물을 빼기 위해 먼저 일어섰다. 그런 날 보고 은색 머리를 한 지혜 언니가 툴툴거렸다.

"나도 개학하기 전에 다시 까망 물 들여야 하는데, 싫다."

고1인 언니는 이번 팀에서 리더를 했다. 나는 처음에 눈썹에 피어싱을 한 것만 보고 언니가 학교에 안 다니는 줄 알았다.

"난 춤추는 애들을 날라리로 보는 게 싫어서 공부도 열심히 해. 너 춤에 소질 있는 거 같은데 계속해라."

희정 언니가 빈자리에 날 추천했을 때 다른 팀원들은 탐탁지 않아 했다. 그런데 지혜 언니가 적극적으로 밀어줘서 낄 수 있었다.

모두 식당에 가 있어 연습실엔 나 혼자뿐이었다. 샤워실 바닥에 파란 물이 흐르는 걸 보니 빨간 물을 들이지 않아 다행이라는 생각이 들었다. 빨간 물이었다면 핏물 같아 무서웠을 것 같다. 샤워를 하고 나와 연습실 바닥에 앉아 선풍기를 켜 놓고 머리카락을 말렸다. 식구들에게 의심받지 않으려면 머리를 완전히 말려야 했다. 모든 걸 들키고 싶은 욕구만큼 들키고 싶지 않은 마음도 컸다. 들키면, 다시는 춤을 출 수 없을 것이다.

문이 열리며 희정 언니가 들어왔다.

"아직 안 갔네."

"언니는 왜 벌써 오셨어요?"

"애들은 노래방으로 가고 나는 정리할 것도 있고 해서 잠깐 들렀어. 유진이, 너 개학 얼마 안 남았지? 개학하고서도 나올 거니?"

"……아직 잘 모르겠어요."

"너 여기 다니는 거 집에서 모르지?"

언니는 구석의 책상 서랍을 뒤적거리며 지나가는 말투로 물었다. 나는 대답하지 않고 머리만 말렸다. 운동복을 빨러 빨래방엘 들락거리고, 시간을 맞추기 위해 거리를 배회하는 모습을 본 적이 있는 모양이다.

"담배 있니?"

나는 머리카락 사이에 손을 넣은 채 언니를 바라보았다. 담배 피우는 것도 보았나 보다.

"있음 한 대 줘 봐. 고기를 먹었더니 속이 더부룩하네."

나는 가방에서 담뱃갑과 라이터를 꺼내 언니에게 주었다. 가까이 가자 술 냄새와 구운 고기 냄새가 났다. 나한테서도 고기 냄새가 나면 어쩌나 싶었다.

"유진아, 넌 춤 왜 추니?"

등을 벽에 기대고 연습실 바닥에 앉은 희정 언니가 담배 연기를 뿜어내더니 물었다. 연기를 맡자 나도 피우고 싶어졌다. 언니 옆에 앉은 나는 담배에 불을 붙여 한 모금 빨았다. 여전히 처음처럼 기침이 터져 나오면서 머리가 팽 돌았다. 춤을 추기 시작하면서 담배를 덜 피웠다. 그런데도 언제 어디서 머리가 쪼개지는 듯한 두통과 만날지 몰라 담배를 비상 구급약처럼 가방에 넣어 가지고 다녔다. 나는 기침이 멎은 뒤에야 간신히 대답했다.

"그냥요."

담배 연기가 머릿속을 휘저었다.

"그래. 앞으로도 그냥 춰. 그냥일 때 가장 자유롭게 출 수 있어."

맞은편 벽면 전체를 차지한 거울 속에도 두 사람이 앉아 있었다. 언니는 '그냥'이라는 내 말을 믿는 걸까?

"너 2학년이랬지? 내가 춤을 추기 시작한 것도 너만 할 때였어. 그때 그 일이 아니었음 내 인생은 지금과 많이 달라졌겠지."

언니가 천장으로 담배 연기를 토해 냈다. 나는 희정 언니가 자기 비밀 이야기를 할까 봐 겁이 났다. 우리는 서로에게 호감을 가지고 있지만 사적인 이야기를 주고받을 만큼 친한 사이는 아니다. 나는 누군가와 친해지는 게 두렵다. 친해지면 그 사람을 아는 것만큼 나에 관해서도 알려 주어야 한다는 사실이 부담스럽다. 들은 이야기로 언니는 춤추는 걸 반대하는 부모와의 갈등으로 집을 나왔다는 것 같았다. 나는 언니가 먹고 자는 집이기도 한 연습실을 둘러보았다. 햇빛도 들어오지 않고 환기도 잘되지 않는 곳이다. 살펴보면 구석에 곰팡이도 피어 있다.

"너 이카로스가 뭔지 아니?"

언니가 불쑥 물었다. 다행히 사적인 얘기가 아니었다.

"그리스 신화에 나오는 사람이잖아요. 최초로 하늘을 난 인간요."

언니의 질문에 당당히 대답할 수 있어 좋았다. 나를 열어 보이고 싶은 마음도 없으면서 내가 머리 빈 애가 아니라는 건 알려 주고 싶었다.

"그래. 이카로스는 꿈을 꾸는 사람과 꿈을 이룬 사람의 모습을 다 보여 주는 것 같아. 날아오르려는 꿈을 꿀 때는 그의 몸도 깃털처럼 가벼웠을 거야. 이카로스가 바다에 떨어져 죽은 건 태양 때문에 날개의 밀랍이 녹아서가 아니라, 꿈을 이룬 그의 몸이 더 높은 곳으로 날고 싶은 욕심으로 무거워졌기 때문일 거야. 그래서 떨어졌을 거야."

그 말도 맞는 것 같았다. 나는 딱히 할 말이 없어 가만히 있었다. 누군가와 용건이 담기지 않은 이야기를 나누는 게 어색했다.

"스물 몇 해밖에 안 살았지만 삶이란 누구 때문인 건 없는 것 같다는 생각이 든다. 그래. 시작은 누구 때문이었는지도 모르지만 결국 자신을 만드는 건 자기 자신이지. 살면서 받는 상처나 고통 같은 걸 자기 삶의 훈장으로 만들지 누덕누덕 기운 자국으로 만들지는 자기한테 달린 것 같아."

나는 맞은편 거울에 비치는 언니를 보았다. 도대체 내게 왜 이런 이야기를 하는 걸까. 나는 상처를 다 드러낸 채 언니 앞에 서 있는 느낌이었다. 눈이 마주친 언니가 씩 웃었다.

"너무 심각한 얼굴로 들을 거 없어. 나는 가끔 내게 소리

내서 말하곤 해. 나 자신을 사랑하는 방법이기도 하지. 그런데 우연히 네가 옆에 있다 들었을 뿐이야. 니가 이카로스를 알고 있어서 좋았어. 그리고 너 담배 억지로 피우지는 마라. 담배로 해결할 수 있는 건 아무것도 없으니까. 잘 가."

언니는 내 어깨를 툭 쳐 주곤 일어나 연습실에서 나갔다. 나 자신을 사랑하는 방법……. 나는 세운 무릎을 끌어안았다. 내가 나를 안아 주는 방법이다. 누군가에게 기대고 싶을 때 나는 그렇게 나를 안는다. 언니도 얼마나 사랑받고 싶었으면 스스로 사랑하는 방법을 찾아냈을까.

혼자 남겨진 지하 연습실이 마치 미궁 같았다. 나는 거울을 바라보았다. 미궁에 갇힌 이카로스가 거기 있었다. 상처를 모아 날개를 짓는다면 그 날개로도 날아오를 수 있을까? 나는 나를 안은 채 오래도록 거울 속 이카로스를 지켜보았다. 집에서 어떤 일이 벌어지고 있는지 까맣게 모르는 채.

원어민 영어 과외를 함께 받는 혜리네 엄마가 쇼핑몰 야외무대에서 춤추는 내 모습을 보았다. 혜리 엄마는 내가 아닐 거라고 생각하면서도 혹시나 하며 우리 집에 전화를 했다. 내가 떨어진 성적을 만회하기 위해 밤마다 곯아떨어져 잘 정도로 열심히 공부하고 있다고 믿던 엄마는 그날도 내가 특강 때문에 학원에 간 줄 알고 있었다. 혜리 엄마에게 우리 아이는 지금 학원에 있다고 말한 엄마는 내게 전화를 했을 것이다. 당연히 전화기는 꺼져 있었을 테고. 수업 중이라 꺼 놓았겠지 하다가 학원으로 전화를 한다. 특목고 반 특강이 있다는 이야기를 듣고 안심한 엄마는 전화 건 김에 담당 선생님을 바꿔 달라고 한다. 안부 인사도 할 겸 내 상황을 알고 싶어서였을 것이다. 그런데 선생님이 오히려 내 안부를 묻는다.

"유진이, 미국에서 왔나요?"

그 순간 엄마의 표정을 보지 못한 것이 아쉽다. 때마침 집에 있던 아빠는 어떤 얼굴을 했을까? 아빠가 없었다면, 그래서 엄마 혼자만 아는 일로 끝났다면 뒤의 일은 벌어지지 않았을까?

집에 들어서는 순간 아빠가 소파에서 벌떡 일어섰다. 당연히 없을 줄 알았던 아빠 모습에 당황했지만 나는 평소처럼 "다녀왔습니다." 하고 인사를 했다. 유선과 유미는 보이지 않았다.

"어딜? 어딜 다녀왔다는 거야?"

'다 알고 있어!'라는 말을 담고 있는 엄마의 눈을 보는 순간 머리끝으로 짜릿한 쾌감이 솟구쳤다. 동시에, '이제 어떡해.' 하는 두려움이 가슴속을 휘감았다.

아빠가 내 가방을 낚아채듯 벗겨 간다. 그 바람에 뒤로 꺾인 어깻죽지가 아프다. 아빠가 가방을 열어 거꾸로 들고 흔든다. 책 대신 운동복, 컬러 스프레이, 지갑, 수첩, 볼펜 들이 우수수 떨어져 바닥에 나뒹군다. 담배와 라이터도 있다. 엄마 얼굴이 창백해진다. 아빠 얼굴이 시뻘게진다. 나는 심호흡을 하며 아빠와 엄마의 얼굴을 바라본다. 내 얼굴로 아빠의 손이 날아온다. 나는 소파에 가 부딪히며 나뒹군다.

"이게 뭐야? 너 어떻게 이럴 수가 있어? 어떻게 이렇게 감쪽같이 속일 수가 있어!"

엄마는 아빠를 말리고 나를 보호해 주는 대신 담뱃갑을 집어 들며 헐떡거리는 목소리로 말한다. 나는 엄마를 노려본다.

"뭘 잘했다고 고개를 빳빳이 쳐들어!"

아빠가 달려들어 다시 나를 때린다. 머리와 몸에 주먹이 떨어진다.

이번에도 엄마는 내 편이 아니다. 아빠와 똑같은 눈빛으로 내가 맞는 걸 지켜본다. 아빠 역시 때리기 전에 내게 이유를 물어봐야 하는 거 아닌가? 왜 춤을 추고 담배를 피우냐고 먼저 물어봐야 하는 거 아닌가? 마치 이럴 줄 알았다는 얼굴로, 잘못만 하면 매질을 하려고 늘 준비하고 있던 사람같이 굴고 있다. 그동안 내가 혼나거나 맞지 않았던 건 기를 쓰고 노력한 덕분이었어. 피식피식 웃음이 새어 나왔다.

"당신, 큰누나한테 연락해. 이 자식, 꼴도 보기 싫으니까 당장 미국으로 보내. 여기 뒀다간 사람 꼴 안 되겠어."

아빠가 거친 숨을 몰아쉬며 소리쳤다.

내 잘못이 아니야

영화를 보고 헤어진 뒤 건우에게서 전화가 오지 않았다. 내 전화도 받지 않고 문자에도 답장이 없었다.

"절대로 니가 먼저 전화하지 마. 건우한테 전화 올 때까지 기다려."

소라가 몇 번이나 일렀지만 더는 기다릴 수 없었다. 헤어진 지 몇 시간도 되지 않았는데 몇 년은 지난 것 같다.

나는 건우네 집 전화번호를 눌렀다. 싫어서가 아니었다고 사과해야지. 신호음이 울리는 동안 나는 떨리는 마음을 진정시키느라 숨을 깊이 들이마셨다.

"여보세요?"

전화를 받은 사람은 건우가 아니었다. 교양 있는 목소리로 보아 건우 엄마임이 분명했다. 건우가 받을 줄 알았다가 당황했지만 얼른 목소리를 가다듬고 내 인생 최고로 예의를 갖추어 말했다.

"안녕하세요? 저 건우 친구 이유진인데요, 건우랑 통화할 수 있을까요?"

건우 엄마가 내게 아는 척할 테지? 엄마 안부도 물어 오실 거야. 그럼 엄마가 직장에 다니고 있노라고 알려 드려야지. 그런데 수화기 속의 건우 엄마는 말이 없다.

"여보세요?"

내가 다시 말한 뒤에야 냉랭한 목소리가 들려왔다.

"건우 지금 없다."

그리고 전화가 끊어졌다. 나는 '뚜뚜'거리는 수화기를 들고 있었다. 뭐지? 건우 엄마가 나를 기억하지 못하는 걸까? 아님, 다른 애로 착각했나? 다시 걸어 확인해 보고 싶었지만 차갑던 목소리에 용기가 나지 않았다. 남의 일도 자기 일처럼 나서서 해결해 주는 좋은 아줌마라고 했는데. 건우는 이 세상에서 자기 부모님을 가장 존경한다고 했다. 더구나 엄마는 자기 마음을 잘 알아주는 친구 같은 존재라고 했다. 혹시 건우가 극장에서 있었던 일을 이야기한 걸까?

상영관 안으로 들어가기 전부터 어떻게 앉을지, 마음이 떨렸다. 그런데 성호가 먼저 자리에 앉으며 말했다.

"소라야, 이리 와."

소라가 나를 보며, '내 말이 맞지?' 하는 뜻으로 씩 웃었다. 소라가, 남자애들이 미리 어떻게 앉을지 짰을 거라고 했다. 건우를 슬쩍 보니 딴전을 피우고 있었다. 나는 소라 옆에 앉고 건우가 내 옆에 앉았다. 영화는 공포물이었다. 남자애들이 우리더러 영화를 고르라고 해서 소라하고 며칠을 궁리했다. 야한 장면이 나오는 영화는 같이 보기에 너무 쑥스러울 것 같아 무서운 걸로 선택했다. 캄캄한 어둠 속에서 나란히 앉아 있자니 야한 영화를 안 고른 게 정말 다행이라는 생각이 들었다.

중간에 무서운 장면이 나와 비명을 지르며 소라를 잡으려고 보니 소라는 성호와 바짝 붙어 있었다. 나는 무안해져 화면을 바라보았다. 영화의 절정 부분이라 계속해서 무서운 장면이 나왔다. 나도 모르게 건우 쪽으로 바짝 붙게 됐다. 몸이 닿자 건우가 굳는 게 느껴졌다. 그러면서도 건우는 내가 기대기 좋도록 앉은키를 세웠지만 자연스럽기엔 내 키가 너무 컸다. 이럴 때는 소라의 아담한 키가 많이 부러웠다. 나는 뒤에서 보면 우스꽝스러울지 모를 자세로 건우에게 기댄 채 영화를 보았다.

그런데 차츰 건우의 숨소리가 커지는 것 같았다. 사실은 내 가슴도 아까부터 뛰고 있었다. 그동안 숱하게 상상했던 일이 일어나려는 것이다. 나는 손바닥에 배어 나온 땀을 허벅지에 닦았다. 건우가 헛기침을 하면서 몸을 약간 움직였다. 그 아이의 뜨거운 콧김이 귓불에 느껴지는 순간 나는 흠칫 놀랐다. 예상치 못했던 불쾌한 기분에 휩싸였기 때문이다. 그리고 그때였다.

"착하지. 니가 너무 예뻐서 그러는 거야."

유치원 원장의 목소리가 떠올랐다. 잊고 있던 그 목소리가 마치 옆에 앉은 건우가 말한 것처럼 생생했다. 나는 얼른 건우에게서 몸을 떼어 내곤 바로 앉았다. 그때 건우가 내 손을 잡았고 나는 바퀴벌레라도 닿은 듯 기겁해서 그 손을 뿌리쳤다. 그리고 그다음부턴 엉망이었다. 건우는 내게서 최대한 멀리 떨어져 앉았고 나는 무슨 내용인지도 모르게 된 영화가 빨리 끝나기만을 바랐다. 소라와 성호 때문에 먼저 일어설 수도 없었다.

영화가 끝나고 불이 켜졌을 때 훔쳐본 건우의 표정은 잔뜩 굳어 있었다. 롯데리아에서 햄버거를 먹을 때도 건우는 나와 눈을 맞추지 않았다. 소라는 성호와 영화 내용을 가지고 떠드느라 건우와 내 분위기가 어색하다는 걸 눈치채지 못했다.

남자애들과 헤어져 돌아오며 나는 소라에게 건우의 손을 뿌리쳤다는 이야기만 했다. 소라는 성호와 손을 잡긴 했지만 아무런 느낌도 들지 않아서 싱거웠다고 했다.

"니 손 잡을 때랑 똑같더라니까. 그뿐인 줄 아냐? 성호가 손을 막 떠는데 웃겨서 죽는 줄 알았다."

실실 웃어 가면서 말하는 소라를 보자 심통이 주머니 속의 송곳처럼 삐져나왔다.

"뭐가 그래? 니네 하나도 안 좋아하는 거 아니야?"

주인공인 나와 건우는 그렇게 엉망인 상태로 헤어졌는데 향단이와 방자 주제에 희희낙락인 게 은근히 기분 나빴다.

나는 건우가 먼저 전화해 올 것이라고 믿었다. 하지만 건우는 먼저 하기는커녕 내 전화와 문자도 무시했다. 집으로 건 전화는 건우 엄마가 받아 쌀쌀맞게 끊어 버렸다. 갑자기 건우가 지구 반대편에 있는 것처럼 멀게 여겨졌다. 나는 소라에게 지원을 요청했다.

"내가 시켰다는 말 하지 말고 니가 성호한테 전화 한번 해 봐. 뭔가 알고 있을지도 모르잖아."

나는 소라의 연락을 기다리다 못해 전화를 걸었지만 받지 않았다. 메신저는 수신 거부 중이었다. 성호랑 온라인 게임을 했다는 소리를 나중에 듣곤 배신감이 끓어올랐다. 게다가 소라가 알아낸 것이라곤 겨우 성호는 건우가 기분이 안 좋다는 것도 모르더라는 속 터지는 내용뿐이었다.

"게임 한판 하자는데 거절할 수가 있어야지."

그래, 눈치코치 없는 것들끼리 잘 놀아라. 친구가 이렇게 고통의 바다에서 허우적거리고 있는데 그렇게 무뎌서 소설 잘도 쓰겠다. 나는 튀어나오려는 말을 간신히 참았다.

건우가 내게 미안하다며 선물을 주었다. 보석 목걸이였다. 건우가 신랑처럼 내 목에 목걸이를 걸어 주곤 뺨에 뽀뽀를 했다. 나는 아주 행복했다. 그리고 우리는 소라와 성호가 안 와서 잘됐다며 손을 잡고 데이트를 했다. 그런데 화장실이 가고 싶어졌다. 그래서 나는 꿈속인 걸 알아차렸다. 화장실에 가려면 꿈에서 나와야 하기 때문에 나는 오줌을 억지로 참고 행복감을 좀 더 즐기려 애썼다. 싸기 직전이 돼서야 너무나 아쉬운 마음으로 일어난 나는 잠을 깨지 않으려고 눈을 반쯤 감은 채 화장실에 다녀왔다. 침대에 누웠지만 이미 빠져나온 꿈속으로 다시 들어갈 수는 없었다. 엄마도 쉬는 일요일이어서 다른 식구들은 모두 달콤한 아침잠을 즐기고 있는데 나만 혼자 깨어서 현실을 느끼고 있는 게 비참했다. 현실에는 목걸이도 없고 내 뺨에 뽀뽀를 했던 건우도 없었다.

건우는 어젯밤 끝내 연락해 오지 않았다. 건우 엄마가 내가 전화한 사실을 건우에게 알려 주지 않은 것 같다. 손을 뿌리쳐서 화가 난 걸까? 건우가 싫어서 그런 게 아니었다. 그때 들려온 그놈의 목소리 때문이었다. 건우 엄마라면 그때 내 기분이 어땠을지 이해해 줄 텐데.

늦은 아침을 먹고 나는 또 소라에게 전화를 했다. 성호에게 연락해 본 소라가 건우한테 안 좋은 일이 있는 모양이라고 했다. 나는 더 애가 탔다.

- 건우야, 어제는 내가 미안했어

나는 문자를 보냈다. 건우의 마음이 그 정도로 상했다면 내가 먼저 사과하는 게 맞는 것 같았다.

건우한테 메일을 확인해 보라는 문자가 온 건 그날 밤이었다. 나는 떨리는 마음으로 메일을 열었다. 당연히 내 사과를 받아 주고 자기 마음을 표현했을 거라고 생각했는데 이별 통고였다. 그동안 즐거웠고 좋은 친구로 남자면서 이유는 묻지 말라고 했다. 하지만 묻지 않을 수 없었다. 내가 짐작하는 게 맞는다면 쪼잔하다고 욕이라도 해 주고 끝내야 속이 풀릴 것 같았다.

거실에선 엄마 혼자 텔레비전을 보고 있었다. 아빠는 바둑 한판 두고 온다며 동네 기원에 갔다. 형진이는 늦은 휴가를 떠난 둘째 이모네를 따라 강화도에 가서 모레 돌아온다. 나는 소파 위에 있던 무선 전화기를 집어 들고 방으로 들어왔다. 이달치 음성 통화를 다 쓴 내 휴대폰은 받는 것밖에 할 수 없다.

"늦은 시간에 너무 길게 하지 마. 어른들이 안 좋아해."

엄마는 내가 건우와 알콩달콩 통화하려는 줄 아는 모양이다. 대답 없이 방문을 닫은 나는 번호를 꾹꾹 눌렀다. 건우 엄마가 받아도 겁나지 않았다. 그래도 건우가 받아서 다행이었다.

"나야."

잠시 말이 없던 건우가 메일을 안 읽었냐고 물었다. 건우 목소리를 들으니 눈물이 날 것 같았다.

"읽었어. 그래서 전화한 거야. 왜 그만 만나자는 건지 말해 줘."

나는 감정을 누르며 말했다.

"묻지 말라고 했잖아."

건우가 시무룩한 목소리로 대꾸했다.

"내가, 니 손 뿌리쳐서, 그래서 그러는 거야?"

건우는 다시 말이 없었다.

"야, 그건, 내가 그때, 어우 야아, 그런 거 아니야. 니가 싫어서 그런 거 아니라고."

속 시원하게 말할 수 없어 답답했다.

"니가 손잡으려고 했을 때 옛날 기억이 떠올랐단 말이야. 그래서 그런 거야."

"어쨌든 그만 만나는 게 좋겠어. 엄마도…… 그런…… 애랑은 만나지 말래."

건우 목소리가 떨리는 것 같았다.

"그런 애? 그게 무슨 말이야?"

내가 전교 1등이 아니었다는 걸 아신 걸까?

"말하고 싶지 않아."

"대답 듣기 전엔 안 끊어. 혹시 전교 1등 땜에 그러시는 거야? 그거라면……."

왜 대답을 듣겠다고 고집을 부렸는지 나를 죽이고 싶다.

"너, 유치원 때 있었던 일……, 나는 기억 안 나는데 우리 엄마는 다 알고 계셔."

내 말을 끊고 건우가 이유를 말했다. 그게 어쨌다는 거지? 나는 어리둥절해 잠시 버벅거렸다.

"그, 그래. 그건 나도 알아. 너희 엄마가 그때 많이 도와주셨대. 그런데 그게 뭐 어째서?"

"우리 엄마가…… 그런 경험이 있는 애는…… 문제가 있대……."

건우의 말이 망치가 되어 내 머리를 때렸다. 이게 무슨 소리지? 혹시 이게 꿈이 아닐까? 건우와 데이트를 했던 게 현실이고 지금 이 말을 듣는 게 꿈 아닐까?

"문제? 무슨 문제? 건우야, 그건 내 잘못이 아니야. 내가 원해서 일어난 일이 아니었다고. 그건 너희 엄마가 누구보다도 잘 아실 거야."

나는 꿈 밖으로 사라지려는 건우를 잡기 위해 다급하게 말했다.

"다 알아도 내가 그런 앨 사귀는 건 싫은가 봐. 아무튼 미안해. 잘 지내."

전화가 끊기고 '뚜뚜' 하는 소리가 건우의 말과 합성되어 내 머릿속을 울렸다. 그런 애 그런 애 그런 애 그런 애…….

나는 전화기를 떨어뜨렸다. 침대 끝에 걸터앉아 있던 내 몸도 방바닥으로 떨어졌다. 침대에 기대앉은 나는 무릎을 세우고 그 위에 얼굴을 올려놓았다. 그런 애란 무엇을 말하는 거지? 10년이 다 돼 가는, 내 잘못도 아닌, 이제는 흉터로나 남은 줄 알았던 그 일이 왜 지금 문제가 되는 거지? 뒤늦게 울음이 터져 나왔다. 나는 엉엉 소리 내어 울었다.

방문이 열리며 엄마가 들어왔다.

"왜 그래? 왜 울어? 건우랑 통화한 거 아니야?"

놀란 엄마가 날 흔들며 물었다. 나는 울면서 말했다.

"엄마, 건우가 그만 만나재. 건우네 엄마가…… 그런 경험이 있는 애는 문제가 있다고 했대. 그런 애랑은 만나지 말라고 했대."

"뭐?"

"건우네 엄마가 그때 앞장서서 도와줬다며? 그런데 왜 나를 만나지 말라고 해? 왜 날더러 그런 애라고 해?"

나는 울면서 엄마를 바라보았다. 엄마의 얼굴이 일그러졌다. 주먹 쥔 두 손이 부들부들 떨리고 있었다.

"건우 엄마가 그런 말을 했다고? 내, 이 여편네를 그냥!"

엄마가 방을 뛰쳐나가려고 했다. 나는 깜짝 놀랐다.

"어, 어떻게 하려고, 엄마."

"저도 애 키우는 년이 어디서 그따위 말을. 쫓아가서 주둥일 찢어 놓을 거야!"

엄마가 활달한 성격이긴 해도 욕을 잘하는 사람은 아니었다. 그런 엄마가 건우 엄마한테 거친 욕을 해 댔고, 말한 걸 진짜 실행에 옮길 기세였다.

"엄마, 참아! 나도 건우 같은 마마보이랑은 헤어지려고 했단 말이야."

나는 황급히 엄마를 붙잡았다. 엄마를 말리려고 한 말이지만 말해 놓고 나니 정말 그런 것 같았다. 그리고 건우가 그만 만나자는 이유를 말했을 때 그 말을 못 한 게 분했다.

"전화기 어딨어? 그런 이중인격자는 방송국에다 알려서 확 매장을 시켜야 돼."

엄마가 씩씩거리며 바닥에 떨어져 있던 전화기를 집어 들었다.

"내가 엄마 땜에 미쳐. 왜 이래, 엄마!"

나는 소리를 지르며 엄마를 잡았다. 엄마와 나는 한동안 서로 전화기를 뺏기 위해 실랑이를 벌였다. 엄마를 달래느라 건우와 헤어졌다는 사실도 잊어버릴 지경이었다.

다음 날 아침에 본 엄마의 눈은 퉁퉁 부어 있었다. 공연히 너스레를 떠는 걸 보니 아빠도 알고 있는 것 같았다. 우리는 아무도 지난밤 일을 이야기하지 않은 채 조용히 밥을 먹었다. 이런 때 눈치가 없어 오히려 분위기를 살리곤 하는 형진이가 그리웠다.

"너 오늘부터 오후에 학원 가지? 학원비 여기 있어. 다음 달 등록해야잖아."

엄마가 학원비가 든 봉투를 식탁 위에 올려놓았다. 학교마다 개학일이 다르지만 학원은 오늘부터 오후에 수업을 시작한다.

엄마 아빠가 출근했다. 혼자 남겨지자 건우에게 들었던 말이 다시 머릿속에서 윙윙거렸다. 악몽 속에 갇힌 기분이었다. 혼자인 게 너무 싫었다. 나는 소라에게 전화를 했다. 그동안 감추었던 이야기를 이제는 털어놓고 싶었다. 아직 이부자리 속에 있던 소라는 내가 고백할 게 있다고 하자 잠이 확 깬 목소리로 당장 오겠다고 했다. 묻지도 따지지도 않고 달려와 줄 친구가 있다는 사실이 큰 위안이 되었다.

"우리 집에서 점심 먹고 놀다 학원에 가게 가방 챙겨 와. 그리고 오늘 새로 등록하는 날인 거 알지?"

소라에게 말하기로 결심한 순간부터 마음이 차분해지면서 머릿속도 맑아지는 것 같았다. 어디부터 이야기해야 할까. 내 이야기만 할까, 작은유진이 이야기도 할까. 고민 끝에 다 하기로 했다. 가려서 이야기하는 것도 쉽지 않고 또 비밀을 남겨 놓는 것도 내키지 않았다.

나는 집으로 온 소라에게 작은유진이와 같은 유치원에 다녔던 것과 그곳에서 있었던 일을 이야기했다.

"그동안 말 안 해서 미안해. 왠지 하기가 좀 그랬어."

내가 사과를 하자 소라가 날 끌어안았다. 그러곤 따뜻한 목소리로 말했다.

"괜찮아. 그딴 옛날이야기 굳이 뭐 하러 하냐. 지금 얘기만 하기도 바빠 죽겠는데. 유찡, 그래도 말해 줘서 고마워."

나는 희미한 흉터로만 남은 줄 알았던 그 일이 현재 내게 어떤 영향을 주고 있는지에 대해서도 털어놓았다. 소라는 엄마만큼이나 분개했다.

"그딴 자식이랑 헤어진 거 차라리 잘된 거야. 건우가 지네 엄마 닮았겠지, 누구 닮았겠니."

소라는 자기도 성호와 만나지 않겠다고 했다. 당연하다는 마음과 미안한 마음이 반반씩 들었다.

"실은 성호, 별로 마음에 안 들었어. 넷이 같이 놀려고 그냥 만났던 거야. 손잡는데도 웃겨서 죽을 뻔했다고 했잖아."

역시 소라는 의리가 있는 애였다. 소라 이야기를 듣자 건우가 손을 잡으려던 순간이 떠올랐다.

"그런데 건우 숨 쉬는 게 뺨에 느껴지니까 유치원 때 그놈 생각이 나면서 너무 불쾌한 거야. 그놈이 날 무릎 위에 앉혀 놓고 귓속말을 했거든. 그땐 그냥 간지러웠던 것 같은데 극장에선 너무 징그럽고 기분 나쁜 거야. 그놈이 아니라 건우였는데도 말이야. 이런 게 후유증인가? 앞으로도 계속 그러면 어쩌지?"

엄마한테는 하지 못했던 이야기였다. 내 물음에 소라가 고개를 갸웃거렸다.

“글쎄, 그 일 때문에 그런 건 아닐 거야. 저번에 보라 친구가 우리 집에 놀러 와서 하는 얘기 어쩌다 들었는데, 그 언니는 남친이 키스하려고 하니까 무섭더래. 그리고 나도 웃기긴 했지만 아무 생각도 없던 건 아니었어.”

나는 무슨 말인가 싶어 소라를 바라보았다.

“성호가 손잡으려고 할 때 사실은 겁났어. 은근히 기대하고 있었는데도 막상 손을 잡으니까 이래서는 안 될 것 같고 막 이상하더라. 초딩 때 남자애들하고 장난치거나 체육 시간에 손잡는 거랑, 극장에서 남친이랑 잡는 건 좀 다른 것 같아. 왠지 나쁜 짓 하는 기분이 들었거든. 그래서 곰곰이 생각해 봤는데 우리가 아무것도 모르는 어린애도 아니고, 그렇다고 스킨십 마음대로 해도 되는 나이도 아닌 어중간한 때라서 그런 거 같아. 그러니까 너한테 그런 일이 없었다고 해도 지금은 건우랑 손잡는 게 마냥 좋지만은 않았을 거야. 우리가 나중에 커서 사랑하는 사람 만나면 그때는 손잡는 것보다 더한 걸 해도 행복하고 황홀할 거야.”

소라가 진지한 얼굴로 말했다. 단지 날 위로하기 위해서 하는 말 같지는 않았다. 나는 소라 말을 믿고 싶었다.

"그렇겠지?"

"그럼 당연하지. 너 나중에 첫 키스 하면 나한테 젤 먼저 얘기해 줘야 한다."

"물론이지. 너도다."

"그럴게. 참, 나도 고백할 거 있어."

나는 깜짝 놀라 소라를 바라보았다.

"나, 니가 기말고사 성적 확 올랐을 때 축하해 준 거 실은 억지로 기쁜 척했던 거야."

무슨 이야긴가 긴장하고 있던 나는 웃음이 터져 나왔다.

"나도 영화 보고 나서 니가 성호랑 손잡은 이야기 할 때 싫었어."

"야, 그러고 보면 우리도 다 조금씩은 위선자다, 그치?"

"맞아. 그런데 아까, 손잡는 것보다 더한 거라는 게 뭘 말하는 거야?"

내가 웃으며 묻자 소라가 나를 간질이며 말했다.

"응큼한 기집애, 몰라서 물어?"

우리는 침대를 뒹굴며 웃었다. 눈물이 나오고 배가 아팠지만 그치지 않았다. 전화벨 소리를 먼저 들은 건 소라였다.

"니 전화야."

나는 웃음을 삼키며 휴대폰을 집어 들었다. 화면에 '작은유진'이라고 떠 있었다. 그 순간 쇼핑몰 야외무대에서 춤추던 애가 작은유진이 맞다는 직감이 들었다. 내 표정이 심상치 않았는지 소라가 웃음을 거두며 건우냐고 물었다.

"작은유진."

나는 소라에게 대답하고 전화를 받았다.

"응, 나야."

"나 좀 구해 줘. 나, 집에 갇혔어."

작은유진이가 무엇엔가 쫓기듯 급하게 말한 뒤 전화가 끊겼다. 그 말만으로도 절박한 상황이 환하게 읽혔다. 그리고 갇힌 아이가 나인 듯 두려움이 밀려왔다.

"구해 달래. 집에 갇혔다고. 어떻게 하지? 어떻게 구해 내지?"

다시 작은유진이 휴대폰으로 전화를 해 보았지만 그새 전원이 꺼져 있었다.

"그때 춤추던 애가 작은유진이 맞았네. 범생이가 그러다 걸렸으면 갇힐 만도 하지."

소라가 고개를 끄덕였다. 어떻게 해, 소라야. 작은유진이 어떻게 해? 나는 애가 탔다.

"너 걔네 집 전화번호 알아?"

소라가 물었다.

"몰라. 아 참, 우리 반 카페에 주소랑 전화번호 있잖아."

소라가 반 카페에서 전화번호와 주소를 메모지에 옮겨 적었다.

"일단 작은유진이네 집 근처로 가는 게 좋겠어. 가면서 방법을 생각해 보자."

나는 대충 씻고 후다닥 옷을 갈아입었다. 신을 신으려다 되돌아가 학원비 봉투를 가방에 넣었다.

우리는 택시를 타고 작은유진이네 집 근처로 갔다. 택시에서 내린 뒤 소라가 작은유진이네로 전화를 했다. 나는 숨을 죽인 채 소라를 지켜보았다. 소라는 목소리를 깔았다. 약간 허스키에 저음인 소라의 전화 목소리는 나도 종종 소라네 엄마랑 헷갈릴 정도였다.

"안녕하세요? 저는 유진이 학원 수학 강사입니다. 유진이 미국에서 왔나요? 휴대폰이 꺼져 있네요. 아, 어제 왔군요. 네, 피곤하겠지요. 마침 근처에 올 일이 있어서 진도 나간 자료 좀 챙겨 왔어요. 개학하기 전에 한번 보면 좋을 듯해서요.

유진이더러 상가에 있는 파리바게트로 잠깐 나오라고 해 주시겠어요? 너무 밀리면 개학해서 힘들거든요. 네. 열심히 하면 만회할 수 있을 거예요. 네, 어머님께서 용기 주세요."

소라는 겨우 한 달 다녀 놓고 우리 학원 선생님 흉내를 완벽하게 해냈다. 우리 학원의 자랑은 학생에 대한 선생님들의 관심에 있다. 엄마도 학원 샘들이 수시로 상담 전화를 해주는 게 좋다고 했다. 하지만 소라 엄마는 선생님이 자주 전화하는 게 우리 학원의 단점이라고 했다. 다 장삿속이라면서 전화 좀 안 하면 좋겠다고 한단다. 소라 엄마가 세상에서 가장 무서워하는 게 선생님 전화였다. 그 일이 있고부터다.

1학년 때 소라가 교무실에 간 적이 있었다.

"소라야, 어머니 좀 학교에 오실 수 없니? 급식 모니터링 하실 엄마가 없어서 말이야. 한 달에 두 번씩만 오시면 되니까 집에 전화 좀 해 봐라."

소라를 본 담임이 말했다. 소라는 자기 엄마가 가게 때문에 화장실도 마음대로 못 간다는 걸 알면서도 선생님 말씀이라 전화를 했다.

"엄마, 선생님이 급식 모니터링하러 오래."

소라 엄마는 소라가 교무실에서 전화하고 있다는 사실을

몰랐다.

“엄마가 가게 땜에 어떻게 가? 선생 아니라 선생 할아비가 오라고 해도 못 가.”

“선생님, 우리 엄마가 선생 아니라 선생 할아비가 오라고 해도 못 온다는데요.”

소라가 전하는 말에 선생님도 당황했지만 전화기를 통해 소라의 말을 고스란히 들은 소라 엄마는 쥐구멍이 아니라 개미구멍만 있어도 들어가서 영영 나오고 싶지 않은 심정이었다고 한다.

그 죄로 가게에 알바를 써 가면서 1학년 2학기 동안 학교에 가야 했던 소라 엄마는 그다음부터 선생님 전화는 일어서서 받는다고 했다. 그러니 학원 선생님이 전화를 자주 하는 게 반가울 리 없을 터였다. 그 일을 통해 아무리 강한 사람도 자식의 선생님에게는 약하다는 것을 간파한 소라는 작은유진이 엄마를 멋지게 속였다.

“윤솔, 너 없었으면 어떻게 할 뻔했니? 잘했어! 잘했어!”

친구가 거짓말하는 걸 이렇게 진심으로 기뻐하기도 처음이었다. 소라는 빵집으로 들어가려는 나를 붙잡았다.

“야, 작은유진이 엄마가 따라올지도 모르잖아. 이럴 땐 밖에 있는 거야."

정말 소라는 모르는 게 없다. 책 속에 길이 있다더니 책을 많이 읽는 애는 뭐가 달라도 달랐다. 나는 추리 소설 주인공이라도 되는 양 두근대는 마음으로 아파트 정문 건너편에서 작은유진이를 기다렸다. 드디어 작은유진이 모습이 보였다. 소라가 막 승객을 내려놓고 출발하려는 택시를 잡았다. 모자를 쓴 작은유진이는 반바지에 슬리퍼 차림이었다. 그 차림새로 안심시키고 온 건지 그 애 엄마는 보이지 않았다.

"작은유진, 여기야 여기!"

나는 작은유진이를 향해 양팔을 휘저었다. 작은유진이가 뛰어왔다. 우리는 인사를 나눌 새도 없이 택시에 올라탔다.

소라가 앞에 앉고 나는 작은유진이와 뒤에 앉았다. 택시가 출발한 뒤에야 마음 놓고 숨을 쉴 수 있었다. 하지만 작은유진이는 잔뜩 굳은 채 아무 말도 하지 않았다. 나는 그 애의 눈언저리에 난 멍 자국을 못 본 척하였다.

기차가 가는 곳

기차 안은 컴컴했다. 맞은편에 앉은 큰유진과 소라는 서로 기댄 채 자고 있다. 태평한 얼굴들이다. 나도 저런 얼굴로 잘 수 있을까? 내가 잠들면 누구라도 내 모습에서 가출한 사실을 알아차릴 것 같다.

우리는 지금 바다와 가장 가까운 역이라는 정동진 역으로 가는 중이다. 큰유진과 소라가 눈앞에 있는데도 내가 저 애들과 바다로 가고 있다는 게 실감 나지 않는다. 여행 가듯 편안한 두 아이의 표정 때문인 것 같다. 학원을 빠지고 집에 말도 안 하고 왔으면서 어떻게 저토록 편안할 수 있을까? 혹시 '나'라는 핑곗거리가 있어서인가? 나중에 집에 돌아가서, 집에 갇힌 불쌍한 친구를 구해 주었는데 그 애가 집에 가기 싫다고 해서 어쩔 수 없었다고…….

나는 돌아가서 뭐라고 하지? 돌아갈 수는 있을까? 학원을 빠지고 담배 피우고 춤추러 다니고 집을 도망쳐 나온 게 다 당신들 탓이라고 하면 엄마 아빠는 수긍할까? 그들에게 이해받는 건 세상에 없는 언어로 말하는 것보다 더 어려운 일이라는 생각이 든다. 그러자 타고 있는 기차가 정동진이 아니라 마지막을 향해 가고 있는 것 같았다. 아무것도 보이지 않는 차창 밖의 어둠이 내 미래다. 나는 의자 위로 두 다리를 끌어 올렸다. 그러곤 가능하면 몸끼리 많이 닿도록 잔뜩 웅크린 채 무릎을 껴안았다.

큰유진한테 전화했을 때 여기까지 상상한 건 아니었다. 그 애가 정말 와 줄 거라고도 생각하지 못했다. 아빠는 보스턴으로 보낼 때까지 날 집 밖으로 못 나가게 하란 말을 남기고 출근했다. 나는 먹을 것을 가지고 들어온 엄마가 이유를 물어봐 줄 줄 알았다.

"너 나를 말려 죽일 작정이니? 나 죽는 꼴 보고 싶어? 사람 뒤통수를 쳐도 정도가 있지 어떻게 그렇게 감쪽같이 속여 넘길 수가 있어?"

엄마 말에 잊으라고 어린 나를 협박하던 모습이 떠올랐다. 엄마는 그때 나를 버린 것이다. 마음이 싸늘하게 가라앉았다.

"나 정말 미국에 보낼 거예요?"

내가 정말 하고 싶었던 말은, '나를 또 버릴 거예요?'였다.

"그럼 너 여기서 지금처럼 하면 사람 구실이나 제대로 할 것 같아? 집안 망신시키고 유선이 유미한테 나쁜 영향이나 주지."

엄마는 할머니 판박이 같은 말을 했다. 내가 뭘 어쨌다고? 밖에 나가 보니 전교 1등 하는 모범생보다 그렇지 않은 아이들이 훨씬 더 많았다. 그리고 그 애들도 나름대로 다 꿈이 있고 목표가 있고 계획이 있었다. 어른 말 잘 듣고 공부 잘하는 모범생만 사람 구실을 하는 건 아니었다.

어릴 때는 혼나는 게 무서워 내 기억조차 버렸지만 이젠 그러고 싶지 않았다. 6학년 겨울 방학 때 로스앤젤레스로 어학연수를 다녀왔다. 계속 미국에서 학교 다니고 싶다고 생각했을 만큼 좋은 시간이었다. 하지만 벌 받는 것처럼 가긴 싫다. 가더라도 내가 가고 싶을 때 가야 한다.

일단 집을 벗어나야 했다. 큰유진에게 전화를 건 게 아는 번호가 그뿐이어서만은 아니었다. 이카로스 번호도 알고 있었지만 희정 언니에겐 아직 내 상황을 알리고 싶지 않았다. 언니가 말했다. 상처를 훈장으로 만들지 누더기로 만들지는 자기 자신한테 달렸다고.

엄마로부터 학원 선생님 말을 전달받았을 때 가슴이 두근거렸다. 큰유진이 달려와 준 것이다. 의심받지 않기 위해 입고 있던 차림 그대로 나서자 엄마가 카디건과 모자를 건네주었다. 눈길이 느껴져 바라보자 엄마는 얼른 딱딱한 표정으로 바꾸었다. 그 전까지 어떤 표정으로 날 보고 있었는지 궁금했다. 카디건을 걸치느라 펼친 팔뚝에 멍이 들어 있었다. 그 멍은 어릴 때 내가 겪은 일처럼 영원히 지워지지 않을 것만 같았다.

"미국에 가기 전까진 아무 내색 하지 마. 선생님한테도 다른 말 하지 말고 자료만 받아 와."

엄마는 딸이 학원 대신 춤추러 다니다 걸려 집에 갇힌 사실을 남들에게 알리고 싶지 않을 것이다. 우리나라의 교육 현실이 못마땅해 조기 유학 보내는 것으로 처리할 테지.

날 기다리고 있는 아이는 큰유진 혼자가 아니었다. 늘 붙어 다니는 소라라는 애가 택시 옆에 서 있었다. 나는 아이들과 함께 택시를 탔다. 두 아이는 마치 악당의 소굴에서 날 구해 내는 양 비장해 보였지만 내 불안함은 가시지 않았다. 20분쯤 달린 뒤에 소라가 택시를 세웠다. 처음 와 보는 동네였다.

"이쯤이면 니네 집에서 잡으러 못 오겠지?"

소라가 택시 문을 닫으며 씩 웃었다. 나는 소라에 대해 아는 게 없다. 그저 큰유진과 그림자처럼 붙어 다니는 애 정도로만 알고 있을 뿐이다. 소라는 나를 얼마큼 알고 있을까. 내가 바라보자 큰유진은 내 생각을 읽었는지 시선을 피했다.

"일단 뭐라도 먹으면서 이야기하자."

소라가 앞장섰다.

"그럴 만한 일이 있어서 소라한테 대강 이야기했어. 미안해."

큰유진이 내게 속삭였다. 그럴 만한 일은 무엇이고 대강은 얼마큼일까. 그렇게 붙어 다니면서도 이제 이야기했다면 입이 무겁다고 칭찬해 줘야 할 것 같다. 나는 괜찮다는 뜻으로 어깨를 들썩해 보였다.

우리는 분식집으로 들어갔다. 순간 허기가 느껴지면서 식욕이 맹렬하게 일었다. 떡볶이와 만두, 튀김과 쫄면을 앞다투어 시켰다. 떡볶이를 집어 드는데 소라가 물었다.

"쇼핑몰 앞에서 춤추던 파랑 머리가 너 맞지?"

뒤이어 큰유진이 부연 설명을 했다.

"영화 보러 갔다가 너랑 똑같은 앨 본 거야. 그때는 너 아닐 거라고 생각했지. 미국에서 빨리 돌아왔다 해도 네가 거기서 춤추고 있을 거라고 누가 생각하겠냐."

"미국 안 갔어. 기말고사 성적 떨어졌다고 연수 가는 대신 학원 다니랬는데 학원비로 춤 연습실에 다녔어."

나는 남의 일처럼 말했다. 나 이런 애야. 그러니까 우습게 보지 마. 어느 정도 그런 의미가 담겨 있었다.

"그거 들켜서 갇힌 거지? 그래도 머리는 안 깎였네. 범생이가 어떻게 학원 땡땡이치고 춤 배우러 다닐 생각을 했냐? 이제 좀 사람 같아 보이네."

소라가 웃으며 말했다. 엄마 아빠는 그래서 사람 구실 못한다는데 이 애는 그래서 사람 같아 보인단다.

"그런데 이렇게 도망 나와서 나중에 더 혼나는 거 아니야? 그럼 어쩌냐."

큰유진이 예전의 나보다 더 범생이처럼 말했다.

"아빠가 날 보스턴으로 보낸대. 지금 서류 준비하고 있어."

나는 애들이 그 사실을 집에서 도망칠 만한 충분한 이유라고 여길 줄 알았다.

"보스턴? 거기 미국이지? 그럼 너 아예 유학 가는 거야?"

큰유진이 놀란 눈으로 물었다. 아빠 계획대로라면 그렇다.

"와, 좋겠다! 미국 애들은 공부도 많이 안 하고 댄스파티를 밥 먹듯이 한다든데."

막 입에 넣은 만두로 양 볼이 불룩한 소라가 외쳤다.

"그래. 미국 학교는 우리처럼 성적으로 사람 평가하지 않는대. 옷도 맘대로 입고 화장도 막 해도 되고. 정말 좋겠다. 언제 가?"

큰유진이 덤 앤 더머처럼 소라 말에 맞장구를 쳤다.

어학연수를 다녀오고 원어민 과외 선생님한테 미국 학교 이야기를 많이 들었던 나는 아이들 말에 실소가 나왔다. 나 대신 보내 주라고 큰유진이나 소라를 엄마 아빠 앞에 들이밀고 싶었다.

"난 가고 싶지 않아, 아직."

"그럼 안 간다고 하면 되잖아. 다시는 춤추러 안 다닌다고 빌고 전처럼 범생이로 살면 되잖아."

소라가 말했다. 큰유진도 소라 말에 공감하는 얼굴이었다. 그렇게 하기엔 너무 멀리 와 버렸다. 무엇보다 그렇게 하고 싶지 않았다.

"하긴, 너는 공부 잘하니까 여기 있어도 대학 걱정 같은 건 안 해도 되겠지. 세상은 왜 이렇게 불공평하냐? 유학 같은 건 내가 가야 소설 쓸 거리도 많아질 텐데. 야, 내가 대신 가면 안 되냐?"

소라의 꿈이 소설가인 모양이다. 큰유진은 무엇일까?

"엄마한테 가기 싫다고 말해 봤어?"

큰유진이 물었다. 나는 고개를 가로저었다. 집에서 도망쳤으니 이제 알겠지.

"그럼 엄마 아빠한테 이야기도 안 해 보고 지금 이렇게 집 나와서 어리광 부리는 거냐? 하여간 온실 속에서 자란 화초들은 알아줘야 한다니까."

소라가 의자 등받이에 몸을 기대며 말했다. 자기는 들판의 잡초라도 된다는 듯이.

"니들이 뭘 알아? 우리 엄마는 한 번도 내 편이었던 적이 없어. 내 이야길 들어 준 적이 없다고."

그런 말을 입 밖으로 내놓은 건 처음이었다. 그 말을 하자 갑자기 설움이 복받쳤다. 눈물이 앞접시 속으로 떨어졌다. 소라가 당황한 얼굴로 냅킨을 뽑아 건네주었다. 아이들은 내가 우는 동안 기다려 줬다. 한참을 운 뒤 눈물도 닦고 코도 풀었다. 울고 나니 답답함이 좀 가시는 것 같았다. 큰유진이 물었다.

"너 지금 뭐 하고 싶어?"

이상하다. 오늘 큰유진의 눈은 말하지 않는 내 안 구석구석까지 다 보고 있는 것 같다. 그동안도 그랬는데 내가 몰랐던 걸까, 아니면 이 애가 변한 걸까. 아무튼 마음이 편했다.

"모르겠어. 그냥 어두워질 때까지 놀고 싶어."

다음 일은 어두워지면 그때 생각해 보고 싶었다.

"그게 뭐가 어렵겠니. 나가자."

소라가 선선히 말하며 일어섰다.

"나 돈 이것밖에 없어……."

나는 주머니 속에 있던 돈을 탁자에 꺼내 놓았다. 모아 두었던 용돈까지 춤 배우러 다니면서 다 써서 얼마 없었다.

"많네. 그럼 여기 음식값은 이 돈으로 내자."

큰유진이 식탁 위의 돈을 집어 들었다.

우리는 시내로 나가 돌아다녔다. 이카로스에 다닐 때 시간을 때우느라 혼자 어슬렁대던 거리였다. 그때처럼 스티커 사진을 찍고 펌프를 하고 윈도 쇼핑도 했다. 셋이서 하니 시간이 세 배로 빨리 흐르는 느낌이었다. 별일 아닌 일 가지고도 웃음보가 터졌다. 그 순간만은 내가 집에서 도망쳐 나온 아이임을 잊을 수 있었다. 아이들이 왜 몰려다니는지 알 것 같았다.

어둠이 내리기 시작하자 나는 아이들이 집에 간다고 할까 봐 슬그머니 불안해졌다. 아이들은 아무 걱정 없이 돌아갈 수 있겠지만 나는 아니었다. 도망친 벌까지 더해져 이제는 소라 말대로 머리를 깎이게 될지 모른다. 어쩌면 내일 당장 미국 가는 비행기를 탈 수도 있다.

다리가 아파 길가 벤치에 앉아 쉬는 동안 큰유진이 휴대폰을 들여다보았다.

"집에 가야지?"

내가 하고 싶었던 말은 가지 말고 나와 함께 있어 달라는 것이었다. 하지만 그런 부탁을 하기 쉽지 않았다. 큰유진이 한숨을 쉬며 휴대폰을 보여 줬다.

- 너 지금 학원 안 가고 어디 있어? 얼른 전화해!!!

큰유진 엄마가 보낸 문자였다. 그동안 전화를 안 받은 모양이었다. 학원 생각은 못 했다.

"학원비에서 돈도 꺼내 썼어. 엄마한테 들키면 쫓겨날지 몰라."

큰유진이 아까 산 모자를 가리켰다.

"미안해. 괜히 나 때문에……."

나는 말은 그렇게 하면서도 큰유진에게 집에 못 갈 일이 생긴 게 안심이 됐다.

"우리 엄마는 내쫓는 게 아니라 아예 죽이려고 들 거다. 나도 청바지랑 이 콜라, 학원비에서 산 거야."

소라가 캔을 들어 보였다. 우리도 소라가 사 준 음료를 마시는 중이었다. 우리 셋은 잠시 각자의 상념에 빠져들었다. 아이들이 결국 집으로 돌아갈 거라고 생각하자 무섭고 외로워졌다. 먼저 침묵을 깨뜨린 건 소라였다.

"얘들아, 소설이나 영화 보면 이럴 때 어디론가 떠나잖아. 우리도 그래 볼까?"

나는 소라 말에 어둡던 마음이 환해지는 기분으로 큰유진을 돌아다보았다. 망설이는 눈빛과 마주치자 그 애가 아직 어려 보였다.

"좋아. 나는 찬성이야."

나는 탁자 아래서 주먹을 쥐고 말했다. 소라와 내가 큰유진을 보자 그 애 얼굴에도 결심의 빛이 어렸다.

"그래. 나야말로 떠날 만한 충분한 이유가 있어. 실연만큼 확실한 이유가 어디 있겠냐?"

큰유진이 나와 소라를 번갈아 보며 말했다. 실연이라고? 남자 친구를 사귀었다고? 방학하기 전 환히 빛났던 큰유진의 얼굴이 떠올랐다.

"맞아! 작은유진이가 사고 치는 바람에 큰유진 실연 사건은 잊어버리고 있었네. 실연 정도면 충분히 가출할 만하지. 그럼 나는 우정의 이름으로 떠난다. 지금부터 휴대폰 끄고 잠수!"

소라가 먼저 의식이라도 치르는 것처럼 엄숙한 표정으로 휴대폰을 껐다. 소라가 내뱉은 가출이라는 말에 큰유진의 실연에 관한 생각은 사라지고 새삼스레 가슴이 떨려 왔다. 구제 불능 문제아들이 별별 나쁜 짓을 저지르며 부모를 속 썩이다 가장 마지막에 하는 게 가출이라고 생각해 왔다. 그런 가출을 지금 내가 하려고 한다. 아니, 아까 도망쳐 나올 때 이미 한 건가?

"어디로 갈까?"

"바다!"

나는 바다가 보고 싶었다. 그러면 속이 좀 트일 것 같다.

"오키, 바다 좋다. 오늘 밤에 떠나서 바다 보고 놀다가 내일 저녁때 돌아오는 거 어때? 그런데 어디가 좋을까? 동해? 서해? 남해?"

소라가 신나하는 얼굴로 우리를 보았다. 가출이 집을 영원히 떠나는 것이라고 여겼던 나는 내일 저녁때 돌아온다는 말에 당황스러워졌다. 아이들은 지금 가출이 아니라 여행을 계획하고 있는 것이다. 물론 집에다 알리지 않고 떠나는 것이니 뒤탈이 있기는 하겠지만 나와는 근본적으로 처지나 생각이 달랐다. 영원히 떠나는 거면 그다음 대책은 있고? 나는 내 안에서 들려오는 질문을 모르는 척했다.

"정동진 어때? 기차역이 가장 가까운 바다래. 재작년 겨울에 이모네 식구들이랑 일출 보러 갔었는데 드라마에도 나왔던 유명한 데랬어. 배우 이름 붙인 소나무도 있더라."

"우리 언니도 친구들이랑 무박 2일로 갔다 왔는데! 기차역에서 내리자마자 바다라고 하던데 정말 그러냐?"

큰유진과 소라는 마냥 신나했다.

"우리는 그때 자가용 타고 갔었거든. 입장권 끊어 가지고 맞이방 거쳐서 바다에 갔던 거 같아. 아마 기차 타고 가면 내리자마자 바로 바다일 거야. 정말 거기 가자. 작은유진, 넌 어때?"

바다를 볼 수 있다면 어디든 좋았다. 가출 기한이나 형태에 대해서는 일단 떠난 뒤에 생각해 보자. 나 혼자만 돌아오지 않는 방법도 있다. 상상만으로도 겁나고 쓸쓸한 일이었다. 나는 그 생각을 덮기 위해 얼른 아이들과의 대화에 끼어들었다.

"사이판이나 괌 같은 덴 가 봤는데 국내 여행은 거의 해 본 적이 없어서 잘 몰라. 바다에서 가장 가까운 기차역이란 건 마음에 든다."

내 말에 소라가 주먹을 쥐어 보였다.

"이런 왕재수! 너 옛날 같았으면 나한테 국물도 없어."

소라가 웃으며 한 말에 수학여행 때 기억이 떠올랐다. 그때는 모욕적이었던 왕재수란 단어가 지금은 친근감 있게 들렸다. 수학여행을 가기 전에 큰유진이랑 소라랑 가까워졌더라면, 그래서 이 애들과 한방을 썼더라면. 그랬으면 내 수학여행은 아주 다른 추억으로 남았을 수도 있다.

소라 말에 따라 우리는 정동진 가는 방법을 알아보고 시간 나면 게임도 하기 위해 피시방에 갔다. 퀴퀴하게 배어 있는 담배 냄새에 큰유진과 소라가 얼굴을 찌푸렸다. 내가 담배까지 피우는 줄 알면 어떤 얼굴을 할까? 아이들은 여름 휴가라도 떠나는 것처럼 들떠선 인터넷을 뒤졌다. 내 일에 끌어들였다는 미안함이 조금 가셨다. 그리고 별문제 없는 아이들 역시 집에 들어가고 싶어 하지 않는다는 사실이 위로가 되었다. 방학 전까지만 해도 한심하게 여겼던 그 애들을 별문제 없다고 생각하게 된 내 처지는 씁쓸했다.

그런데 큰유진이 실연을 당했다는 건 무슨 소릴까? 따지고 보면 그것만 모르는 게 아니다. 나는 두 아이에 대해 아는 게 거의 없다. 그런 아이한테 구해 달라고 전화를 했다는 게 이상할 지경이었다.

정동진으로 가는 기차는 청량리 역에서 출발하는데, 마침 밤 11시 반에 떠나 다음 날 새벽에 도착하는 무궁화호가 있었다.

"잘 데도 없는데 잘됐다. 기차에서 자고 내려서 해 뜨는 거 보고 아침 먹으면 되겠네."

소라는 어려운 게 없는 아이 같다. 모든 일이 미리 계획했던 것처럼 순조롭게 풀리고 있었다.

휴가철이 끝난 데다 월요일이어서 그런지 기차는 그리 붐비지 않았다. 운 좋게 내 옆자리가 비어서 우리는 의자를 돌려놓고 마주 앉았다.

"이 시간에 집 밖에 있는 건 수학여행 때 빼놓고 처음인 것 같다."

큰유진과 나란히 앉은 소라가 내가 앉은 의자 위에 다리를 뻗으며 흥분한 기색으로 말했다. 나는 시험 기간에 이 시간이 넘어서도 학원에 있어 봤지만 그때하곤 기분이 아주 달랐다. 그리고 아직도 우리끼리 기차를 타고 떠난 게 믿기지 않았다. 오늘 아침만 해도 상상조차 못 했던 일이다.

우리는 김밥과 오징어와 음료수를 사 먹었다. 두어 시간쯤 떠들고 놀았을까, 이야깃거리도 떨어져 갈 즈음 소라가 하품을 하며 말했다.

"얘들아, 언니는 이제 좀 자도 되지? 순진한 아그들 데리고 여기까지 오느라 신경 썼더니 피곤하다. 기차가 안전하게 정동진까지 데려다줄 거니까 너희도 맘 놓고 자라."

그 말을 한 지 얼마 안 돼 소라는 잠이 들었다. 큰유진과 단둘이 남겨지자 무슨 얘기를 어떻게 이어 나가야 할지 어색했다. 나는 졸린 척하며 머리를 등받이에 기댔다. 하지만 뒤엉킨 여러 생각들로 머릿속이 복잡해 잠이 오지 않았다.

계속 깨어 있었다고 생각했는데 잠이 들었던 모양이다. 몸이 옆으로 기우는 느낌에 눈을 뜨니 큰유진도 자고 있었다. 다른 승객들도 모두 잠들었는지 코 고는 소리까지 들려왔다. 큰유진과 머리를 맞대고 있던 소라의 몸이 옆으로 점점 기울더니 창에 머리를 쿵 부딪혔다. 깰 줄 알았는데 그냥 잤다. 기댈 곳이 없어진 큰유진의 고개가 이리저리 흔들리다 통로 쪽 팔걸이로 쏠렸다. 카디건을 벗어 팔걸이 위에 베개처럼 받쳐 주던 나는 그 애의 뺨이 눈물로 축축하게 젖어 있어 깜짝 놀랐다. 태평스레 자는 줄 알았던 큰유진이 울고 있었다. 꿈을 꾸는 모양이었다. 집에 안 들어갔으니 편안할 리 없을 것이다. 나 때문인 것 같았다.

"유진아, 유진아."

큰유진을 가만히 흔들어 깨우는데 마치 나 자신을 부르는 느낌이었다. 눈을 뜬 큰유진이 몸을 일으키며 주위를 두리번거렸다. 꿈인지 현실인지 분간하지 못하는 얼굴이었다.

"이쪽으로 올래? 소라 편하게 자게."

내 말에 큰유진은 창문에 머리를 처박은 채 자고 있는 소라를 보더니 내 옆자리로 옮겨 앉았다. 나는 소라를 의자에 눕혔다. 소라는 자기 방에 누운 것처럼 잠꼬대까지 했다.

큰유진이 눈가를 훔쳤다. 큰유진에게 생수병을 건네준 나는 망설이다 말했다.

"나쁜 꿈 꿨나 봐. 미안해. 나 때문에……."

물을 한 모금 마신 큰유진이 대꾸했다.

"그런 거 아니야. 건우 꿈 꿨어."

"건우?"

"응, 남친이었던 애. 참, 너도 아는 애야. 우리랑 같은 유치원에 다녔거든."

아직도 유치원 아이들은 기억나지 않았다. 건우가 생각난다면 지금 큰유진에게 무슨 말이라도 해 줄 수 있을 텐데. 나는 안타까워 한숨을 쉬었다.

물을 한 모금 더 마시던 큰유진이 갑자기 다시 흑, 하고 울음을 터뜨렸다. 나는 어째야 좋을지 몰라 머뭇거리다 그냥 큰유진의 등을 어루만져 주었다. 그 애는 한참을 흐느껴 울었다. 큰유진이 우는데 내가 우는 것 같았다. 그 애는 또 다른 나 같았다. 얼마 뒤 큰유진이 눈물을 닦으며 물었다.

"너 지금도 아무 기억 안 나?"

"다는 아니지만 조각조각 생각나."

"그런데 건우는 생각 안 나?"

나는 고개를 끄덕였다. 잃어버린 조각들을 모두 찾아 기억의 퍼즐 판을 완성하려면 아직도 먼 것 같았다. 큰유진은 자기가 건우를 얼마나 좋아했는지, 그 애와 사귀는 게 얼마나 행복했는지 이야기하기 시작했다. 기차가 터널 몇 개를 지나는 동안 계속 이어졌다.

또 다른 나

밖엔 언제부턴가 비가 내리고 있었다. 기차가 가로등이 켜진 곳을 지날 때마다 창에 부딪힌 빗방울들이 빗금을 그으며 흘러내리는 게 보였다. 혼자 깨어 있으려니 떠날 때의 흥분은 어디론가 사라지고 쓸쓸한 기분만 들었다. 내가 떠나온 게 아니라 마치 집에서 자다 깼는데 식구들이 나만 두고 다 사라진 것 같았다.

엄마 생각이 났다. 엄마는 지금 어떻게 하고 있을까. 내가 동해로 가는 기차 안에 있다는 걸 상상이나 하고 있을까. 돌아가면 뭐라고 하지? 작은유진이가 집에 들어가기 싫다고 해서 어쩔 수 없었다고 하면 용서해 줄까? 하지만 작은유진이 때문이란 건 핑계 같다. 건우에게 헤어지자는 말을 듣지 않았어도 작은유진이와 함께 기차를 탔을까? 나는 그 물음에 자신 있게 그렇다고 대답할 수 없었다.

내게 그 일이 일어나지 않았다면 작은유진이의 전화 한 통에 달려가는 일은 없었을 것이다. 무슨 일이든 저지르고 싶었던 순간에 작은유진이가 끼어든 셈이다. 대부분의 일이 그렇다. 네 탓, 남 탓 하지만 결국은 자기 선택이다. 내 탓이라고 여길 때보다 남 탓할 때가 더 편하기 때문에 그렇게 하는 것이다. 운이 없는 건 오히려 작은유진이일지 모른다. 나와 소라가 달려가지 않았으면 어떻게든 집 안에서 해결을 보았을 텐데. 그러면 이렇게 밤 기차를 타는 일은 생기지 않았을 텐데. 일을 크게 만들어 그 애의 상황을 더 망친 느낌이다. 작은유진이를 부추겨 여기까지 온 게 후회스러웠다.

나는 내게 기대어 잠든 작은유진이를 내려다보았다. 이 아이는 꿈속에서도 자신의 짐을 내려놓지 못한 얼굴이다. 나 역시 심각하게 느끼지 못했을 뿐이지 마음속에 짐을 지니고 있었음을 인정해야겠다. 가장 친한 소라에게도 여태 그때 일을 비밀로 했던 걸 보면 그렇다.

건우 엄마가 했다는 말을 들은 작은유진이는 내 손을 꽉 잡았다. 그 손이 바르르 떨리고 있었다. 엄마의 분노보다도 소라가 껴안아 줬을 때보다도 더 깊이 위로받는 느낌이었다. 이 아이는 또 다른 나인 것만 같다. 나는 작은유진이의 손을 찾아 잡았다. 내 손에 쏙 들어오는 조그맣고 말랑말랑한 손을 느끼자 그 애가 날개 다친 작은 새 같았다. 나는 그 애 머리 위에 뺨을 댔다. 우리가 서로에게 기대어 잘 수 있는 것, 이것만은 잘못된 일 같지도 후회스럽지도 않았다. 나는 아슴푸레한 잠 속으로 빠져들었다.

"얘들아, 다 왔어. 일어나!"

눈을 뜨자 소라가 흥분한 얼굴로 밖을 가리켰다. 기차 안은 내릴 준비를 하는 사람들로 웅성거렸다.

"저기 봐, 바다야!"

창밖으로 바다가 펼쳐져 있었다. 다행히 비는 그쳤지만 바람이 심한 듯 파도가 높았다. 해변에 있는 사람들의 머리카락과 옷자락도 마구 흩날리고 있었다. 두 번째인데도 날씨 때문인지 아니면 마음 때문인지 처음처럼 낯설었다.

"작은유진, 그만 일어나."

나는 몸을 웅크린 채 한옆으로 쓰러져 잠들어 있는 작은유진이를 깨웠다. 벌떡 일어난 작은유진이가 불안한 기색으로 주위를 두리번거렸다.

"바다 다 왔어!"

소라 말에 작은유진이가 창밖을 보았다. 나는 그 애의 커다란 눈 가득 바다가 들어차는 것을 보았다.

우리 셋은 사람들 틈에 섞여 기차에서 내렸다. 오랜 시간 불편한 자세로 앉아 있었어서인지 온몸이 찌뿌듯하고 결렸다. 기차에서 내리자마자 우리는 누가 먼저랄 것 없이 기지개부터 켰다. 우리를 맞아 준 것은 바다 냄새와 거센 바람이었다. 단번에 팔에 소름이 돋았다. 티브이에서 보았던 감동적인 일출을 기대했지만 해는 잔뜩 낀 구름에 가려 있었다.

"와아! 저게 바다냐!"

소라가 을씨년스러운 기분을 털어 내려는 듯 양팔을 뻗치며 새삼스레 소리쳤다. 우리는 모래사장에 발자국을 남기며 바다를 향해 달려갔다. 모래가 마른 걸 보니 여긴 비가 오지 않은 모양이었다. 흐린 날씨 탓인지 안개 때문인지 희뿌옇게 보이는 바다는 무슨 일이라도 낼 것처럼 꿈틀거리고 있었다. 높이 치솟는 파도가 참다못해 불끈 일어서는 바다의 마음 같아 보였다. 가슴 밑바닥을 후벼 파는 것 같은 게 잔

잔한 바다보다 마음에 들었다. 모래밭 끝에서 멈춰 선 우리는 한동안 생각에 잠긴 채 바다를 바라보았다. 소라의 목소리가 바람 소리에 섞여 들려왔다.

“여기 이러고 있으니까 질풍노도란 단어가 생각난다. 바람이랑 파도랑 꼭 내 마음 같네.”

언제나 구경꾼처럼 여유 있는 모습으로 세상을 사는 것 같은 소라의 입에서 그런 말이 나오다니 뜻밖이었다. 소라가 들어간 풍경을 그리자면 여름날 시원한 나무 그늘 아래 누워 뒹굴거리는 모습이 떠올랐다. 그런데 휘몰아치는 바람이랑 거친 파도 같은 마음이라니. 3년이나 단짝으로 붙어 다녔으면서도 소라를 다 알지 못하고 있었다.

그럼 작은유진이는? 어울리는 풍경이 금방 떠오르지 않았다. 너무 여러 모습을 보아서인지 하나의 이미지로 잡히지 않았다. 기억 속의 작은유진이는 눈이 커다란 꼬마 공주였다. 열다섯 살이 돼서 다시 만났을 땐 공부 잘하는 모범생이었다. 다음엔 파랑 머리를 한 채 길에서 춤추는 모습이었다. 그리고 지금 나와 함께 있는 작은유진이는 바람 속에서 눈을 부릅뜬 채 바다를 보고 있다. 나는 저 아이들에게 어떤 모습으로 그려질까.

나는 다시 시선을 바다로 돌렸다. 먹빛 구름이 이리저리 몰려다니는 하늘과, 하얀 파도가 이빨을 드러내며 달려오는 바다는 닮은꼴이었다. 수평선 즈음에서 뒤섞인 하늘과 바다는 어디가 하늘이고 어디가 바다인지 아예 구별이 안 됐다. 내 모습이 저럴까. 혼돈의 시기를 보내고 있는 우리 모두의 시간 같았다.

간만에 분위기 잡고 생각이란 걸 하고 있는데 소라가 큰 소리로 산통을 깼다.

"얘들아, 해는 안 보여도 바다 보면서 아침 먹겠다는 계획은 지켜야지. 우리 컵라면 사 먹자."

모래사장에는 컵라면이나 차, 모래시계 등을 파는 리어카 행상들이 있었다. 해변에 퍼지는 라면 냄새에 군침이 돌던 참이었다.

"우리 컵라면 먹고 난 다음에 커피도 마시자."

내 말에 고개를 끄덕이는 작은유진이의 입술이 파랬다.

우리는 뜨거운 국물을 기대하며 리어카로 달려갔다. 컵라면을 주문하고 돈을 꺼내기 위해 가방을 열었다. 그런데 돈 봉투가 보이지 않았다. 어제 기차표를 끊기 전 각자 가진 돈을 모두 한군데로 모아 내가 관리하기로 했다. 작은유진이의 돈은 분식집 계산으로 다 썼고, 나와 소라의 학원비를 합친 것이었다. 우리는 일단 쓰고 나중에 남은 돈을 반으로 나누기로 했다. 기차표를 사고 이것저것 썼지만 봉투엔 아직 돈이 많이 있었다. 기차에서 군것질거리 사면서 분명히 확인했다. 나는 가방을 거꾸로 해서 모래사장 위에 내용물을 쏟았다. 학원 교재와 필통, 수첩 같은 것들만 떨어질 뿐 돈 봉투는 없었다. 가슴이 철렁했다.

"어떡해? 없어. 누가 훔쳐 갔나 봐."

울고 싶었다. 작은유진이 표정도 나와 같았다. 갑자기 소라가 얼굴이 하얘지더니 비명처럼 외쳤다.

"이어폰!"

소라가 말하는 이어폰은 보라 언니가 고등학교 입학 선물로 받은 것이다.

"보라가 놓고 가서 슬쩍 가져왔지. 메이커라 역시 음질이 달라."

나도 기차 타고 오는 동안 그 이어폰으로 음악을 들어 보았다. 소라 말대로 유명 메이커 제품이라 그런지 소리가 남달랐다.

허둥지둥 자기 가방을 뒤지던 소라가 이어폰을 꺼내 들곤 가슴을 쓸어내렸다. 친구는 돈 봉투가 없어져 애가 닳아 있는데 이어폰을 들고 좋아하는 소라에게 배신감을 느꼈다.

"그나저나 돈을 잃어버려서 어떻게 하냐?"

소라가 남의 일인 양 말했다. 나는 소라가 도둑맞았다고 말하지 않고 잃어버렸다고 하는 게 서운했다. 내 실수로 모는 것 같았기 때문이다. 어쨌든 우리는 빈털터리가 되었다.

"학생들, 컵라면 다 됐는데."

아줌마가 말했다. 나는 너무 당황해 물 부은 컵라면을 바라만 보았다. 망신을 당해도, 혼이 나도 돈을 도둑맞은 내가 감당할 일이었다.

"저기요……."

나는 울고 싶은 기분으로 말문을 떼었다.

"잠깐만! 어제 기차역에서 과자 사고 거스름돈 받은 거 나한테 있을지 몰라."

소라가 말했다. 기차표를 사는 동안 과자를 사 오라고 소라에게 만 원짜리를 주었던 게 생각났다. 소라의 말은 먹구름을 헤치고 나타난 햇살 같았다. 나는 제발 소라가 깜빡 잊고 내게 거스름돈을 주지 않았기를 간절히 바랐다. 소라가 금광이라도 캐낸 얼굴로 주머니에서 돈을 꺼냈다. 딸려 나오던 오백 원짜리 동전이 모래사장으로 떨어졌다. 나는 모래가 삼키려는 동전을 잽싸게 집었다. 오백 원이 내 인생에서 이렇게 큰 의미가 있을 줄은 몰랐다.

“얼마야? 라면값 돼?”

잃어버릴 뻔했던 동전까지 합쳐 간신히 라면값을 냈다. 우리는 여왕이 하사하는 음식을 받는 평민처럼 황공한 마음으로 컵라면을 받아 들었다. 그다음 각자의 컵라면을 소중하게 받쳐 든 채 한적한 곳으로 갔다.

“이게 우리 최후의 만찬이로구나! 금강산도 식후경이랬으니 일단 맛있게 먹자.”

소라가 컵라면을 쳐들어 바라보다가 뚜껑을 젖히고 먹기 시작했다. 서둘러 뚜껑을 열던 나는 작은유진이와 눈이 마주쳤다. 작은유진이는 아직도 울 것 같은 얼굴이었다.

“소라 말대로 일단 먹고 걱정하자. 불면 맛없어.”

작은유진이에겐 그렇게 말했지만 나는 라면이 제대로 먹히지 않았다. 학원비는 엄마가 마트에서 다리가 퉁퉁 붓도록 일하고 번 돈이었다. 물론 그 돈으로 여행을 떠나 오긴 했지만 다 쓸 생각은 아니었다. 남겨 가지고 가서 엄마에게 용서를 구하고 내 용돈을 줄여서라도 그 돈을 채워 넣을 계획이었다. 작은유진이도 자기가 쓴 돈은 나중에 주겠다고 했다. 그런데 남겨 가기는커녕 돌아갈 차비도 없이 다 도둑맞은 채 바람 부는 바닷가에 쭈그리고 앉아 컵라면이나 먹고 있는 거다. 눈물이 라면 속으로 떨어졌다.

컵라면은 우리가 선택한 최상의 음식이었다. 정말 컵라면이 먹고 싶었다. 그런데 돈을 잃어버리고 나자 컵라면은 불쌍해진 신세를 극명하게 드러내는 초라한 음식이 되었다. 나는 컵라면을 먹다 말고 주위를 둘러보았다. 바닷가를 거니는 사람들의 걱정 없는 웃음이 부러웠다. 저 사람들도 같은 기차를 타고 왔을 텐데 나만 돈을 잃은 게 억울했다.

작은유진이와 소라를 슬쩍 보니 열심히 컵라면을 먹고 있다. 돈을 가지고 있다 도둑맞은 나보다는 책임이 덜할 테니 마음도 덜 무겁겠지. 자기 돈이 한 푼도 없었던 작은유진이는 후후 불어 가며 국물까지 마시고 있다. 소라가 설마 잃어버린 돈을 내가 다 물어내야 한다고 하는 건 아니겠지. 나도 모르게 그런 생각을 하느라 먹는 속도가 느려졌다. 언제 또 먹을 수 있을지 몰라 꾸역꾸역 컵라면 통을 비운 다음 나는 아이들이 다 먹기를 기다리지 않고 쓰레기통에 버리고 왔다. 나와 엇갈려 작은유진이가 소라 것까지 가지고 버리러 갔다.

"어떻게 할까?"

둘이 되자 소라가 내게 물었다.

"뭘?"

돈 잃어버린 책임 소재를 묻는 것으로 들은 나는 퉁명스레 되물었다.

"우리한텐 이제 집으로 연락하는 방법밖에 없어."

소라가 휴대폰을 들어 보였다. 짐작과는 다른 내용이었지만 그 또한 내게는 비슷한 의미였다. 내가 돈을 잃어버렸으니 나더러 연락하라고 하겠지. 죽어도 그럴 수는 없다. 비록 허락받지 않고 떠나왔지만 무사히 마치고 돌아가 여행이 결코 헛되지 않았음을 가족에게 보여 주려고 했다. 여러 개의 터널을 지나 아침을 향해 달려오는 동안 나는 자기도 했지만 많은 생각을 했다. 가족에게 부쩍 성장한 내 모습을 보여 주어야만 한다. 나의 여행, 아니 가출은 그렇게 막을 내려야 한다. 그런데 기껏 밤새도록 달려온 기차에서 돈을 잃어버린 것으로 여행을 망친 채 엄마에게 전화할 수는 없다.

"난 못 해. 정말 못 해."

나는 무릎을 끌어안으며 도리질 쳤다. 휴대폰을 켜는 순간 마법의 호리병을 연 것처럼 엄마가 튀어나와 내 머리채를 잡을 것만 같았다. 컵라면 통을 버리러 갔던 작은유진이가 돌아왔다.

"이젠 집에다 연락하는 수밖에 없는데 니 생각은 어때?"

소라가 작은유진이에게 물었다. 나는 서 있는 작은유진이를 올려다보았다. 이곳에 오게 된 결정적인 원인은 작은유진이에게 있다. 이 애가 집에 들어가고 싶지 않다고 했고 바다엘 가고 싶다고 했다. 작은유진이가 아니었으면 우리는 어제 학원에 가서 아무 일 없이 다음 달 등록을 했을 테고 지금쯤 여느 날처럼 편안한 아침을 맞이하고 있을 터였다. 나는 기차 안에서 했던 생각들은 다 잊어버린 채 또다시 내 인생에 끼어들어 문제를 일으킨 작은유진이를 원망했다. 작은유진이는 곤혹스러운 얼굴로 바닥을 내려다보았다.

"그래. 너는 전화하기 더 힘들겠지. 알았어. 내가 할게."

소라가 결심한 듯 말했다.

"괜찮겠어?"

나는 모래 떨어지는 게 훤히 보이는 모래시계처럼 내 속마음을 다 들킨 것 같아 얼굴이 화끈거렸다.

"나도 우리 엄마한텐 못 해. 아마 전화로도 날 죽일걸. 언니한테 문자 날리려고."

"뭐라고 할 건데?"

"정동진에 와 있는데 돈 다 도둑맞았으니 차비 가지고 데리러 와라, 그래야지."

소라가 심호흡을 하더니 휴대폰을 켰다.

"일단 보라 언니만 알고 혼자 오라고 그래."

가능하면 어른들과 만나는 시간을 늦추고 싶었다. 보라 언니한테서 먼저 상황을 알아본 뒤 집에 가면서 마음 준비를 하고 싶었다.

"안 그래도 우리 엄마는 내가 죽었다면 모를까 가게 땜에 못 와. 집에 가도 아주 나가라고 다시 안 내쫓으면 다행이다. 휴, 음성이랑 문자가 바리바리 와 있네."

우리는 소라 옆으로 다가앉아 문자를 보았다. 모두 보라 언니한테서 온 거였다. 그중에 다음과 같은 문자가 있었다.

- 유진이가 또 있어? 셋이 같이 있는지 유진이 엄마가 물어보래.

"작은유진, 니네 엄마가 큰유진 엄마한테 연락했나 봐."

소라 말에 작은유진이의 얼굴이 파랗게 질렸다. 소라는

셋이 함께 있다는 내용도 덧붙여 문자를 보내곤 얼른 휴대폰을 껐다.

"미리 혼날 건 없잖아."

그건 내 생각도 마찬가지였다. 나중에 혼나도 조금도 늦지 않다.

기차역 맞이방에 있던 우리는 다시 바닷가로 나갔다. 보라 언니한테 우리 상황을 알려 놓고 나니 일단은 마음이 놓였다. 돌아가서 무슨 꼴을 당하더라도 이제 그때까지 기다리고 있으면 된다. 바로 출발한다고 해도 보라 언니가 오려면 오후나 돼야 할 것이다.

우리와 같은 기차에서 내린 사람들이 빠져나가자 백사장은 한적해졌다. 궂은 날씨 때문인지 사람들 발길이 끊어졌다. 리어카 행상도 철수했다. 텅 빈 바닷가에 갈매기와 우리만 남았다. 바다 구경도 금방 싫증 나 버렸다. 하지만 돈 한 푼 없으니 다른 데로 갈 수도 없었다. 하릴없이 혼날 일만 기다리는 시간은 더디게 흘렀고 더할 수 없이 지루했다. 바람 소리 때문에 대화를 나누는 것도 쉽지 않았다. 맞이방은 너무 좁고 역무원이 신경 쓰여 떠들기 어려웠다. 우리는 바닷가에 있다 추우면 맞이방으로 갔다를 반복하며 시간을 때웠다.

그래도 나와 소라는 데리러 올 사람이 있다는 생각에 마음을 놓았지만 작은유진이는 세상 끝에 서 있는 표정을 지우지 못했다. 하긴 작은유진이는 우리보다 훨씬 나쁜 상황에서 집을 나왔다.

바닷가에 앉아서 나는 작은유진이의 어깨를 끌어안았다. 몸이 얼어붙은 듯 딱딱했다. 휴대폰과 연결한 이어폰을 귀에 끼우려던 소라가 내게 한쪽을 내밀었다. 나는 돌덩이처럼 앉아 있는 작은유진이를 눈짓으로 가리켰다. 어떻게 하지 않으면 그대로 굳어 버릴 것 같았다. 소라가 작은유진이 옆에 가서 앉으며 이어폰 한쪽을 건네주었다. 작은유진이는 소라와 같은 음악을 나누어 듣기 시작했다.

소라가 나를 위해서인 듯 이어폰에서 흘러나오는 노래를 불렀다.「아틀란티스 소녀」였다. 파랑 머리 작은유진이가 춤을 추었던 그 노래다. 먼 바다 끝에 뭐가 있는지 궁금해하는 내용으로 시작하는 가사는 쇼핑몰 야외무대보다 지금 여기, 우리 상황과 더 잘 맞았다. 작은유진이를 건너 나와 소라의 눈이 마주쳤다. 우리는 같은 생각을 하고 있었다. 소라가 자기 귀에 꽂았던 이어폰까지 작은유진이의 귀에 꽂아 주었다. 그러곤 작은유진이를 일으켜 세우더니 음악이 나오는 자기 휴대폰을 그 애 주머니에 넣었다. 작은유진이는 꼭두각시 인형처럼 소라가 움직이는 대로 몸을 맡겼다.

"작은유진, 우리한테 춤 좀 가르쳐 주라. 몸치 탈출 좀 해 보자."

소라가 바람을 잡았다.

"그래, 우리 춤 연습해서 축제 때 장기 자랑 나가자."

나도 일어나서 부추겼지만 작은유진이는 돌처럼 미동도 하지 않았다. 어차피 시간밖에 없는 우리는 작은유진이의 마음이 움직일 때를 기다렸다. 한동안 음악만 듣고 있던 작은유진이가 휴대폰에서 이어폰을 빼자 보아의 노래가 우리 귀에도 들렸다. 소라가 나를 보며 눈을 찡긋했다.

작은유진이의 몸이 리듬을 타기 시작했다. 우리는 춤을 배우기로 한 것도 잊고 작은유진이를 지켜보았다. 춤은 차츰 그 애를 다른 세계로 데려갔다. 굳어 있던 작은유진이의 얼굴에 생기가 돌기 시작했다. 그 앤 집에서 도망 나온 애가 아니었다. 학원 대신 춤 연습실에 다니던 애도 아니었다. 어릴 때 겪은 일을 기억하지 못하는 애도 아니었다. 반항이든 자학이든 자포자기든, 그래서 춤을 추는 아이가 아니었다. 그냥 춤이 좋아서 춤추는 아이였다.

춤에 흠뻑 빠진 모습을 보자 소라와 나도 흥이 올라 작은 유진이를 따라 추기 시작했다. 그 애에 비하면 우리 춤은 어설픈 막춤이었다. 소라와 내가 서로 춤을 흉내 내며 웃어 대자 자기 춤에 빠져 있던 작은유진이도 끼어들었다. 우리는 텅 빈 백사장에서 미친 듯이 웃고 소리 지르며 몸을 흔들어 댔다. 바람에 날리는 머리카락과 옷자락도 우리와 함께 춤추는 것 같았다.

"아니, 이년이 집구석은 홀랑 뒤집어 놓고 뭐가 좋다고 춤바람이야, 춤바람은!"

누군가가 달려들며 소리를 지르는 바람에 우리는 깜짝 놀라 춤추기를 멈추었다. 소라 엄마였다. 상황을 파악할 틈도 없이 누군가가 달려와 나를 끌어안았다. 바닷바람 속에서도 풍겨 오는 너무나 익숙한 엄마 냄새였다.

"유진아! 아이고, 유진아!"

엄마가 울며 내 이름을 불렀다.

"엄마!"

나도 울음을 터뜨리며 엄마에게 달려들었다. 하지만 나는 엄마 품에 안길 수 없었다. 엄마보다 내가 크기 때문이다. 나는 엄마를 안고 엄마의 정수리를 뺨으로 문질렀다. 내 눈물이 엄마의 머리카락을 적셨다.

"이놈아, 이게 무슨 일이야? 얼마나 걱정했는 줄 알아?"

아빠였다. 아빠까지 올 줄은 더더욱 몰랐다.

"아빠랑 엄마랑 직장은 어떻게 하고 왔어? 엄마는 빠지면 수당 못 받는다메."

나는 엄마에게서 떨어지며 코맹맹이 소리로 물었다.

"이 기집애야, 수당이 문제야, 지금! 괜찮은 거지? 아무 일 없는 거지?"

엄마가 눈물범벅이 된 얼굴로 내 얼굴을 어루만졌다. 엄마 얼굴은 하룻밤 새 초승달처럼 핼쑥해져 있었다. 그런 엄마를 보자 또다시 콧날이 시큰해졌다.

"아무, 아니, 하, 학원비를 잃어버렸어……."

나는 기어들어 가는 목소리로 말했다.

"무사하면 됐다, 그러면 됐어."

아빠가 내 등을 두드렸다. 여행, 아니 가출은 내가 했는데 변한 건 엄마 아빠였다. 하룻밤 새 한없이 관대하고 너그러워진 모습이 엄마 아빠도 긴 여행을 한 것 같았다.

나는 엄마와 아빠 가운데 서서 소라네 엄마가 소라를 잡으러 백사장을 뛰어다니는 모습을 보았다. 소라는 평소의 그 느리터분한 아이라고 믿을 수 없을 만큼 재빠르게 도망치고 있었다. 뛰다 지쳐 모래밭에 주저앉은 소라 엄마가 슬리퍼를 벗어 들어 소라에게 냅다 던졌다. 보라색 플라스틱 슬리퍼는 소라 근처에도 못 가고 떨어졌다. 슬리퍼를 주워 든 소라가 도망치기를 멈추고 엄마에게로 다가갔다. 소라 엄마가 소라 등을 몇 대 때리더니 끌어안았다. 나중에 소라가 말해 주었다. 밑창이 다 닳은 슬리퍼를 보자 더는 도망칠 수 없었노라고.

"건우 엄마하고 통화해서 사과받았어. 진심인지 어쩐지는 몰라도 미안하다고 하더라. 너한테 무슨 일 있으면 그 여자 가만 안 두려고 했어. 유진아, 앞으로도 그런 인간들 땜에 상처받을 거 없어."

엄마가 내 머리칼을 쓸어 올리며 말했다. 엄마는 내가 건우 때문에 상처받고 그 충격으로 가출을 했다고 생각했나 보다. 엄마 아빠가 턱없이 관대한 이유도 짐작이 되었다. 그렇지만 이유를 알았다고 해서 관대함의 의미가 퇴색하지는 않았다. 내 마음이 수시로 변하는 것처럼 어른들도 그럴 것이다. 때로는 오늘처럼 구름이 하늘을 가리더라도 그 속엔 언제나 환히 빛나는 태양이 있음을 의심치 않듯이 엄마 아빠 가슴속에 있는 나에 대한 사랑을 믿기 때문이다. 느끼기 때문이다.

"엄마, 이제 그러지 않아도 돼. 나 아무렇지도 않아."

나는 아빠 허리와 엄마 어깨를 안으며 웃었다. 실연 때문이었다면 내 가출이 훨씬 드라마틱했겠지만 유감스럽게도 아니다. 유치원 때 사건이 앞으로 내 인생에 또 어떤 영향을 끼칠지 모르겠지만 앞으론 상처받지 않을 것이다. 아니, 또 상처받더라도 이겨 낼 수 있다.

작은유진이가 눈에 들어왔다. 그 애는 조각처럼 굳어진 채 한곳을 바라보고 있었다. 시선을 따라간 곳에 작은유진이와 분위기가 닮은 아줌마가 서 있었다. 우리가 부둥켜안고 울거나 악다구니를 쓰며 상봉 이벤트를 벌이고 있을 때 그들 모녀는 뚝 떨어져 선 채 서로를 바라보고만 있었다.

바다의 이카로스

기차역을 빠져나와 주차장에 세워진 차로 가는 동안 엄마는 아무 말도 하지 않았다. 개선장군처럼 양쪽에 엄마 아빠를 거느린 큰유진과, 추격전 끝에 다정해진 소라네 모녀의 뒤를 엄마와 나는 모르는 사이처럼 떨어져 걸었다. 보도블록을 깐 곳인데도 사막처럼 발이 푹푹 빠지는 느낌이었다.

"이왕 온 거니까 어디 가서 회나 먹고 가지요. 점심때 지나서 시장들 하실 텐데."

주차장에 도착하자 큰유진네 아빠가 말했다.

"뭘 잘했다고 비싼 회를 사 줘요. 가다가 휴게소에서 우동이나 먹고 말아요."

소라 엄마가 말했다.

"어휴, 우리 겨우 컵라면 먹고 여태 굶었단 말이야. 그리고 세상에서 그렇게 맛없는 컵라면은 처음이었어."

소라가 툴툴거렸다.

돈 잃어버린 것을 알자 죄인이 된 것 같아 컵라면을 거의 먹지 못했다. 그 사실을 아이들에게 들키고 싶지 않아 다 먹은 체했다. 반도 안 먹은 라면은 소화되지 않은 채 배 속에 있다가 엄마를 보는 순간부터 요동치고 있었다. 음식 생각을 하니 토할 것 같았다.

"갈 길이 머니까 가다가 적당한 데서 먹기로 해요. 유진이 엄마 생각은 어때요?"

큰유진네 엄마가 엄마에게 물었다.

"함께 가면 유진이 아버님이 또 신경 쓰셔야 할 테니까 이젠 저희끼리 갈게요. 오늘 정말 감사합니다. 올라가서 연락드릴게요."

엄마가 말했다. 큰유진 엄마가 무어라 말하려는 큰유진 아빠의 옆구리를 찔렀다.

"그게 편하면 그렇게 해요. 그럼 나중에 연락하기로 하고 여기서 헤어져요."

큰유진네 식구와 소라네는 큰유진 아빠가 운전하는 차를 타고 먼저 떠났다. 차에 타기 전에 큰유진과 소라가 차례로 나를 안아 주었다.

"집에 도착하면 꼭 전화해. 알겠지?"

큰유진의 눈길이 날 어루만지는 듯했다.

"걱정하지 마. 설마 자식을 죽이기야 하겠냐? 학교에서 보자."

소라가 내 귀에 속삭인 말이었다. 나는 아이들과 영원히 헤어지는 것처럼 허전했다. 한편으론 전화 걸 친구가, 또 만날 친구가 있다는 게 위안이 되었다.

큰유진네 차가 주차장을 빠져나간 뒤 엄마가 우리 차의 문을 열었다.

"타."

엄마가 내게 한 첫말이었다. 나는 다시 외톨이가 되었다.

앞자리에 앉은 나는 운전석에 오르는 엄마 얼굴을 훔쳐보았다. 화장기가 하나도 없었다. 나는 그동안 엄마가 맨 얼굴로 외출하는 걸 본 적이 없다. 눈썹 숱이 옅고 입술 선이 흐린 얼굴은 어딘지 모르게 비어 보였다. 화장도 못 했을 만큼 나를 찾으러 오는 마음이 급했던 걸까? 삐죽이 고개를 내미는 기대의 싹을 나는 얼른 뭉개 버렸다. 아무것도 기대하지 않으리라.

차가 정동진을 벗어났다. 나는 사이드 미러로 멀어지는 풍경을 바라보았다. 밤새 기차를 타고 와 아침 바다를 본 기억도 멀어져 갔다. 내가 보고 싶대서 온 곳이었지만 좋지만은 않았다. 기대했던 푸른 바다와 넘실거리는 흰 파도, 눈부신 아침 햇살 대신 내 마음속처럼 잔뜩 흐린 하늘과 사납게 울부짖는 바다와 거친 바람이 기다리고 있었다. 큰유진과 소라의 학원비였던 돈도 잃어버렸다. 모든 게 나 때문인 것 같아 너무 미안했고, 이제 꼼짝없이 집으로 돌아가야 한다는 사실 때문에 숨이 막힐 것 같았다.

숨통을 틔워 준 건 소라가 내 귀에 끼워 준 이어폰에서 흘러나온 음악이었다. 내 안으로 흘러든 노래가 산소처럼 나를 숨 쉬게 했고 움직이게 했다. 아이들과 함께 세상에 우리뿐인 것처럼 맘껏 소리 지르고, 배가 아프도록 웃고, 모든 걸 날려 버리려는 듯 춤을 추었다. 친구들과 함께하니 흐린 하늘, 사나운 바다, 거친 바람조차 특별한 추억이 된다는 걸 경험했다.

엄마는 나를 그런 것들과 격리시키기 위해 온 것 같았다. 어릴 때처럼 또다시 내 기억을 빼앗으려는 모양이다. 이제 겨우 내가 알던 세상이 전부가 아님을 깨우쳐 가고 있는데 또 방해하려는 것이다.

차는 바다를 낀 채 달리고 있었다. 바다는 도로 형태나 위치에 따라 바로 옆에 있다 떨어졌다, 낮은 곳에 있다 하며 끊이지 않고 따라왔다. 하지만 어느 바다든 계속 아우성치고 있었다. 엄마는 한마디도 하지 않았다. 엄마의 침묵이 내 마음을 짓눌렀다. 침묵의 무게가 더할수록 가슴 밑바닥에선 내뱉고 싶은 말들이 바다처럼 소리치고 있었다.

"왜 그랬어! 그때 왜 그랬어? 내 잘못도 아닌데 왜 그랬어!"

더 참을 수 없을 때 나는 비명을 지르듯 외쳤다. 끼익, 차가 급정거를 했다. 나는 화들짝 놀라 엄마를 바라보았다. 엄마의 얼굴은 혼이 달아난 듯 퀭했다. 뒤에서 빠앙— 하고 화난 듯한 경적이 울렸다. 엄마는 그 소리에 정신이 든 듯 차를 갓길로 옮겨 세웠다. 나는 차에서 뛰쳐나갔다. 바로 절벽가였다. 파도가 쉴 새 없이 절벽에 와 부딪쳤다. 절벽에 몸을 부딪쳐 멍이 든 것처럼 검푸른 바다가 출렁거렸다. 나는 조금 전 내가 진짜 소리 내 외친 건지 아니면 그동안처럼 상상이었는지 혼란스러웠다. 차를 돌아다보았다. 엄마가 운전대에 얼굴을 묻고 있었다.

나는 한참을 서 있다 차로 돌아갔고 엄마는 다시 출발했다. 이틀 연거푸 잠을 못 잔 데다 흥분으로 계속 긴장 상태였던 나는 스르르 잠이 들었다. 얼마를 잤을까, 눈을 뜨니 차가 바닷가에 서 있었다. 원래부터 사람이 없었던 곳처럼 텅 빈 바닷가였다. 그리고 차 안엔 나 혼자였다. 순간 공포가 엄습했다. 이렇게 버려지는 거라는 생각 때문이었다. 엄마가 쫓아온 건 나를 버리기 위해서다.

후들거리는 마음으로 엄마를 찾았다. 갯바위 위에 서 있는 모습이 눈에 들어왔다. 바람에 날아가 버릴 듯 위태로워 보였다. 나는 차창을 열고 엄마의 뒷모습을 바라보았다. 엄마를 그렇게 오랫동안 지켜본 건 처음이었다. 그러도록 내게 시간을 준 적이 없었다, 엄마는.

구름이 걷히면서 나타난 해는 어느새 설핏 기우는 중이었고 바람은 많이 잦아든 상태였다. 그동안 잠깐이 아니라 꽤 잔 모양이었다. 갯바위의 일부인 양 서 있던 엄마가 몸을 움직였다. 나는 얼른 몸을 등받이에 기댔다. 곁눈으로 훔쳐보니 엄마는 울퉁불퉁한 발밑을 신경 쓰며 갯바위에서 내려오고 있었다. 아까 내가 한 말을 어떻게 이해했을지 궁금했다.

차에 탄 엄마는 내가 깨어 있는 걸 보고서도 아무 말이 없었다. 엄마가 다시 운전을 했다. 이정표의 지명들은 들어 본 것도 있고 처음 보는 것도 있었지만 어딘지 모르기는 마찬가지였다. 엄마가 운전대를 꺾어 오른쪽 길로 접어들었다. 무슨 포구라는 팻말이 있었다. 포구에 다다르자 고깃배들이 정박해 있었고 제법 큰 시장이 있어 활기가 느껴졌다. 그리고 그냥 바닷가와는 다른 비릿한 생선 냄새가 공기 속에 섞여 있었다.

"여기서 뭣 좀 먹고 가자."

그사이 가라앉은 배가 출출했다. 이런 와중에도 배가 고픈 게 신기했다. 나는 엄마를 따라 차에서 내렸다. 살아 움직이는 갖가지 생선들이 담긴 고무 통을 늘어놓은 수산 시장 안에 음식점들이 줄지어 있었다. 그중 한 집으로 들어간 엄마는 식사와 함께 산낙지를 주문했다. 산낙지라니. 엄마는 놀란 내 눈길을 모르는 척했다.

토막 난 채 꿈틀거리는 산낙지가 먼저 나왔다.

"먹자."

엄마가 나무젓가락 포장을 벗기며 말했다. 그러곤 빨판을 접시에 붙인 채 버티는 산낙지 토막을 하나 떼어 내 기름장에 찍어 입에 넣었다. 눈이 마주친 엄마가 눈짓으로 권했지만 나는 오히려 식욕이 떨어졌다. 그동안 엄마가 뭘 맛있게 먹는 모습을 본 적이 없었다. 할머니가 하는 타박 중 하나는 엄마가 복 없게 먹는다는 거였다.

"사업하는 집 여인네가 먹는 걸 그렇게 깨작거리면 들어오던 복도 달아나지, 쯧쯧!"

그런 엄마가 며칠 굶은 사람처럼 산낙지를 먹어 대고 있었다. 나를 데리러 온 게 아니라 마치 산낙지를 먹으러 온 것 같았다. 얼마 뒤 빈 접시를 옆으로 밀어내며 엄마가 혼잣말처럼 중얼거렸다.

"너 가졌을 때 어찌나 산낙지가 먹고 싶던지……."

부모와 의절한 가난한 신혼부부였다더니 그걸 사 먹을 돈도 없었나 보다. 그때를 상상하는 순간 수학여행 가기 전에 큰유진과 소라와 가까워졌더라면, 하고 느꼈던 아쉬움과는 비교도 할 수 없을 만큼 강한 안타까움이 밀려왔다. 수학여행 전이 아니라 나는 아예 엄마 배 속에 있었던 때로 돌아가고 싶었다. 그때로 돌아가 다시 시작하고 싶었다. 다시…….

내가 전복죽을 먹는 동안 엄마는 식당에 비치된 믹스 커피를 두 개나 타서 마셨다. 집에선 직접 내린 원두커피만 마시던 엄마였다.

어색하기만 한 식사를 마친 뒤 우리는 또 차를 타고 달렸다. 바다는 계속 우리와 함께했다. 차는 서울 방향 이정표를 그냥 지나쳤다. 엄마를 보았지만 선글라스 때문에 표정을 알 수 없었다. 넘어가는 해가 붉은빛을 내쏘았다.

엄마가 차를 세운 곳은 낙산 바닷가에 있는 한 호텔 앞이었다.

"오늘 여기서 자자."

무엇을 사려거나 아니면 다른 볼일이 있어서려니 하고 있던 나는 깜짝 놀랐다. 엄마는 평소 즉흥적으로 행동하는 사람이 아니었다. 그러기로 아예 계획하고 왔을 테고, 아빠나 할머니 허락이 떨어진 일임이 틀림없다. 어쩌면 미국으로 보내기 전 내게 마지막으로 베푸는 호의일지 모른다. 아니면 내가 순순히 미국에 가도록 달래는 임무를 맡았는지도. 어떻게 하지? 큰유진과 소라 얼굴이 떠올랐다. 미국에 보내지기 싫어 집을 나온 거지만 지금은 더 가고 싶지 않았다. 이제 겨우 친구가 생겼는데, 그 친구들과 헤어져 또다시 외톨이로 지내고 싶지 않다는 생각이 모든 이유를 밀어내고 자리 잡았다.

차에서 먼저 내린 엄마가 트렁크에서 가방을 꺼냈다. 작정하고 온 게 분명해졌다. 내가 가만히 앉아 있자 엄마가 내 자리 쪽 문을 열며 내리라고 했다. 춤 배우러 다닌 것, 집 나온 것을 모두 용서해 줄 테니 보스턴에 가라고 하겠지. 어떻게 하지? 큰유진과 소라와 다시 진지하게 이야기해 보고 싶었다. 희정 언니하고도 상의하고 싶었다. 그들은 뭐라고 할까? 답답하고 막막할 때 떠올릴 사람이 셋이나 된다는 게 든든했다.

프런트에서 객실 열쇠를 받아 든 엄마가 앞장섰다. 방으로 들어가자 하나뿐인 침대가 먼저 눈에 들어왔다. 기억나는 순간부터 나는 엄마와 한 침대에서 잔 적이 없었다. 발코니 문 쪽으로 간 엄마가 커튼을 활짝 젖히자 유리문 가득 펼쳐진 바다가 보였다. 엄마는 탁자 위에 들고 온 가방을 올려놓았다.

엄마와 함께 잘 일이 벌써부터 어색했지만 나중에 생각하고 우선 씻고 싶었다. 계속 바닷바람을 쐰 몸이며 머리카락이 꿉꿉했다.

"먼저 씻을래?"

엄마가 가방 안에서 내 속옷과 잠옷을 꺼내 침대 위에 놓았다. 엄마는 어떤 기분으로 가방을 쌌을까. 엄마 얼굴에선 마음을 읽을 수 없었다.

나는 옷을 들고 욕실로 갔다. 욕조를 보자 따뜻한 물속에 몸을 담그고 싶어졌다. 할 수만 있다면 목욕으로 지난 기억들을 모두 씻어 버리고 싶었다. 나는 따뜻한 물을 틀어 놓고 옷을 벗었다. 김 서린 거울이 뿌옜다. 잠시 망설이다 손바닥으로 거울을 닦았다. 거울 속에 어린 내가 나타났다. 엄마가 살갗이 벗겨지도록 내 몸을 문지르고 있었다. 내가 울자 엄마가 때렸다. 찰싹! 현실인 듯 뺨이 아팠다. 그 뒤론 마치 모두 모여 내가 오기를 기다리고 있던 것처럼 온갖 환영들이 뒤범벅된 채 달려들었다.

아악! 나는 소리를 지르며 바닥에 주저앉았다.

"왜 그래?"

문이 벌컥 열렸다. 엄마 모습이 수증기에 가려 뿌옇게 보였다.

"나가요, 나가!"

나는 몸을 잔뜩 웅크리며 소리 질렀다. 엄마에게 내 몸을 보여 주고 싶지 않았다. 멈칫거리던 엄마가 문을 닫았다. 나는 욕조엔 들어가지도 않은 채 샤워를 했다. 오래오래 물줄기를 맞았지만 아무것도 잊히지 않았다.

샤워를 마치고 잠옷을 입었다. 소맷단과 바짓단에 레이스가 달린 분홍색 잠옷이었다. 날 공주과라고 놀리던 큰유진과 소라가 보면 뭐라고 할지 궁금했다. 함께였다면 좋았을 텐데. 그 애들을 떠올리자 나도 모르게 새어 나온 미소가 날 서 있던 마음을 가라앉혔다.

샤워를 마치고 나간 나는 깜짝 놀라 엄마를 보았다. 탁자 앞에 앉아 있는 엄마가 맥주를 마시고 있었다. 나는 엄마가 술 마시는 걸 본 적이 없었다. 룸서비스를 시킨 모양인지 음식도 있었다.

"이리 와서 앉아. 점심을 늦게 먹어서 간단하게 시켰어."

잠시 서 있던 나는 수건으로 머리를 감싼 채 엄마 맞은편 자리로 갔다. 탁자 위엔 수프와 빵, 과일, 음료수 등이 있었다. 전복죽이 아직 소화되지 않은 상태였다. 나는 말없이 수건을 풀어 머리만 말렸다.

정동진 바닷가에서 만났을 때부터 엄마는 내 의사는 물어

보지도 않고 마음대로 하고 있다. 차라리 엄마가 오지 않아, 좁더라도 큰유진네 차에 끼어 타고 가는 게 나을 뻔했다. 함께 있는데도 소통이 되지 않는 건 더 외롭고 힘들었다. 지금도 엄마는 내 기분 따윈 아랑곳하지 않고 있다. 오히려 집에 매여 살다 내 핑계를 대고 자신만의 시간을 즐기고 있는 것 같았다. 오래도록 침묵이 흘렀다. 방이 따로 있었다면 벌써 일어섰을 것이다. 맥주 캔을 세 개나 비운 뒤에야 엄마가 입을 열었다.

"외할머니하고 통화했어."

머리가 팽팽하게 조여드는 것 같았다. 엄마는 드디어 비명처럼 내질렀던 내 질문에 대한 답을 하려나 보다. 가슴이 뛰었다. 엄마가 마신 맥주가 꿀꺽, 목을 타고 넘어가는 소리가 들려왔다. 나는 엄마의 대답을 기다렸다.

"그때 너한테 있었던 일은……, 너만 겪었던 그런……, 일은 아니었어. 그 일 때문에 새삼스레 괴로워하고 방황할 필요는 없어."

딱딱하게 굳은 엄마 목소리는 밖에서 들려오는 파도 소리만큼도 내 마음을 건드리지 못했다. 이제 와서 해명이라고 한다는 소리가 겨우. 차라리 집 나온 걸 야단치든지 할 일이지. 피식 웃음이 나왔다. 엄마에게라기보다는 잠시나마 기대를 했던 나 자신에게 보내는 조소였다. 엄마와 눈이 마주쳤다. 나는 눈길을 피하지 않았다.

"엄마는 내가 그 일 때문에 이런다고 생각해요?"

나는 이 사이에 넣어 질겅질겅 씹다가 뱉어 내는 기분으로 말했다. 엄마가 나를 바라보았다. 그럼 아니냐고 묻는 눈빛이었다.

"나한테 그런 일이 있었다는 걸 알기 전까지 나는 엄마가 새엄마일 거라고 상상했어. 아니면 아빠가 새아빠든지. 그렇게 상상하는 편이 훨씬 견디기 쉬웠다고!"

엄마가 맥주 캔을 탁자 위에 놓치듯 놓았다. 서슬에 거품이 밖으로 튀어나와 흘렀다.

"처음 기억해 냈을 땐 그런 일을 당한 게 괴로웠지만 나도 큰유진이처럼 미친개한테 물린 셈 치고 넘어갈 수 있었어. 그 일은 내 잘못이 아니니까. 그런데 내가 참을 수 없는 건 그때 엄마가 나한테 했던 말이나 행동 들이야. 이유를 몰랐을 때는 내가 뭔가 그런 대우를 받을 만한 짓을 한 줄 알았어. 내가 엄마를 새엄마라고 생각했던 거는 그래서일 거라고 믿고 싶어서였어. 그러지 않고선 엄마 태도를 납득할 수 없었으니까. 그동안 새엄마가 그 정도면 잘하는 거라고 위안하면서 살았다고."

오랫동안 마음속에서 벼르고 다져진 말이 주저 없이 쏟아져 나왔다. 한 마디 한 마디 할 때마다 가슴에 박혀 있던 못이 빠져나가는 것처럼 시원하면서도 격렬한 고통이 느껴졌다. 그 못은 엄마에게로 날아가 박히고 있었다. 엄마 눈이 사라졌다. 그 자리엔 어둡고 퀭한 공간만 남았다. 코도 사라졌다. 숨을 쉬었을 구멍이 뻥 뚫려 있었다. 입이 사라진 자리에서 이들이 옥수수 알갱이처럼 우수수 쏟아질 것 같았다. 나는 혼이 빠져나간 듯한 그 얼굴을 똑바로 바라보며 박힌 못을 쾅쾅 두드렸다.

"나랑 똑같은 일을 당한 애한테 그건 니 잘못이 아니라는 말을 들었을 때 내 기분이 어땠는 줄 알아? 기억도 못 하면서 큰 죄라도 지은 줄 알고 살았던 내 맘을 알겠냐고!"

내 못질에 부서져 내리는 엄마가 보였다. 더 하면 그대로 사라져 버릴 것 같았다. 나는 이겼으면서도 눈두덩이가 찢어져 바닥에 누운 상대편을 볼 수 없고, 입술이 부어터져 승리의 기쁨을 말할 수 없는 권투 선수 같은 기분이 됐다.

나는 침대에 몸을 던지곤 이불을 머리끝까지 덮어썼다.

울음이 터져 나왔다. 아주 오래 묵은 것 같은 슬픔이 끝도 없이 울음 속에 섞여 들었다. 그러다 잠이 들었다.

아이들과 함께 바닷가에서 춤을 추고 있었다. 흥겹고 행복했다. 그런데 산처럼 일어선 파도가 몰려왔다. 우리는 도망치기 시작했다. 파도는 아빠로, 할머니로, 유치원 원장으로 바뀌며 나를 덮칠 듯 쫓아왔다. 모래에 빠진 발이 움직이질 않았다. 숨이 막히는 것 같았다. 유진아, 소라야, 아이들을 부르던 나는 내 목소리에 놀라 잠이 깨었다. 기운이 다 빠져나간 듯 몸에 힘이 없었다. 침대엔 나 혼자뿐이었다.

실내등만 켜진 방 안으로 푸르스름한 여명이 비쳐 들었다. 발코니 문을 열어 놓았는지 썰렁했다. 여전히 탁자 앞에 앉아 있는 엄마는 유령처럼 실체감이 없어 보였다. 결국 엄마와 나는 한 침대에서 자지 않았다.

"……지금 몇 시예요?"

나는 엄마에게 내가 있음을 상기시켜 주기 위해 물었다.

"5시쯤 됐어."

갈라지는 목소리로 대답한 엄마는 고개를 젖혀 맥주를 마셨다. 탁자 위로 바닥으로 빈 캔이 수북했다. 나는 일어나 앉았다. 5시라고? 하룻밤이 그렇게 지나가 버린 것이다. 다시 화가 치솟으려고 했다. 하룻밤을 묵으면서 엄마가 한 일이라곤 '그때 일은 너만 겪은 일이 아니니 새삼스레 괴로워하거나 방황할 필요가 없다.'는 말 한마디 해 놓고 술을 마신 것뿐이다. 정작 내가 듣고 싶은 이야기는 하나도 없었다.

"나라고, 쉬웠겠니?"

내 생각을 읽기라도 한 듯 엄마가 불쑥 말했다. 엄마의 몸이 흔들리고 있었다. 나는 침대 헤드에 기댄 채 무릎을 껴안곤 엄마를 바라보았다.

"나한테도 그 일은……, 너무 두려운 일이었어. 그랬어."

나는 어이가 없었다. 지금 엄마는 사고를 당해 피 흘리고 있는 자식을 앞에 놓고, '니가 사고 당해서 너무 무서워.' 하며 엄살을 떠는 격이다. 저렇게라도 책임을 회피하고 싶은 건가. 나는 엄마가 어디까지 도망치는지 지켜보고 싶었다. 한동안 방 안엔 파도 소리만 들려왔다.

갑자기 엄마가 의자에서 바닥으로 떨어져 내렸다. 그 바람에 탁자 위의 캔이 쓰러지면서 맥주가 쏟아졌다. 탁자 위를 흐르던 맥주가 바닥으로 뚝뚝 떨어졌다. 방바닥에 널브러진 모습으로 앉아 있는 엄마는 이미 쏟아져 버린 맥주처럼 전으로 되돌아갈 수 없을 것 같아 보였다.

"미안해. 미안해, 유진아!"

쥐어짜 내는 듯한 목소리로 말한 엄마가 가슴을 움켜쥐었다. 나는 엄마의 그 말을 들으면서 내가 정말로 바란 건 사과도 해명도 아니었다는 사실을 깨달았다. 내가 바라는 건 어제 정동진에서 보았던 큰유진과 소라 엄마처럼 끌어안거나 욕하면서, 혼내고 사랑하는 일상적인 것이었다.

엄마가 괴상한 소리를 내기 시작했다. 내가 알고 있는 엄마 목소리와 조금도 닮지 않은 그 소리가 울음소리라는 것을 알게 되었을 때 나는 묘한 기분이 들었다.

엄마가 운다, 나 때문에. 나 때문에 엄마가 울고 있다. 엄마의 눈물이 내 가슴속으로 스며드는 느낌이 들자 당황스러웠다.

"처음에 그 사실을 알았을 때 나는 그놈을 죽이고 싶었어. 네 아빠도 그놈을 죽이러 가겠다고 펄펄 뛰었어."

나는 그 모습이 상상되지 않았다. 엄마 아빠가 아니라 큰유진네 부모님으로 상상하니 오히려 더 잘 그려졌다. 그런데도 엄마의 눈물에 섞여 마음속으로 흘러든 그 말이 여기저기 패이고 긁히고 멍든 상처를 어루만져 주는 것 같았다.

"미안해, 유진아. 엄마가 널 끝까지 지켜 주었어야 했는데……. 그래, 그 일에서 빠지고, 또 잊어버리는 게 널 위해서였다는 말은 거짓말이야. 실은 날 위해서였어. 내 딸한테 그런 일이 일어났다는 걸 인정하고 싶지 않았어. 그래서 널 윽박지르고 때리기까지 하면서 잊으라고 강요했어."

착한 딸이었던 나는 단 한 번 그랬을 뿐인데 정말 그 일을 잊어버렸다. 하지만 진짜 잊은 건 아니었다. 그 기억은 가슴 한구석에서 기회만 엿보며 도사리고 있다가 큰유진에게 이야기를 듣는 순간 튀어나와 지금까지 따라다니며 나를 부서뜨리고 있다.

"네 앨범에서 그전 사진들을 다 빼 버렸어. 내가 그렇게 네 기억을 없앴어. 그리고 혹시라도 널 특별하게 대하면 네가 그때 일을 기억해 낼까 봐, 무엇이든 털어놓을 수 있는 사이가 되면 그때 일을 물어 올까 봐 겁났어. 널 어떻게 대해야 할지 나도 혼란스러웠어."

엄마가 와들와들 떨었다.

그랬어도 운명은 내게 큰유진을 보내 내가 그 일을 알게 했다. 내가 기억하고 있는 편이 나았다. 때로는 상처가 덧나 아프고 힘들더라도 내가 기억하면서 아물게 하는 편이 나았다. 희정 언니 말처럼 훈장으로 삼든 기운 자국으로 삼든, 내가 겪어 나가는 모습을 엄마 아빠는 내 편이 돼 지켜봐 줬어야 했다.

"아빠가, 네가 그때 일을 알았다는 걸 알고…… 때린 거 많이 후회하고 계셔. 나랑 아빠는 네가 성공하면 나중에 그때 일이 기억나더라도 덜 힘들 거라고 생각했어. 누가 알더라도 손가락질하거나 무시할 수 없을 거라고 믿었어. 그래서 네가 나쁜 길로 빠지는 게 더 견딜 수 없었던 거야."

엄마는 힘겹게 그 말을 했다.

감추려고, 덮어 두려고만 들지 말고 함께 상처를 치료했더라면 더 좋았을 텐데. 상처에 바람도 쐬어 주고 햇볕도 쬐어 주었으면 외할머니가 말한 나무의 옹이처럼 단단하게 아물었을 텐데. 나는 엄마를 물끄러미 바라보았다.

"그때 도망치듯 떠나오는 게 아니었는데……. 끝까지 다른 사람들하고 함께 그 일을 해결해야 했어. 네 아빠는 너한테 그런 일이 일어난 게 가난 탓이라고 생각했어. 좋은 유치원에 보냈으면 그런 일이 없었을 거라고 믿었지. 앞으로도 너를 보호해 주려면 아버지 그늘로 들어가야 한다고 여겼고. 유선이를 임신 중이었던 나는 네 아빠 뜻을 따랐어."

자신들 앞에 벌어진 일을 스스로 해결하지 못하고 기댈 곳을 찾아 타협하는 젊은 부부의 모습이 떠올랐다. 내 부모는 그런 사람들이었던 것이다. 나는 거대한 벽 같기만 하던 엄마 아빠가 실은 한없이 나약한 사람들이었다는 사실에 맥이 빠졌다.

술기운에 완전히 허물어진 엄마는 차츰 횡설수설하다가 바닥에 쓰러진 채로 잠이 들었다. 내가 갇혀 있던 미궁의 단단한 벽 가운데 하나가 허물어진 것 같았다. 내게는 가장 견고하고 가혹하게 여겨지던 벽이었다. 문득 싱크대 안쪽에서 술병을 보곤 했던 게 떠올랐다. 아빠 술이라고만 생각했는데 어쩌면 엄마가 숨겨 두고 마시던 건지 몰랐다. 내가 몰래 담배를 피우는 것처럼. 한밤중 화장실에 가려고 거실에 나갔을 때 엄마가 어두운 곳에 우두커니 앉아 마시던 차나 물이 실은 술이었을 수도 있다.

나는 한참 동안 엄마를 바라보다 침대 위의 이불을 가져다 덮어 주었다. 긴 여행에 지친 새처럼 웅크린 채 잠든 엄마는 작고 가냘파 보였다. 나는 엄마 옆에 쪼그려 앉았다. 엄마가 산낙지를 꾸역꾸역 먹던 모습이 떠올랐다. 엄마 역시 첫아이인 나를 자신의 배 속에 담고 있던 때로 돌아가고 싶었나 보다. 그래서 다시 시작하고 싶었나 보다, 나처럼.

나는 들숨 날숨이 모두 긴 한숨처럼 들리는 엄마의 가슴 위에 조심스레 손을 올려놓았다. 망설이다 만진 젖가슴은 작고 물컹했다. 유선과 유미가 엄마 품에 안겨 젖 먹는 모습을 얼마나 부러운 마음으로 지켜보았던가. 하지만 나 역시 그 애들처럼 이 젖에 매달려 엄마의 사랑을 파먹었을 것이다. 기억나지 않는다고 해서 그 일이 없어지는 건 아니다. 나도 분명 엄마 아빠의 사랑을 받는 작은 아기였을 것이다.

나는 발코니로 나갔다. 어제 온종일 아우성을 치던 바다는 이제 너른 잔디밭처럼 고요하고 평화로웠다. 이대로 발을 내디뎌도 든든하게 받쳐 줄 것 같았다. 그 바다 위로 날마다 떠오르지만 어제의 해가 아닌 게 분명한 새 태양이 솟아오르고 있었다. 태양은 하늘과 바다에 골고루 빛을 나눠주고 있었다. 이카로스는 날개를 붙인 밀랍이 녹을 걸 알면서도, 그러니까 죽을 걸 알면서도 더 높이 더 높이 올라갔다. 그리고 바다로 떨어졌다.

아침 햇살에 이카로스가 다시 몸을 일으키는 것이 보였다. 그는 다시 날 준비를 하고 있었다. 상처를 모아 지은 날

개임을 알고 있는 나는 그가 날아오르기를 온 마음으로 기도했다. 다시 또 떨어질지라도 그는 높이높이 날아오를 것이다.

슬프고 무서우면서도 달콤하게

보린(어린이청소년문학 작가)

상처 입지 않고 살 수 있을까? 그렇게 살 수 있기를 바라지만 어려운 일이다. 아무리 용감하고 현명해도, 아무리 조심해도 상처 입고 만다. 상처를 입을 수밖에 없다면, 상처를 다루는 문제가 남는다. 우리는 상처를 치유하고 나아가 지우고 싶어 한다. 그런데 아픔이 가셨다고 상처가 사라질까?

넘어져 무릎이 까지거나 발목이 삔 일은 나에게도 여러 번 있다. 무릎에는 흉터만 남았고 발목은 멀쩡하다. 그러나 넘어진 사건 자체는 아직 선명하게 남아 있다. 놀람, 두려움, 당황 같은 감정들도 20년이 지난 지금까지 꼿꼿하게 박혀 있다. 나는 지금도 그때와 비슷한 자갈길이나 나무 계단을 맞닥뜨리면 불안한 마음이 든다. 조심해, 또 넘어질라. 시간이 지나면 이런 감정도 사라질지 모른다. 그러나 모래 먼지가 날리는 자갈길에서 넘어진, 갈라진 나무 계단에서 삐끗한 사건은 사라지지 않는다. 내 기억에서 지워진다 해도 사건은 남아 있다. 이미 일어난 일이니까 지울 수 없으며, 그런 자갈길이나 나무 계단이 존재하는 한 안타깝게도 사건은 반복된다. 상처는 남는다.

그렇다면 이야기는 상처를 어떻게 다루어야 하는가. 나는 이 문제로 오래 고민해 왔다. 혼자 정리한 바를 말하자면 이야기가 상처를 대하는 태도는 회피하기, 덧씌우기, 마주하기로 꼽을 수 있다.

회피하기는 말 그대로 상처를 외면하는 것이다. 어떤 종류의 상처가 아예 존재하지 않는 듯, 상처가 없는 쪽에 스포트라이트를 비추어 그런 세계만을 그린다. 덧씌우기는 상처를 꾸며 비슷하지만 다른 무엇으로 바꾸는 것이다. 누구나 저지를 수 있는 순간의 실수로 일어난, 대화로 해결할 수 있는, 어쨌든 회복할 수 있는, 노력으로 치유할 수 있는, 구조와 무관한 몇 사람 간의 문제로 만든다. 덧씌우기는 달콤하다. 한 권의 책 안에서 상처를 보여 주는 한편, 딱 떨어지는 해결 방법까지 제시할 수 있는 거의 유일한 방법처럼 보이기 때문이다. 마지막으로 꼽은 마주하기는 상처를 회피하지도, 덧씌우지도 않고 있는 그대로 보려는 태도다. 작가의 전망과 작품의 초점에 따라 둘로 나눌 수 있는데, 작가의 전망이 비관적이고 작품의 초점이 고통에 있으면 흔히 비극으로 끝나고, 작가의 전망이 희망적이고 초점이 치유에 있으면 행복한 결말로 이어진다.

내 고민은 여기에 있다. 어떻게 하면 상처를 마주한 채 희망적인 시선을 유지할 수 있을까? 치유를 말할 수 있을까? 이러한 고민을 하는 까닭은 아마 내 전망이 비관적이기 때문일 것이다. 나는 글머리에서 말한 바 있듯이 상처는 사라지지 않으며 반복된다고 여긴다. 그러함에도 행복한 결말을 쓰고 싶은데, 왜냐하면 첫째로는 내가 만든 인물이 나 혼자 만든 것이 아니며, 단순히 이야기 속 인물만도 아니기 때문이다. 그들은 어떤 식으로든 실제 세계 안에서 탄생했으며 실제 세계와 이어져 있다. 그래서 그들의 행복한 결말 또한 실제 세계의 행복한 결말과 연결되어 있을 것 같기 때문이다. 그리고 둘째로는 내 글을 읽을 어린이 청소년 독자에게 행복한 결말을 보여 주고 싶은 바람에서다. 살아온 날보다 훨씬 많은, 살아갈 날이 행복할 거라고 말해 주고 싶다.

『유진과 유진』은 상처에 관한 이야기이며, 상처를 마주하며 희망을 말하고 있다. 이야기는 어떻게 이 지점에 도달한 것일까? 그 바탕에는 상처란 무엇인가에 대한 작가의 성실한 통찰이 있고, 이를 설득력 있게 그려 낸 생생한 작중 인물들이 있다.

상처는 스스로 마주해야 하는 문제다
그러나 마주한다 해도 사라지지 않는다

작은유진은 유아 성폭력의 피해자지만 그 기억을 모두 잃은 상태다. 가족은 입을 다물고, 이사를 해서 그때 일을 기억하는 이웃과 친구는 없다. 그래서 작은유진은 그 사건을 끄집어낸 큰유진을 원망한다. 그러나 상처는 머릿속에서 지운다고 사라지지 않는다. 그 흔적은 뚜렷하게 남아 작은유진으로 하여금 "그 일을 만회하기 위해 빚쟁이처럼"(170쪽) 살게끔 한다. "공부 잘하고, 어른들에게 순종하며 예의 바른"(83쪽) 아이가 되기 위해 강박적으로 자신을 몰아세운다. 작은유진이 강박에서 벗어나기 시작한 것은 그 사건을 떠올리면서, 상처를 마주하게 되면서부터다. 자신이 "아이가 마땅히 받아야 할 사랑이나 보호는커녕 끊임없이 빚 독촉을 받으며 산 셈"(171쪽)이란 걸 깨닫고, 가족이라는 이름으로 묶인 퍼즐 판에서 탈출해 자신이 좋아하는 것—춤을 스스로 선택한다.

그러나 이러한 마주 보기는 하나의 변곡점일 뿐, 상처는 그렇게 간단히 아물지 않는다. 작은유진의 선택은 자신만을 위한 것이 아니다. 어른들에 대한 반항이자 그들을 공격할 치명타로서, '담배'라는 일탈로 표상되는 자기 파괴적인 면을 갖고 있다. 큰유진의 경우도 마찬가지다. 작은유진과 달리 모든 일을 기억하는 큰유진은 그 사건을 "다치긴 했는데 언제 어떻게 다쳤는지 잊어버린"(15쪽) 흉터 같은 것으로 생각하지만 실은 그게 아니었다. "흉터로만 남은 줄 알았던 그 일"(219쪽)은 여전히 현재적이다. "기억을 떠올리자 벌레가 온몸을 기어 다니는 것처럼 불쾌"(73쪽)한 감정이 든다. 게다가 상처는 큰유진의 내면뿐만 아니라

외부에도 여전히 영향을 미친다. 건우로부터 "그런 경험이 있는 애는…… 문제가 있대……."(214쪽)라는 말을 듣고 큰유진은 울음을 터뜨리고 만다.

상처는 사라지지 않지만 나눌 수 있다

그러나 큰유진의 이야기는 상처가 혼자 견뎌야 하는 것이 아님을, 아픔을 나눌 수 있음을 여러 형태로 보여 준다. 같은 상처를 입은 사람뿐만 아니라 가족, 친구, 나아가 아예 상처와 무관한 사람과도 상처를, 아픔을 나눌 수 있다. 상처는 홀로 만드는 것이 아니라 상호적이다. 상처를 주고받은 경험은 타인의 상처에 공감하고 위로할 수 있는 바탕이 된다.

강박에 사로잡힌 작은유진에게 "네 잘못이 아니야."라고 말해주는 구원자는 강하고 노련한 어른이 아닌, 같은 중2이자 같은 사건의 희생자인 큰유진이다. 큰유진은 작은유진이 잊은 기억을 되살리고 그 아이를 갇힌 곳에서 꺼내 함께 달아난다.

큰유진이 희생자임에도 같은 희생자를 도울 수 있었던 까닭은 상처를 나눌 수 있었기 때문이다. "엄마가 울음을 터뜨리며 나를 끌어안았고 아빠는 주먹으로 벽을 쳤다."(75쪽) 큰유진의 엄마 아빠는 아이의 상처에 슬퍼하고 분노한다. 그래서 큰유진에게 그때의 상처는 슬프고 무섭지만 달콤한 기억으로 남는다. 동생 형진이에게 빼앗긴 관심을 되찾았으며, 가장 듣고 싶어 했던 "사랑해."란 말을 양껏 들었기 때문이다. 큰유진이 작은유진에게 네 잘못이 아니라고 말할 수 있었던 것도, 그 말을 부모에게서 수없이 들었기 때문이다.

좋아하는 건우가 다시 상처를 헤집었을 때, 흉터인 줄 알았던 상처가 다시 벌어진다. 그때도 가족은 큰유진의 상처를 나눈다. 건우의 말을 들은 엄마는 눈이 퉁퉁 붓도록 울고, 결국 "그런 애"라는 말을 흘린 건우 엄마에게서 사과를 받아 낸다. 큰유진이 가출했을 때도 엄마 아빠 모두 회사를 빼고 달려온다. 이런 부모의 모습에 큰유진은 구름 속에 태양이 있음을 의심치 않듯이 자신이 사랑받고 있음을 믿게 된다. 이러한 믿음은 자신에 대한 믿음으로 이어진다. 큰유진은 말한다. "상처받더라도 이겨 낼 수 있다."(265쪽)고.

윤소라는 두 유진의 상처와 무관하지만, 또래로서 상처를 나누는 존재다. 소라는 언제나 큰유진 곁을 지키며 큰유진을 지지한다. 건우와의 일을 듣고는 큰유진을 끌어안으며 "엄마만큼이나 분개"(219쪽)한다. 그리고 큰유진이 이성에 대한 두려움을 토로하자 자신의 경험을 털어놓으며 친구만이 할 수 있는 방식으로 공감함으로써 큰유진의 두려움을 객관화할 수 있게 돕는다. 또한 "우정의 이름으로"(238쪽) 가출을 주도하며, 큰유진과 작은유진의 문제에 적극적으로 끼어든다. "범생이가 어떻게 학원 땡땡이치고 춤 배우러 다닐 생각을 했냐? 이제 좀 사람 같아 보이네."(232쪽)라는 말로 작은유진의 선택을 응원하고, 돈을 잃어 어쩔 줄 모를 때 언니 보라에게 연락해 아이들을 집으로 돌려보내는 역할을 하기도 한다.

상처를 나누지 못할 때도 있다

큰유진과 달리 작은유진의 가족은 작은유진의 상처를 삭제하고 싶어 한다. 사건을 덮은 뒤에야 자식을 받아들인 차가운 할아버지, 언제나 못마땅한 시선을 보내는 냉엄한 할머니, 집에서보다 식당이나 가족 동반 행사장에서 더 자주 보는 아빠, 새엄마라고 생각할 만큼 사랑을 느낄 수 없는 엄마, 그들은 아이의 기억에서, 이웃의 눈에서 상처를 치워 버리는 데는 성공하지만, 자신의 머릿속에서는 지우지 못한다. 그래서 자기가 다친 줄도 모르는 아이를 다그친다. 멀쩡한 모습을 보이라고, 완벽하게 나았다는 걸 증명하라고.

작은유진의 가족은 모두 그 사건이 일어나지 않은 듯 군다. 일어나지 않은 일을 나눌 수는 없다. 작은유진은 누구와도 상처를 나누지 못한 채 자란다. 특히 작은유진과 부모의 관계는 때로는 가장 가까운 사람과도 상처를 나누지 못한다는 것을 보여 준다. 아빠는 작은유진의 눈에 "마치 이럴 줄 알았다는 얼굴로, 잘못만 하면 매질을 하려고 늘 준비하고 있던 사람"(204쪽)처럼 보인다. 엄마는 상처 입은 작은유진을 때밀이 수건으로 거칠게 밀고, 울음을 터뜨리자 뺨을 때린다. 잊지 않으면 "너 죽고 엄마도 죽는 거"(169쪽)라고 협박하며 작은유진을 짓누른다.

작은유진의 가족이 '삭제'라는 방식으로 상처를 무시했다면, 건우와 건우 엄마는 상처를 박제함으로써 상처 입은 사람을 대상화한다. 서로 호감을 느끼고 사귀기로 한 사이임에도, 건우는 큰유진의 상처를 "그런 경험"으로 치부하며 이별을 통보한다. 큰유진의 고통에는 관심이 없다. 상처를 평가 요소로 치환한 엄마의 생각을 그대로 받아들일 뿐이다. 그들은 상처 위에 낙인을 찍는다. 상처가 아물어 흉터가 지더라도 낙인은 그대로 남는다. 상처를 외면하는 방법으로, 낙인은 삭제보다도 손쉽다. 잊으라고 윽박지를 필요도 집을 옮길 필요도 없다. 상대가 무슨 생각을 하든 어떤 상태이든 "그런 애"라고 규정해 버리면 끝나는 일이다.

이 사람과는 상처를 나눌 수 있는데, 저 사람과는 왜 나눌 수 없을까? 어떤 친구와는 나눌 수 있는데, 다른 친구와는 왜 나눌 수 없을까? 친구의 친구와도 나눌 수 있는데 엄마와는 왜 나눌 수 없을까? 작은유진의 엄마는 가난한 집안 출신으로, 부유한 집안 남자와 결혼해서 시부모의 압박 아래 흠 잡히지 않는 삶을 살기 위해 강박적으로 가족에게 헌신하는 인물로 그려진다. 그가 그런 삶을 택한 것은 상처 입은 작은유진을 지키기 위해서였지만, 결과적으로 아이의 상처가 흠이 되고, 아이가 평가 대상이 되는 그런 세계로 걸어 들어간 셈이 되어 자신과 아이를 옥죄는 삶을 살게 된다. 작은유진의 아빠도 사랑하는 여자와 함께하기 위해 부유한 아버지를 등지지만, 그로 인해 아이에게 상처를 입혔다고 생각하고 다시 아버지 그늘—성공이 우선 가치인 세계로 돌아간다. 그 뒤 그는 성공을 맹신하며 자식에게도 성공을 강요하는 사람으로 변한다.

두 사람이 작은유진을 아끼지 않는 것은 아니다. 작은유진이 가출하자 맨 얼굴로 외출한 적이 없는 엄마가 화장기 없는 얼굴로 나타나고, 아빠도 작은유진이 그 사건을 기억해 낸 걸 알고 자신의 행동을 후회한다. 그러나 이러한 내면이 이야기를 통해 직접 드러나지는 않는다. "아빠가, 네가 그때 일을 알았다는 걸 알고…… 때린 거 많이 후회하고 계셔."(285쪽) 같은 엄마의 말이나 "화장도 못 했을 만큼 나를 찾으러 오는 마음이 급했던 걸까?"(268~269쪽), "나도 분명 엄마 아빠의 사랑을 받는 작은 아기였을 것이다."(287쪽) 같은 작은유진의 진술처럼 타인의 눈과 입을 통해 간접적으로 드러날 뿐이다. 그들은 자기 마음을 자기 입으로 말하지 못하는 사람들이다.

그들이 나약했기에 그럴 수밖에 없었다고 작가는 작은유진의 입을 빌려 설명한다. '기댈 곳 없는 젊은 부부'가 거대한 벽 같기만 하던 작은유진의 엄마 아빠의 본모습이라고. 홀어머니 밑에서 남동생들과 자란 작은유진의 엄마, 사업체를 이끄는 아버지와 남편을 회장님이라고 부르는 어머니를 둔 작은유진의 아빠,

그들이 기댈 곳 없는 부부가 된 까닭은 가난하거나 혹은 집을 나왔기 때문만은 아닐 것이다. 상처가 피할 수 없는 것이라면, 그들 역시 살아가며 어떤 상처를 입었을 테고, 기댈 곳 없는 이들이 그럴 수밖에 없듯 상처를 나누지 못하고 살아갔을지도 모른다.

상처는 홀로 만드는 것이 아니라 상호적이며, 상처를 주고받은 경험은 타인의 상처에 공감하고 위로할 수 있는 바탕이 된다. 그러나 나눌 대상이 없는 사람에게 상처는 혼자만의 것일 수밖에 없다. 그래서 그들은 사랑하는 사람의 상처를 어쩔 줄 모르고 지켜볼 수밖에 없는지도 모른다. 더욱이 사랑하는 사람의 상처는 곧 자신의 상처가 된다. 큰유진의 엄마가 눈이 퉁퉁 부을 정도로 울고, 소라가 엄마만큼이나 화를 낸 것도 그래서다.

기댈 곳 없는 이들은 사랑하는 사람의 상처와 그 때문에 자신이 입은 상처, 이중의 상처 사이에서 길을 잃고 만다. 나한테도 그 일은 너무 두려운 일이었다는 작은유진 엄마의 고백은 이를 여실히 보여 주는 대목이다. "사랑해."와 "네 잘못이 아니야.", 작은유진의 부모는 작은유진이 그토록 듣고 싶어 한 말을, 큰유진의 부모가 큰유진에게 수없이 들려준 그 말을 끝내 하지 못한다.

그런데 딸에게 그 말을 들려주지 못한 이유가 오롯이 그들에게만 있다고 할 수 있을까? 사람은 모두 저마다 다른 삶을 살아왔고 살고 있다. 큰유진 엄마도 큰유진 아빠도, 작은유진 엄마도 작은유진 아빠도, 소라도, 큰유진, 작은유진도, 평면적으로 보이는 건우와 건우 엄마조차도, 각자의 삶 속에 놓여 있다. 선하거나 악하거나, 사랑하거나 사랑하지 않기 때문에, 그래서 그들과 상처를 나눌 수 있거나 없다고 간단히 단정 지을 수는 없다.

이야기는 타인의 상처를 외면하는 이들을 옹호하지 않지만, 이들을 성실하게 그려 냄으로써 상처를 나눈다는 것이 간단치 않은 일임을 보여 준다. 그리고 이를 통해 큰유진과 작은유진의 상처가 단순화된 이야기 장치, 곧 '아직 치유 전이다, 지금 치유 중이다, 이제 치유되었다.'라는 도식을 꿰는 앙상한 줄기가 되지 않을 수 있었다.

다시 또 떨어질지라도 높이높이 날아오를 것이다

작은유진의 마지막 다짐은 그 애가 과거의 상처로부터 한 걸음 나아갔음을 분명하게 보여 준다. 그러나 그 과정이 상처 입은 순간만큼이나 아프고 혼란스러웠다는 것을, 작은유진과 함께한 독자는 알고 있다. 작은유진도 언젠가 두 친구와 함께했던 정동진 바닷가를 떠올리며, 슬프고 무서우면서도 달콤했던 기분을 느끼게 될까? 어떻게 하면 상처를 마주한 채 희망적인 시선을 유지할 수 있을까? 내 질문에 『유진과 유진』은 이렇게 말하는 듯하다. 슬프고 무서우면서도 달콤하게.

유진과 유진에게

나는 지금 「작가의 말」을 다시 쓰고 있어. 첫 번째 쓴 글을 퇴짜 맞았기 때문이야. 딸아이에게 먼저 읽어 보라고 했더니 소설과 직접적인 관련이 없는, 모범 답안 같은 글이라고 했어. 그런데 편집자도 내가 그동안 다른 책들에 썼던 「작가의 말」과 결이 다르다며 보도 자료로 쓰면 좋을 만한 내용이라고 하는 거야. 두 사람이 같은 의견이었던 거지.

사실 나는 그 글이 그렇게 읽히는 까닭을 알고 있었어. 소설을 쓴 진짜 이유는 솔직하게 말하지 않은 글이었기 때문이지. 오랫동안 밝히지 못했던 이야기를 이젠 하려고 해.

『유진과 유진』은 내가 작가가 된 지 20년 만에 처음 쓴 청소년소설이야. 이 소설을 쓴 건 내 딸을 위해서였어. 딸아이는 여덟 살 때 두 유진이와 같은 일을 겪었어. 그 당시 우리는 농촌에 살았는데, 학교 끝나고 집에 오는 길에 웬 아저씨가 오토바이를 태워 주었대. 어린아이들에게 낯선 사람에 대한 경계나 아동 성범죄 예방 교육을 시키지 않던 시절이었지. 아이는 길에서 만난 아저씨의 호의를 의심 없이 받아들였던 거야.

딸아이가 추행 당한 사실을 알았을 때 난 엄청난 분노와 동시에 심한 자책감을 느꼈어. 아이를 혼자 오게 만들고, 아이에게 타인에 대한 경계심을 가르쳐 주지 않은 내 잘못 때문에 그런 일이 일어난 것 같았어. 하지만 내 감정보다 딸아이를 지켜 주는 게 더 급하고 중요하기에 정신을 수습해야 했어. 나는 상담 센터 전화번호를 알아내 부모가 어떻게 대처해야 하는지 물었지. 상담원이 어린아이들은 자신이 겪은 일이 무슨 일인지 잘 인지하지 못하는 경우가 많다고 했어. 부모가 감정적인 반응을 보이면 오히려 아이에게 심각한 일로 각인될 수 있으니 침착하게 행동하라고 일러 주었어.

나는 진심을 다해 딸에게 네 잘못이 아니라고, 엄마 아빠는 널 여전히 사랑한다고 말해 주었어. 그러고 신고를 했는데 경찰은 딸이 당한 일을 별일 아닌 것으로 취급하며 알아서 범인을 잡아 오라는 식이었어. 그놈을 잡아 벌주지 않고선 분하고 불안한 마음을 떨칠 수 없었던 남편과 나는 딸아이 모르게 직접 찾아 나섰단다. 인상착의가 같은 자가 옆 동네 학교 주위에서 얼찐거린다는 이야기를 듣고 남편은 며칠을 잠복까지 했어. 그러고 마침내 놈을 잡아서 경찰에 넘겼지.

남편의 연락을 받고 파출소로 쫓아간 나는 범인이 누구냐고 물었어. 의자에 앉아 있는 너무 평범하게 생긴, 심지어 착해 보이는 중년 남자가 그 나쁜 놈일 거라고 생각하지 못했던 거야. 남편이 가리키는 순간 나는 나도 모르게 탁자 위에 놓여 있던 파리채를 집어 들어 그놈을 내려쳤어.

"이 개새끼야!"

내가 그때까지 살면서 처음 내뱉은 욕설이었어. 한 번, 두 번, 세 번. 파리채가 부러졌을 때 경찰이 날 말렸지. 이미 같은 죄로 집행 유예 중이었던 놈은 감옥에 갔지만 나는 딸아이한테 그 사실을 말하지 못했어. 자신이 겪은 일이, 오토바이에 태워 준 아저씨를 감옥에 보낼 만큼 심각한 일이었다고 생각할까 봐 걱정돼서였어.

딸아이는 그 뒤 별다른 문제 없이 지냈어. 하지만 나는 성폭력 피해 아동에게 생길 수 있는 후유증 등을 남몰래 찾아보며 마음 졸이곤 했어. 사춘기가 찾아오자 걱정과 불안에 시달리면서도 딸아이에게 그 이야기를 꺼내는 게 두려웠지. 괜히 말해서 잊고 있던 기억을 되살리게 하는 건 아닐까. 그래서 뒤늦게 상처가 덧나면 어쩌나 하고 말이야.

나는 내 첫 청소년소설에서 딸아이에게 해 주고 싶은 이야기를 하기로 마음먹었어. 『유진과 유진』을 쓴 진짜 이유야. 소설을 쓰면서 나는 그 일로 오랫동안 품고 있던 자책감과 불안함을 내려놓을 수 있었지.

책이 나온 뒤 강연이나 인터뷰에서 아동 성폭력 피해를 소재로 한 동기가 무엇인지에 관한 질문을 많이 받았어. 나는 그때마다 딸아이가 태어난 무렵 일어났던 아동 성범죄 사건을 동기로 내세우곤 했어. 뉴스나 신문 기사에서 소재를 얻은 것이지 내가 직접 겪은 일은 아닌 것처럼 말이야. 그리고 아동 성폭력 피해라는 소재를 통해 청소년들이 일상에서 겪는 폭력과 상처에 관한 이야기를 하고 싶었던 거라고 강조하곤 했지. 유진과 같은 일을 겪은 독자들이 메일을 보내왔을 때도 마찬가지였고.

그 대답이 거짓인 건 아니야. 소설을 쓴 동기로 내세웠던 사건은 여성이며 딸을 둔 엄마이자 작가인 내게 큰 충격을 안겨 주었고, 언젠가는 그와 관련된 작품을 쓰리라 다짐했었으니까. 또 『유진과 유진』이 아동 성폭력 피해라는 소재를 넘어서 '상처'에 관한 보편성 있는 이야기로 확장되기를 바랐으니까.

하지만 딸아이 일을 있는 그대로 말하고 싶은 적도 여러 번 있었어.

"작가님 딸에게 유진이와 같은 일이 일어난다면 작가님은 어떻게 하실 건가요?" 같은 질문을 받거나, 유진과 같은 일을 겪은 독자가 마음을 털어놓는 메일을 보내올 때야. 나는 망설이다 결국 말하지 않는 쪽을 택하곤 했지. 딸아이가 자기 잘못이 아닌 일로 선입견이나 편견 어린 시선을 받을 게 싫어서였어. 우리 사회엔 성폭력 피해자에게 피해자다움을 요구하고, 그 잘못을 피해자에게 묻는 사람이 여전히 많으니까 말이야.

내가 다시 쓰는 「작가의 말」에서 『유진과 유진』을 쓴 진짜 이유를 말할 수 있게 된 건 딸아이 덕분이야. 그 아이는 이제 언제 어디서든 할 말, 하고 싶은 일을 하며 사는 당당하고 멋진 여성으로 성장했단다. 우리는 가끔 아빠가 끝까지 범인을 잡아내고, 엄마가 욕설을 퍼부으며 파리채를 휘두르고, 끝내는 그놈을 감옥에 보낸 이야기를 하며 깔깔 웃곤 해.

딸아이가 말하더구나. 엄마가 자기 잘못이 아님을 처음부터 말해 주었고, 엄마 아빠가 더 사랑해 주었고, 아빠가 가해자를 잡아 벌주었기 때문에 그 일이 자신에게 아무런 억울함이나 상처를 남기지 않았다고. 이제는 놀다가 넘어진 일만큼도 기억나지 않을 정도라고. 그 사실을 많은 사람에게 알려 주라고.

또 다른 유진과 유진아, 네가 겪은 그 일은 네 잘못이 아니야. 네게 무슨 일이 있었든 너는 세상에서 가장 소중하고 사랑스러운 존재야. 어떤 상황에서도 그 사실을 잊지 말렴.

2020년 늦가을

이금이